❶ 1977년 6월 25일, 광주 가톨릭회관 강당에서 열린 소설가 한승원의 창작집 『앞산도 첩첩하고』 출판기념회에서 소설문학동인회의 기념패를 증정하고 있는 이명한 작가.

❷ 1984년 한국문인협회 전남지부장 시절 광주학생운동기념탑 앞에서. 앉은 이 왼쪽부터 이명한, 국효문 시인, 임옥애 동화작가. 선 이 왼쪽부터 강인한 시인, 김신운 소설가, 전원범 시인, 이삼교 소설가, 한옥근 희곡작가.

❸ 1986년 11월 7일, 전라남도 문화상 시상식 때.

❹ 1991년 부산의 김정한 작가를 방문한 광주의 문인들. 첫줄 왼쪽부터 이명한 허형만 김정한 송기숙 박혜강 고재종. 둘째줄 왼쪽부터 심상대 정해천 윤정현 김희수 곽재구 김유택 윤석진 장효문 조성국 김준태 이철송 등. ―사진 김준태 제공.

❺ 1992년 5월 27일, 광주전남민족문학인협의회 주최로 열린 '광주항쟁 12주기 5월문학의 밤'에서 공연된 문인극 「저격수」(이명한 작).

❶ 1993년 2월, 광주전남소설문학회 출판기념회에서 이명한 회장과 소설문학회 회원들. ―사진 심상대 제공.

❷ 1994년 11월 19일, 서울 광화문 세종문화회관 세종홀에서 열린 '민족문학작가회의 창립 20주년' 기념식에서 작가회의 임원들과 축하 케이크 절단. 테이블 왼쪽부터 구중서 백낙청 이명한 송기숙 고은 김도현(문화부차관) 김병걸 임수생 신경림 등 문인들.

❸ 2005년 7월 21일, '6·15공동선언 실천을 위한 민족작가대회'에 참석한 문인들과 평양 시내에서. 우측부터 이명한 송기숙 김희수 장혜명(북측) 염무웅.

❹ 2005년 7월 22일, '6·15공동선언 실천을 위한 민족작가대회' 때 항일무장투쟁 유적지 백두산 밀영에서. 왼쪽부터 이명한 작가, 오영재 시인(북측), 황지우 시인 등과 함께.

❺ 2007년 4월 21일, 광주전남작가회의 회원들과 전북 임실군 영화마을 소풍 길에서. ―사진 김준태 제공.

① 2012년 7월 20일, 5·18기념문화관 대동홀에서 열린 시집 『새벽, 백두 정상에서』 출판기념회 후 가족과 함께.

② 2018년 '4·3문학제' 참석차 제주 가는 선상에서 작가회의 후배 문인들과. 오른쪽부터 채희윤 이명한 김병윤 서종규 김경윤 박혜강.

③ 2019년 2월 26일, '5·18망언 규탄성명서 발표 및 기자회견' 때 (구)전남도청 앞 광장에서 광주전남작가회의 전 현직 회장과 함께. 오른쪽부터 이명한 김준태 김희수 김완.

④ 2022년 5월 14일, 나주학생독립운동기념관에서 열린 한일국제심포지엄 개회사를 하고 있는 이명한 관장. ─ 사진 〈광남일보〉.

⑤ 2022년 10월, 일본 하토야마 유키오 전 총리 부부(중앙)의 나주 방문 시 나주역 앞에서. 박준채 독립운동가의 아들 박형근, 윤병태 나주시장 등과 함께. ─사진 〈강산뉴스〉.

이 명 한
중단편전집

4

은혜로운
유산

이명한 중단편전집 간행위원회 (무순)

고문

한승원 소설가   임헌영 문학평론가   문순태 소설가   이재백 소설가

김준태 시인   김희수 시인   김정길 통일운동가   김수복 통일운동가

윤준식 광주학생독립운동기념사업회 이사장

간행위원

임철우 소설가   채희윤 소설가   박호재 소설가   박혜강 소설가

전용호 소설가   조성현 소설가   김경희 소설가   나종영 시인

백수인 시인   고재종 시인   조진태 시인   김경윤 시인

맹문재 문학평론가   박관서 시인   김 완 시인   이지담 시인

김호균 시인   조성국 시인   김영삼 문학평론가   윤만식 문화운동가

김경주 화가   박종화 민중음악가

실무위원

이승철 시인   정강철 소설가   범현이 소설가   이철영 답사여행작가

송광룡 시인

이 명 한
중 단 편 전 집

은혜로운 유산

4

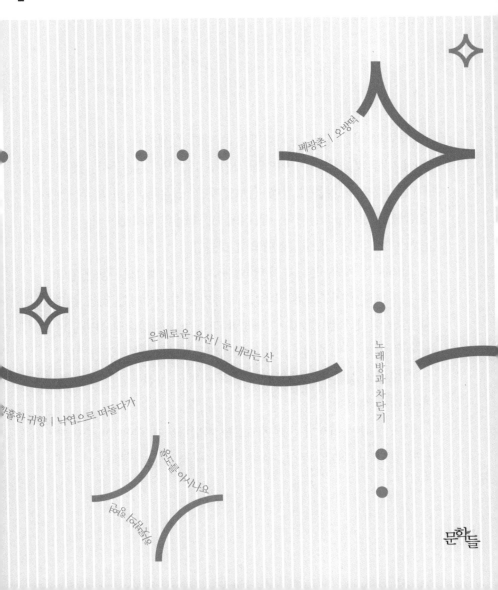

이명한 중단편전집을 펴내면서

    광주의 어른이자, 원로작가인 이명한 선생께서 올해로 등단 '반세기'를 맞이하였다. 이명한 작가는 1975년 『월간문학』 4월호로 한국문단에 처음 얼굴을 선보였지만, 실은 1973년 광주에서 출간된 동인지 『소설문학』 제1집에 첫 소설을 발표했으니, 작가로서 어언 '50년' 세월을 살아오신 것이다.

    식민지와 해방, 분단과 폭압의 한 시절을 거쳐 오는 동안 일국의 문인으로서 지조를 잃지 않고 반세기를 통과했다는 것은 존경할 만한 일이 아닐 수 없다. 이명한 작가는 해방정국의 틈바구니 속에서 일찍 아버지(이석성 작가)를 여의었지만, '영원한 문학청년'으로 자신의 삶을 일떠세웠고 작가적 사명을 실천하면서 우리 곁에 존재해온 분이다.

    이에 우리는 이명한문학 반세기를 기념하고자 〈이명한 중단편전집 간행위원회〉를 구성, 올해 3월부터 작업을 진행해왔다. 여기저기 지면에 흩어져 있던 이명한 작가의 중단편소설 51편을 한데 모았고, '이명한 문학세계' 전반을 조망하는 해설(김영삼 평론가의 「시간의 지층을 넘어」)과 함께 '이석성—이명한—이철영' 작가로 이어지는 '문학적 3대'에 대한 탐사기(이승철 시인의 「이명한 작가의 삶과 그 문학적 생애」)를 새롭게 집필, 게재하였다.

『이명한 중단편전집』은 전 5권으로 구성돼 있다.

제1권은 1975년 『월간문학』 등단 무렵부터 1979년 10·26으로 '유신체제'가 붕괴될 때까지 발표한 작품들로 전통과 현대의 충돌, 애욕적 세대풍경과 몰가치한 현실, 새로운 세상에 대한 열망, 근대화 과정에서 소외된 하류인생들의 애환과 생존의지를 담아낸 것들이 주류를 이룬다.

제2권과 3권은 1980년 5·18민중항쟁과 1987년 6월 시민항쟁을 겪은 이명한 작가가 민주화운동에 투신하던 시기에 창작한 작품으로 비진정한 현실에 대한 통찰과 역사의식·사회인식이 투영된 문제작이다. 작가의 유년의 생체험과 더불어 일제 강점기의 피어린 역사, 8·15해방과 한국전쟁 시기의 이념적 갈등, 광주항쟁의 진실 찾기와 군사문화에 대한 폭로 등 역사가 만든 비극, 그 뒤안길에서 생존해야 하는 사람들의 뼈아픈 삶에 초점이 맞춰져 있다. 역사와 권력의 폭력에 대한 이명한 작가의 '저항의지'라고 할 수 있다.

제4, 5권은 '반복된 역사의 비극 방지'라는 작가의 철학과 고향으로의 회귀정신, 원초적 생명력을 담아낸 작품들이다. 1987

년 이후 이명한 작가는 '광주전남민족문학인협의회' 공동의장, '민족문학작가회의(현, 한국작가회의)' 자문위원, '광주민예총' 이사장, '6·15공동위원회' 남측공동대표 등으로 활동하면서 분단체제의 타파와 민족화해를 위한 실천운동에 주력했는바 그에 걸맞는 '문학정신'이 반영돼 있다. 그리고 제5권에 덧붙인 이명한 작가의 가계사적 이력과 문학적 생애에 대한 탐사는 '광주전남 문학사'의 소중한 일면을 보여준다.

이명한문학은 일관되게 '역사의식'과 '시대정신'을 추구해 왔다. 소설문학의 전통정서에 바탕을 두되, 그 기저에는 '사회의식'과 '역사 혼'이 흐른다. 우리시대의 '원로'로서 한국문학의 뿌리와 숲을 풍성하게 만든 이명한문학에 여러분의 큰 관심과 사랑을 기대한다.

2022. 12. 2.
이명한 중단편전집 간행위원회

차례

책머리에　　　　　　　　　　　　　　　　　004

폐광촌　　　　　　　　　　　　　　　　　009
오방떡　　　　　　　　　　　　　　　　　029
노래방과 차단기　　　　　　　　　　　　　059
은혜로운 유산　　　　　　　　　　　　　　087
눈 내리는 산　　　　　　　　　　　　　　113
황홀한 귀향　　　　　　　　　　　　　　　175
낙엽으로 떠돌다가　　　　　　　　　　　　201
율도를 아시나요　　　　　　　　　　　　　227
하룻밤의 향연　　　　　　　　　　　　　　255

두번째 소설집 「황톳빛 추억」 작가의 말　　　311
수록 작품 발표 지면　　　　　　　　　　314
작가 연보　　　　　　　　　　　　　　315

폐광촌

　화선지에 번진 담묵 같은 구름이 하늘을 덮고 있었다. 차는 꽤나 흔들렸다. 나는 멀미가 일어 자꾸만 속이 매스꺼워지는 바람에 정신이 맑지 못했다. 차라리 잠이라도 청하려고 눈을 지그시 감고 있었으나 그것마저 뜻대로 되지 않았다. 그때 나의 흐릿한 의식을 일깨우려고나 하듯이 건너편에서 요란하게 떠드는 소리가 들려 왔다. 건너다보니 나이가 지긋한 두 사내가 나란히 앉아 말다툼을 하고 있었다.

　"아이고 이거, 또 담배를 피우시네. 원 사람이 숨을 쉴 수가 있나. 쿨룩쿨룩."

　"피차 늙어 가는 처지에 그럴 수가 있소? 여보시오, 차안에서 담배 피우는 사람이 비단 나 한 사람뿐인가요?"

　"여길 보세요. 더구나 이 자리는 금연석이지 않소?"

　"금연석이나마나, 그럼 당신은 이 세상의 법이나 규칙을 모두

지키면서 살고 있소? 참 나 원, 군대생활 관리생활 다해 봤지만 이렇게 까다롭게 따지는 사람 처음 봤네."

그들은 차내에서 담배를 피우는 일로 말다툼을 하고 있었다.

"아니, 저 사람이…?"

무심결에 그들을 바라보고 있던 나는 하마터면 소리를 지를 뻔했다. 금연석에서 담배를 피우고서도 큰소리를 치고 있는 사람은 나와 구면으로서 지난날 나에게 어떤 충격을 주었거나 내 몸속에 상처나 파편 같은 것을 남긴 사람이 분명했다. 그러나 나는 그가 누구라는 것을 확실하게 파악할 수가 없었다. 한참을 더듬다가 나는 드디어 그가 어떤 사람임을 알아내고 말았다. 분명히 그 사람이었다. 그는 훈련소 시절 나의 소대장이었다. 그의 정체를 인식한 순간 나는 섬뜩한 두려움이랄까, 혐오감 같은 것에 휩싸이며 얼른 고개를 틀어 외면해 버렸다. 그러나 어찌 생각해 보면 지난날의 인연이야 어떻건 간에 모처럼 이런 자리에서 상봉하게 되었으니 인사만은 하고 헤어져야 할 것도 같았다. 그러고 보니 그에 대해서 이제까지 품고 있던 노여움도 색깔이 많이 퇴색되어 어렴풋한 그리움 같은 형태로 바뀌어 있었다.

이윽고 고개를 들어보니 그들의 볼꼴 사나운 언쟁은 이미 끝나 있었다. 그냥 끝난 것만이 아니라 화해를 한 것 같았다. 너털 웃음을 웃어 젖히며 서로 즐겁게 이야기를 주고받고 있었다. 요 사이의 정치가 옛날만 못하다느니, 경제가 엉망이니 하는 속된 말들을 유식한 척 떠들어대고 있었다.

"혹시 선생님께서 소대장님이 아니신지요?"

나는 어정어정 다가가서 그들이 교환하고 있는 대화의 잔등을 타고 말을 붙였다.

"나 말씀인가요? 내가 어째서 소대장이지요?"

사내는 입을 뻥하니 벌린 채 의아스러운 표정으로 나를 쳐다봤다.

"아이고, 그렇다면 실례했나 봅니다. 사실은 제가 옛날 신병 시절에 훈련소에서 모셨던 소대장님이 꼭 선생님을 닮은 분이셔서요."

"오, 그래? 그렇다면 그때가 언제였지?"

사내는 갑자기 소대장으로서 신병을 만난 기분이 되었는지 자리를 고쳐앉아 고개를 젖히더니 호칭까지 하게체로 내려 버렸다.

"일천구백오십년 하고도 몇 년인가 되는 해였습니다요."

"그렇다면 내 밑에서 훈련을 받은 것이 사실인 것 같군. 성명이 무엇인가?"

"예, 조순동이라고 합니다."

"조순동이라. 옛날에 한 번 들은 것도 같고 안 들은 것도 같은 이름이군. 세월이 많이 흘렀고 하도 많은 사람을 겪었기 때문에 말이야."

"아이고, 소대장님도. 사람이 어찌 과거에 겪은 사람을 다 기억할 수가 있나요. 까마귀 고기 안 자셨어도 깜깜하시겠지요. 그나저나 소대장님 이렇게 만나게 되니 정말 반갑습니다요."

병아리 때 쫓기던 닭은 커서도 답새이는 법이라 나는 그저 굽신거리면서 그를 받들어 주었다.

"나 역시 반가워. 그런데 방금 자네 몇 차례나 소대장님, 소대장님 해쌌는데 그렇게 말하는 것 아니야. 하기야 황소도 송아지 적이 있고 어미닭도 병아리 적이 있듯이, 나 역시 쫄병이나 소대장 시절이 없었던 것은 아니지만, 지금은 그 풋내 나는 소대장이 결코 아니야. 계급장에 말똥도 붙여 봤고 이렇다는 기관장 자리에도 앉아 봤어. 거기에서 물러나서는 모모 하는 단체의 위원장, 회장도 다 거쳤고."

그는 소대장이라는 호칭이 자못 불만인 모양이었다. 과시하느라 오두방정을 떠는 통에 나는 말문이 막혀 대꾸할 바를 모르고 머쓱하니 서 있을 수밖에 없었다.

"아이고, 즐겁게 잘 왔습니다. 그럼 나는 여기서 내리겠습니다."

다투다가 화해를 하고 소대장 옆자리에 앉아 있던 사내가 자리를 털고 일어섰다. 잘 가시오, 기회가 있으면 또 봅시다, 어쩌고 하는 항용 쓰는 인사말을 교환하고 사내는 짐을 챙기더니 허둥지둥 차에서 뛰어내려 버렸다.

"자네, 일루 앉게."

그는 빈자리에 손을 짚으며 앉기를 권했다. 별로 마음 내키는 일은 아니었지만 나는 끌리듯 그의 옆자리에 주저앉아 버렸다.

"조순동, 너 소대장님이 행정반에서 부르신다."

하루의 고된 일과가 끝나고 돌아와 막 식사를 마친 판이었는데 소대장인 허중위가 찾는다는 연락이 왔다. 그 소리를 듣는 순간 나는 가슴이 철렁 내려앉았다. 윗사람이 부르는 자리란 대개 좋지 않은 일이 있게 마련이었다. 송충이 같은 그 자가 무엇 때문에 나를 불렀을까. 겁이 나서 당장 어디론가 뺑소니를 치고 싶은 충동을 느꼈지만 몇 겹으로 철조망을 쳐 놓은 우리 속에 갇혀 있는 몸으로서는 어쩔 수 없는 일이었다. 나는 톡톡히 기합을 받을 각오를 하고 사무실로 다가가 소대장실 문을 똑똑 두들겼다.

"들어와요."

뜻밖에 안에서 울려오는 소리가 부드러웠다. 그 바람에 온몸을 감싸고 있던 긴장이 실낱만큼 풀려 나갔다.

"훈병 조순동, 부름을 받고 왔습니다."

하고 내가 출입문 앞에서 경례를 때려 붙이며 신고를 하자,

"좋아, 들어와."

소대장은 읽고 있는 문서에서 눈을 떼지 않은 채 고개를 끄덕였다.

나는 뚜벅뚜벅 앞으로 걸어가서 다시 경례를 하고 차렷 자세를 취하였다.

"괜찮아, 괜찮아. 너 이리 가까이 와봐라."

기대하지 않았던 친절 때문에 야릇한 기분에 감싸이며 어름어름 앞으로 다가갔다.

"알아보니까, 너 글을 제법 잘 쓴다고 들었는데 편지 한 장 써 주어야겠다."

"그런 말씀 어디서 들으셨는지 몰라도 잘 쓰지 못하는데요."

처벌 아닌 것을 다행으로 여기고 겸양을 떨었다.

"이건 명령이야. 잔말 말고 빨랑 쓰도록 해."

서랍을 열고 볼펜과 종이를 꺼내어 내 앞에 내밀었다. 어렴풋이 행운을 잡은 기분이었다. 어쩌면 이 일이 계기가 되어 소대장님의 신임을 얻어 호된 기합과 고된 사역에서도 벗어날 수 있을 것 같았다.

"그럼, 좋습니다. 무슨 편지를 씁니까요?"

"그것 말이다. 에또, 무슨 편지냐 할 것 같으면 연애편지다. 내 솔직하게 말하지. 통신소에서 교환을 보는 가시나가 하나 있는데 말이야. 고게 절세미인이다. 그래서 고것을 기어이 낚아야 하겠으니 그년 가슴이 아이스크림처럼 슬슬 녹게끔 편지를 한 장 써 달라 그 말이다."

"소대장님은 그 아가씨한테 홀딱 반해버렸구먼요. 그러면 그 아가씨 이름이 무엇입니까요?"

"이름은 알아서 무엇 할래?"

"아따, 소대장님도. 이름을 모르고서 어떻게 편지를 씁니까요? 가령 영자라면, 사랑하는 영자씨에게! 한다든지 영자씨 받아보시오, 하고 시작해야 할 것 아닙니까요?"

"듣고 보니 그렇구나. 성은 강가이고 이름은 미자다. 그러니까 강미자란 말이다. 내가 거길 갈 때마다 고게 어찌나 매력이 있던지 내 가슴이 문풍지처럼 벌렁벌렁해진단 말이야. 내 지금 알고 지내는 가시나가 없는 것은 아니지만 워낙 매력이 없어서 떼쳐버릴 작정이다."

"그러고본께 소대장님은 염복도 많으시네요. 우리 같은 놈은 한 여자도 없는 판인데 정말 부럽습니다요. 저에게도 한 사람….”

“시끄럽다 이놈아, 가만히 보니까니 새까만 훈병놈이 못하는 말이 없네. 잔소리 작작하고 어서 쓰기나 해.”

소대장은 까닭 없이 발칵 화를 내며 소리를 질렀다. 호통소리에 놀란 나는 냉큼 볼펜을 잡고 책상 위에 웅크렸다. 벌레만도 못한 훈련병 주제에 감히 소대장님에게 농을 걸다니 어림도 없는 수작이었다.

사랑하는 강미자씨! 나는 이렇게 편지의 서두를 시작했다. 달 뜨는 저녁 해 뜨는 아침, 어쩌고 신파조로 전개해 나가다가, 아무리 수준이 얕은 대상에 대한 글이기로 이래서는 안되겠다 싶어 지워 버리고 다시 쓰기 시작했다. 마치 내가 그 사람을 사랑하고 있는 것처럼 감정을 넣어보고자 했지만 왠지 좀처럼 실감이 나지 않았다. 한참 동안 끙끙거리다가 에라, 모르겠다, 될 대로 되어라. 이렇게 마음먹고 과감히 써 내려갔다. — 때는 바야흐로 찌는 듯한 삼복의 더위가 지나가고 산들바람 불고 귀뚜라미 슬피 우는 가을철이 왔습니다. 사랑하는 미자씨! 나의 가슴은 지금 그대를 그리는 마음으로 가득하여 걷잡을 수가 없습니다.— 이렇게 시시콜콜한 소리를 횡설수설하다보니 어느덧 자정이 되어 버렸다. 그래도 분량은 촘촘한 글씨로 넉 장이나 되었다.

“이거 형편없습니다. 한 번 읽어나 보시지요.”

“엉, 다 썼나?”

검은 털이 듬성듬성한 가슴을 열어 젖히고 부채질을 하다가 잠이 들었던 그는 몸을 벌떡 일으켜 내 손에 든 편지를 낚아채갔다.

"됐다 됐어. 수고했다. 어서 돌아가 자거라."

이게 뭐냐고, 트집이라도 잡힐까봐 조마조마했는데 대충 훑어보지도 않고 서랍 속에 집어넣었다. 나는 비로소 안심을 하고 비칠거리며 내무반으로 돌아왔다.

"근무중 이상 없음."

실내로 들어서자 불침번인 강원도 아이가 소리를 지르며 경례를 때려붙였다.

"너 왜 이러냐?"

나는 당황한 나머지 한마디를 내뱉고 침상으로 올라가 자리를 잡고 머리 위까지 이불을 둘러써 버렸다.

다음날, 일찌감치 소대장은 나를 불러 앞에 세워 놓고 선포하였다.

"에또, 일 소대원들은 들어라. 조순동 훈병은 중대의 일을 보게 되었기 때문에 오늘부터 당번을 하지 않고 불침번도 서지 않게 되었다."

대부분의 소대원들은 소대장이 나를 왜 우대한다는 것인지 대충 짐작하고 있었지만 아무도 항의하거나 불만을 토로하지 않았다. 나는 좀 쑥스럽고 겸연쩍긴 했지만 약육강식의 세계에서 살아남는 길이라 생각하고 꿀 먹은 벙어리처럼 서 있었다.

당번이나 불침번에게는 육체적인 고통만 따르는 것이 아니었다. 만일 내무반에 비치된 어떤 비품을 분실하는 사고가 생기게

16

되면 기합을 받는 것은 물론이요, 돈을 마련하여 변상해야 했다. 거기에다 탈영자나 총기를 도난 당하는 사고라도 발생하게 되면 온 중대가 발칵 뒤집혀 벌집 쑤셔놓은 꼴이 되었다. 자질구레한 도난사고는 대부분 기간사병들이 훈병들의 돈을 우려내거나 골탕을 먹이기 위해서 저질러지고 있었지만 그들에게 책임이 돌아가는 일은 거의 없었다.

어떤 일이 발생할 때마다 허 중위는 화이버를 눌러쓰고 꽥꽥 소리를 지르며 거드름을 피웠다. 채찍의 술을 손으로 훑어 내리면서 오만한 자세로 호령을 내리곤 했다. 일어서! 앉아! 엎드려뻗쳐! 구보! 구령에 따라 우리는 숨을 헐떡거리며 움직여 주었는데 허중위는 그것을 득의연한 자세로 바라보고 있었다.

그런 일들이 뇌리에 떠오르자 나는 그가 풍기는 체취를 역겹게 맡으면서 새삼스레 아는 체 자청한 일을 후회하기 시작했다. 작자는 잃어 버렸던 부하 한 놈을 찾음으로써 거드름을 피우며 군림할 수 있게 되어 기분이 우쭐해졌지만 나로서는 불필요한 상전을 다시 모시고 쩔쩔매야 하게 되었으니 한심스러운 꼴이 되어 버렸다.

"저어, 소대장님, 혼자 편히 쉬세요. 저는 제자리로 갈랍니다."

나는 아무래도 참을 수 없게 되자 엉거주춤 자리에서 엉덩이를 떼었다.

"이 사람아, 모처럼 옛 부하와 상관이 만난 자리인데 왜 피하려고 그래? 여기나 거기나 마찬가지니까 앉아 있어."

우악스럽게 손을 뻗어 나의 저고리를 잡고 쑥 끌어당겼다. 나는 그의 힘에 끌려 다시 털썩 주저앉을 수밖에 없었다. 이런 기회에 지배자로서의 쾌감을 연장시키고 싶은 것이었다. 나는 실속 없는 일로 해서 이미 옛날에 끝난 피지배자의 위치를 받아들이고 싶지 않았지만 일이 이렇게 된 이상 거역할 도리가 없었다.

"너 말이야, 그때가 언제인데 나를 잊지 않고 알아보는 것 보니까 기억력이 괜찮구나. 하기야, 아무리 오래되었기로 모셨던 윗사람을 잊어서야 안되지. 하기야 요새는 이익이 없으면 아는 사람도 모른 척하는 놈이 많은 세상이지만."

"아이구, 소대장님두 별말씀을 다하시네요. 어찌 사람으로서 아는 분을 모르는 척하고 지나칠 수가 있나요."

"제대 후로 그 동안 무엇을 하고 지냈나?"

"학교 훈장 노릇하다가 회사도 나가보고 요새는 조그마한 업체를 하나 움직이고 있습니다."

"그럼 돈 많이 모았겠구나."

"돈이라뇨. 그것이 어디 쉬운 일입니까."

"하기야 그렇기도 하지. 튼튼한 배경이 있다면 몰라도 큰돈은 어렵지. 살아가다가 어려운 일 생기면 나한테 알리라우. 동료나 후배들 가운데 아직은 좋은 자리에 남아 있는 놈들이 있으니까."

"그런데 소대장님께서는 어째서 이 차를 타시게 되었습니까요?"

나는 처음 만났을 때부터 지니고 있던 궁금증을 풀기 위해서 불쑥 물었다.

"나 말이야? 내 집으로 가는 길이지."

"그럼 소대장님 댁이 여기였던가요?"

"여기서 가까운 곳이야. 그런데 말이야. 너 아까도 주의를 준 것 같은데, 왜 자꾸 소대장님 소대장님 하고 있지? 나 소대장이란 걸 면한 지가 수십 년 된 데다가, 군급 행정기관의 장을 지냈고 회장, 위원장 다 거쳤다고 하지 않았나. 몇 번 말을 해야 알아듣겠나. 앞으로 사람 상대할 때는 주의하라구."

"……"

나는 그 소리에 무안을 느끼면서 한편으로 부아가 확 끓어올랐다. 명색이 장교라는 작자가 연애편지 한 장 제대로 쓰지 못해 졸병에게 대서나 시켰던 주제에 말끝마다 이래라 저래라, 비칭을 때려 붙이며 으스대다니 정말 곱게 보아주기 힘들었다. 또 따지고 보면 그는 나를 철저하게 배신한 자이기도 했다.

수면이 부족해서 쩔쩔매고 있는 사람을 시켜 편지를 쓰게한 후 뜻을 이루게 되자 나를 헌신짝처럼 차버렸던 사람이었다. 나는 다시 불침번과 당번으로 돌아와야 했고 기합을 받는 자리에서도 두남두는 일이 없었다.

"이 촌놈의 새끼들, 가만히 보니까 완전히 개판이구나. 이렇게 먼지가 묻어 나는데 무시기 청소를 했다구?"

내 앞에 먼지 찍은 손가락을 들이대며 소리를 질렀다. 그의 말씨는 얼핏 서울말 같기도 하지만 평안도, 경상도 더러는 함경도 말씨까지 섞인 잡탕어였다.

어느 땐가는 훈병들 사이에서 그의 출생지가 어디냐 하는 것으로 논란이 된 적이 있었다. 그러나 우리들은 경기도일 거라느니 경상도가 분명하다느니, 그게 아니고 삼팔선을 넘어온 따라지일 거라는 등 이견만 분분한 채 결론을 내리지 못하고 말았다.

하여튼 잡동사니 방언에 특유의 악센트를 섞어 가며 우리들을 볶아댔는데 그는 또한 기합 넣기의 명수이기도 했다. 원산폭격, 토끼뜀질, 모래에다 머리 처박기, 운동장 열두 바퀴 돌리기 등 별의별 방법이 다 동원되었다.

그럴 때마다 우리는 분통을 삭이며 이를 갈았지만 이런 오기가 무슨 소용이 있었겠는가. 오히려 스스로에게 올가미를 덧씌우고 고통을 가중시키는 결과가 될 뿐이었다.

이런 가파른 파도를 넘으며 죽사리를 치는 동안 우리의 훈병 생활도 그럭저럭 종반에 가까워지고 있었다. 그러던 어느 날 나는 반갑잖게도 또다시 허중위의 부름을 받게 되었다.

"가만히 보니까 말이야, 너 아는 게 제법이더라. 어때, 이번에는 내 강의안 하나 써 주겠나?"

그날도 나는 수류탄 던지기, 철조망 통과하기 등의 고된 훈련으로 몸이 파김치가 되어 돌아왔었는데 이런 요청을 받고 보니 속이 떫고 난감하였다. 니기미, 던져 버린 헌신짝을 다시 주워 신겠다는 것인가.

"강의안이라고요? 소대장님이 갑자기 대학 강당에라도 서게 됐는가요?"

훈병생활도 ·파장인 판에 밑질 것 없다는 생각에 빈정거려 봤다.

"그게 아니고….”

아니나다를까, 그는 얼마 전처럼 당당한 것이 아니라 한결 풀이 꺾인 목소리로 말을 이었다.

"우리 부대에서 매주 토요일이면 장교 교육이라는 것이 있는데, 날더러 거기 나와서 강의를 하라는 거야. 아마 내 이력서를 보고 교육을 담당하는 이들이 그렇게 정한 모양인데, 알다시피 내가 무슨 그럴 실력이 있나. 그래서 너더러 그 강의안을 작성해 달라 그 말이야. 수고스럽지만 좀 해 주어야겠다.”

"아이고, 나는 그런 것 할 자신 없습니다.”

연애편지를 써 준 이후 나한테 보인 작태를 생각하자 와락 반감이 생겨 그렇게 거절해 버렸다. 실제로 힘이 미치지 못하는 일이기도 했다.

"뭐라구? 못하겠다구? 너 상관의 명령을 거부할 작정이냐?”

독사 같은 눈빛으로 나를 잡아 삼킬 듯 노려보았다. 여느 때 같았으면 손바닥이 허공을 가르고 뱃구레에 구둣발이 날아들었을 테지만 그날은 차마 그렇게 하진 못하였다. 목소리도 빈깡통처럼 소리만 요란했지 밑심이 빠져 있었다. 이미 훈병생활도 파장으로 접어들었기 때문에 분위기가 그럴 수밖에 없었다.

"못하겠으니까 못한다고 할 수밖에 더 있습니까요? 정말 난 그런 것 해본 적 없습니다.”

나는 물러서지 않았다.

"허허, 이 새까만 훈병놈이 아직 군대가 무어라는 것을 모르고 있구나. 정말 이게 골통감인데. 그러나 오늘 난 너를 때리지 않겠다. 어이, 조순동! 내 말 좀 들어라. 별수 있나. 하기야 고달프기는 하겠지. 우리말이야, 얼마 안 있으면 헤어질 판인데 서로 웃는 낯으로 갈리자우.”

이렇게까지 나오는 데야 나도 그 이상 버틸 힘이 없었다. 전답과 황소 팔아 엉터리 교수님 강의안 쓰려고 공부한 것은 아니지만 밑바닥에 내동댕이쳐져 있는 따라지 인생으로서는 도리 없는 일이었다. 이리하여 나는 엉터리 교수님의 엉터리 강의안을 쓰기로 작정하였다. 온몸에 범벅이 된 땀띠를 벅벅 긁어 대며 책상 위에 엎드려 한참 동안 끙끙거렸지만 좀처럼 그럴싸한 안이 떠오르지 않았다. 그러다가 학생 시절에 읽었던 어렴풋한 기억을 되살려, 민주주의란 무엇인가? 삼권분립은 어쩌고저쩌고 하는 되지도 않는 소리를 나열해갔다. 생각해 보니 몽테스키외나 루소의 말도 인용했던 것 같다. 나는 그 엉터리 강의안이라는 것을 이틀에 걸쳐 어렵사리 꾸며 내놓았다.

“그럼 내가 강의연습을 할 테니까, 잘 들어보라우.”

그는 칠판 위에 내가 만들어준 강의안의 제목을 적어 놓고 민주주의니, 대통령 중심제니 하는 소리들을 지껄여대기 시작했다.

“내 강의 어떠냐?”

“아주 훌륭하네요.”

우스꽝스럽기 이를 데 없었지만 나는 비위를 맞춰 주느라 대뜸 추켜주었다. 그러자 그는 희희낙락 원숭이처럼 깡충거리며 몇 번이고 몇 번이고 연습을 되풀이하다가 자정이 넘고 거의 한시가 되어서야 나를 돌려보내 주었다.

"소대장님, 아니 군수님. 그게 아니라 회장님이라고 부를까
요?"

나는 호칭을 바꾸느라 갈팡질팡하였다.

"그야, 너 알아서 할 일이지 내가 이래라 저래라 할 수야 있
나."

"그럼 회장님이라 부르겠습니다. 회장님, 저어, 그때 말씀입
니다요. 회장님께서 장교반에 강의를 나가신 적이 있으시지요?"

그게 아니면 그의 콧대를 꺾을 만한 재주가 없겠다 싶어 슬그
머니 그 시절의 이야기를 꺼내 놓았다.

"장교반 강사라……. 응, 그때 그런 일이 있었지. 오, 그러고
보니 자네가 바로 온몸에 땀띠를 바르고 있던 신병이구나."

그의 태도에 약간의 변화가 일어났다. 말도 다시 하게로 올라
왔다.

"강의안을 쓰라고 호통을 치시는 바람에 졸음은 밀려오는데
혼줄깨나 났었습니다요."

"그때야말로 나름대로 재미가 있었던 시절이었지. 그러고 보
니 오늘 우리가 잘 만난 것 같네. 자네 시간에 여유가 있으면 우
리 집 좀 구경할라나?"

"그거야 어려운 일 아닙니다만 그런데 회장님 댁은 본래 이곳
이 아니었던 것 같은데요?"

"사람이란 다 떠돌이인데 고향이란 게 어디 따로 있겠나. 나
역시 세상을 살아가다 보니 이런 곳에까지 흘러오게 되었다네."

허회장은 연막을 쳤다. 그는 언제나 정체를 드러내지 않았던

사람이었으니까. 그럴수록 나는 그의 집을 꼭 한 번 따라가 보고 싶었다.

"정말 나하구 같이 가 주겠나?"

"그렇게 하겠습니다."

나는 이미 마음을 작정한 바라 선선하게 대답했다. 버스는 차체를 흔들며 커브를 돌더니 바위산을 배경으로 자리잡은 한 마을 앞에 도착했다.

"다 왔네. 어서 내리세."

옛날의 그 병아리 시절처럼 나는 허둥지둥 허회장의 뒤를 따라 한길로 내려섰다. 울퉁불퉁한 바위들이 내려다보이는 검은 산 아래 붉은 지붕과 흰 벽이 일률적으로 지어진 마을이 나타났다. 군데군데 광석을 캐느라 파헤쳐진 구덩이가 보였다.

"광산촌이네요?"

"응 그래, 그런데 지금은 바닥이 나서 폐광되었어. 그래서 이곳에 우리가 새로운 주거지를 건설한 거야."

허회장은 그 중 가장자리에 있는 한 건물로 다가가더니 품안에서 열쇠를 꺼내어 대문의 자물쇠를 돌렸다.

으르릉.

막 집안으로 들어서자, 송아지만한 셰퍼드가 두 발을 들고 달려들었다.

"이놈, 만득아. 우리 집에 오신 손님이다. 그러면 안 돼."

나무라고 나서 허회장이 목을 어루만져 주자 개는 금방 꼬리를 흔들며 유순해졌다. 그래도 마음을 놓지 못하고 이마에 솟은 땀방울을 닦으며 처마 밑으로 들어서는데 이제는 도사견 한 마리가 뛰어나와 울부짖었다.

"말순아, 그럼 안 돼. 이분은 우리를 도와주시러 온 손님이야."

사람한테 타이르듯 나무라자 도사견 역시 꼬리를 치며 조용해져 버렸다.

"이리 앉게나."

허회장은 마루로 올라서며 나에게 말했다. 그는 옷을 갈아입겠다며 방안으로 들어가 문을 닫았다. 아무도 그를 맞이해 주는 사람이 있는 것 같지 않았다. 울긋불긋한 건물과 검은 하늘이 구성해 놓은 공간의 이미지가 갑자기 나에게 먼 이국의 산성에 유폐되어 버린 것 같은 격리감을 안겨 주었다.

"안으로 들어오라우."

이윽고 그는 방문을 열고 평안도 말투로 나를 불렀다. 안으로 들어가는 일이 별로 마음 내키지 않았지만 그렇다고 여기서 꽁무니를 뺄 수도 없는 처지라 신을 벗고 마루로 올라섰다. 이미 스위치를 꽂아 놓은 포트에서는 물이 바글바글 끓고 있었다. 그가 찬장에서 맥스웰 커피를 내려 컵에 부은 다음 그 위에 더운물을 붓자, 다갈색 분말이 떠올랐다. 그는 스푼으로 휙휙 저어 가라앉힌 다음 찻잔을 내 앞으로 내밀었다.

"들어봐. 홀아비가 끓여 준 것이라 맛이 없을 거야."

"맛이 좋구만요."

나는 대답하면서 왜 이 집이 이렇게 조용한지를 생각해 봤다.

"맛이 있을 리가 없지."

"그런데 사모님은 아이들 따라 서울에라도 가셨나요?"

"아니야. 아들놈 때문에 자꾸 싸우다가 아주 쫓아 버렸지 뭔가. 씨가 먹혀 들어가지 않는 여자였어. 빨갱이란 놈 편만 들고 있었으니 말야."

"누가 빨갱이라는 겁니까요?"

"찬수란 놈이네. 내 아들놈이라니까. 공부하라고 학교 보내 놓으니까 그렇게 됐지 뭔가. 말끝마다 노동자 민중 통일 어쩌고 이북의 빨갱이들이 하는 소리만 지껄여대고 있으니 영락없는 빨갱이가 아니고 무언가. 아무리 호통을 치고 타일러도 듣질 않아. 그래서 오늘 자넬 만난 김에 그 놈을 좀 가르치도록 부탁하려는 거네."

"제가 젊은이들을 어떻게 가르칩니까?"

"아니야, 자네는 가르칠 수 있어. 처음에 만났을 때는 자네가 누군지 짐작을 못했었는데 나중에 생각하니 장교들에 대한 강의 안을 쓴 사람이지 뭔가. 그런 실력이면 얼마든지 저놈 머릿속을 세탁할 수가 있어."

"안 될 말씀입니다."

"아니야, 할 수 있어. 설령 어렵더라도 나의 명령인데 자네가 복종하지 않을 텐가. 어서 일어나게."

허회장은 캐비닛 안에서 라이플 엽총을 꺼내어 들었다. 이 사람이 무슨 짓을 하려고 저런 걸 들고 나가는지 나는 가슴이 써늘했다.

"그놈이 자네 말까지 듣지 않고 버틸는지 어디 한번 보세."

그는 마치 누군가를 쏘아 버리기라도 할 듯이 총을 높이 쳐들고 격침을 당기는 시늉을 했다.

그를 따라 뒤꼍으로 돌아가자 창고가 나타났다. 허회장이 들고 간 커다란 열쇠를 자물쇠에 넣고 비틀자 육중한 문이 덜커덩하며 열렸다. 창고 안은 어두웠다.

"너 이놈, 정신 좀 차렸나?"

어스레한 창고 안에서 허회장의 굵직한 목소리가 울려나왔다. 거기에 누군가 사람이 있는 모양인데 어둠이 눈에 익지 않아서 아무것도 보이지 않았다.

"정신을 차리라고 며칠을 굶겼더니 힘이 빠진 모양이구나. 이렇게 해도 정신을 못 차린다면 너는 사람이 아니야. 오늘은 좋은 선생님 한 분 모시고 왔으니까, 말씀 잘 듣고 사상을 고치는 거야."

그러고 보니 아들인 모양이었다.

"이놈의 아가 학교에서 배운 것이 데모뿐이어서, 오늘도 나한테 스또라이구를 하고 있는 모양이네."

나는 천천히 발을 옮겨 창고문 앞으로 다가갔다.

"이놈이, 이 애비를 이기겠다고? 어림도 없다."

허회장은 점차 격앙되어 소리를 질렀지만 여전히 반응이 없었다. 나는 좀 이상하다는 느낌이 들어 창고 안으로 들어가 희미하게 형체를 드러내고 있는 그의 아들 옆으로 다가갔다. 나는 손을 뻗어 그의 몸을 만져 보았다. 그런데 이게 어찌 된 일인가. 몸이 동태처럼 굳어져 있는 것이 아닌가!

"회장님, 아드님이 주, 죽었습니다."

나는 소스라치게 놀라 물러서며 소리를 질렀다. 두려움 때문에 숨을 헐떡이며 밖으로 뛰어나왔다. 그러나 나는 거기에서 더 달아나지 못하고 발을 멈추고 말았다. 아까의 그 도사견이 통로에 웅크리고 있기 때문이었다. 하지만 아까 참에 주인의 주의를 들어서 그러는지 으르렁거리거나 덤벼들지는 않았다. 가까스로 그곳을 지나 출입문을 향해 발을 옮겼는데 거기에도 셰퍼드란 놈이 도사리고 있었다. 개는 나를 뚫어지게 응시하고 있었다. 두려움 때문에 나는 문을 빠져나갈 수가 없었다. 두려움으로 두근대고 있는 가슴을 누르며 안쪽을 돌아봤다.

어쩌면 엽총을 든 허회장이 나를 추적해 올지도 모른다고 생각했기 때문이었다. 물릴 것을 각오하고 셰퍼드 앞을 돌파할 것인지 말 것인지 나는 잠시 동안 망설였다.

따앙!

그때 창고 쪽에서 한 방의 총성이 울려 퍼졌다. 그 소리에 놀란 개가 움츠리는 순간 나는 재빠르게 몸을 날려 대문을 박차고 밖으로 뛰어나왔다. 골목을 빠져 한길로 나서면서 비로소 나는 뒤를 돌아봤다. 허회장의 집은 죽은 듯이 고요하여 개조차 짖지 않았다. 누구를 겨냥해 발사한 총성이었을까. 죽은 아들의 시체였을까, 아니면 자신의 가슴이었을까.

모르거니와 그것은 허회장 자신의 종말을 의미하는 조종 소리였을 것 같았다.

오방떡

"저어, 그것 한 개 얼마랍니껴?"

목발에 의지해서 한참 동안을 구경하고 있던 만백이는 침을 꼴깍 삼키고 나서 어렵사리 입을 열었다.

"백 원이구만이라우. 얼마치 사시게요?"

되묻고 있는 떡장사의 눈빛에서는 한 개라도 더 사주기를 바라는 욕망이 이글거렸다.

"사백 원아치는 안 파는가요?"

적게 사려고 하니 도리어 사는 쪽이 민망스러웠다.

"하필이면 죽을 사자, 사백 원인가요?"

"듣고 본께 그렇구만요, 그런다면 차라리 천 원어치를 주어 뿌리시오."

호주머니가 가난하긴 했지만 한뒤 개는 자신이 먹고, 남은 것은 집으로 가져가기로 마음먹고 저질러 버렸다. 사내는 고무신

짝같이 길쭉한 오방떡 열 개를 봉지에 싸서 건네주었다. 손바닥이 따가울 정도로 뜨끈뜨끈했다. 그런데 그는 오방떡을 받아 들고도 성큼 그 자리를 뜨지 않고 우물쭈물 멈칫거리고 있었다. 무엇인가 하고 싶은 말은 간절한데 차마 입을 뗄 수가 없었다. 그러나 오방떡 장사는 그런 것에는 아랑곳하지 않고 빵틀의 빈 자국에 반죽한 밀가루를 붓고 나서 팥을 넣은 다음 다시 그 위에 반죽을 채우느라 여념이 없어 이쪽으로 눈을 주지 않았다.

"저어, 한가지 물어도 되겠는기라우?"

빈자리를 채우는 일이 거의 끝나는 듯싶어 간신히 입을 떼자, 오방떡 장수는 저만치 놓은 국자를 잡으려다 말고 고개를 들었다.

"……?"

"한가지 물어볼라고요. 실례인지는 몰라도 지금 하시고 있는 그 장사, 하실 만한 기라우?"

"할 만해서 이 짓 하겠소? 목구멍이 포도청이라고, 죽지 않을라고 하고 있제. 그런디 어째서 그런 것을 다 묻소? 이 장사 한번 해보고 싶어서 그러요?"

"사실은 그래서 물어 보긴 했소만은…."

"그래라우이. 이 장사가 남 보기는 센찮해도 무시는 못하지라우."

"하루에 얼마치나 파는가요?"

"공사판에 가서 뼈빠지게 일하는 것보다야 낫지라우. 더구나 형씨같이 몸한지 불편한 사람한테는 뒤만 봐 줄 사람 있으면 이

장사가 갠찮지라우."

"그러면 나도 한 번 해볼란께 형씨가 이해해 주실라요?"

"이해하고 안 하고가 어딨다우. 가난한 사람들이 서로 안 굶고 묵고 살자는 것인디."

"그렇게 말씀해 주신께 고맙구만이라우. 그럼 잘 기십시오."

만백이는 목발을 짚고 절뚝절뚝 발을 옮기기 시작했다.

빵을 담은 봉지가 위태롭게 손끝에서 대롱거렸다.

"여보시오, 형씨!"

댓걸음 걸어갔는데 장수가 뒤에서 부르자 그는 발을 멈추고 뒤를 돌아봤다.

"이리 좀 와 보실란가요?"

무슨 일인지 어리둥절해서 그 자리에 서 있자 오방떡 장수는 손을 쳤다.

"무슨 헐 말씀 있으신게라우?"

그는 다시 빵틀 가까이로 되돌아갔다.

"형씨께서 아까 이 장사를 한 번 해볼 생각이 있으시다고 하셨지요?"

"예, 그렇게 말은 했소만은…?"

"그렇다면 이 가게를 인수해 가시지요."

"형씨는 어떻게 하고요?"

"그 동안에 여그서 번 돈으로 구멍가게 하나 세를 내게 되어, 이 장사 치울 참이구만이라우. 그러니 형씨가 기왕 장사를 시작할 생각이 있으면, 이것을 인수하면 어쩌겠소? 내가 살 때의 반값으로 드릴란께요. 다른 디 가서 알아보면 다 알 것인께요."

"워따, 그래라우이 그렇다면 핑 돌아가서 안사람하고 상의해 갖고 다시 올라올란께 다른 디다 팔지 말고 기다리시오이."

그렇지 않아도 장사를 시작하면 빵틀을 어쩌나 했던 판인데 참으로 잘되었다 싶었다. 절뚝절뚝 목발을 띄어 옮기는 그의 발길은 예 같지 않게 가벼웠다.

"여보! 일거리를 잡았어. 이것 먹어 봐."

급히 영암으로 내려간 만백이는 방안으로 들어서자마자 손에 든 빵봉지를 아내에게 내밀었다. 다급하게 걸어오느라 얼마나 애를 썼던지 이마에는 땀방울이 맺혀 있고 숨이 헐떡거렸다.

"무엇이간디요?"

아내 덕순이는 미심쩍은 표정으로 남편을 바라보며 봉지를 받았다. 아직 마흔도 안된 나이인데 햇볕에 그을리고 바람에 터서 고왔던 얼굴은 오십을 넘은 사람처럼 늙수그레해 보였다.

"시장헐 것인께 어서 그것부터 묵어. 내 이야기는 차차 헐 틴께."

"궁금헌께 어서 말부터 해야지라우."

"그럼 묵음서 들어. 오늘 말일세. 광주 나갔다가… 그런께 그 이름이 무엇이더라? 그렇지 다섯 오자가 붙었은께. 옳거니! 오방떡이란 것이 있드구만. 그것 장사를 허는 사람을 만났는디. 그 사람이 다른 장사를 할라고 기계를 나한테 인수하라는 것이여. 반값으로 주겠다고 했어. 그것을 우리가 사면 어쩌겠어? 이 떡이 바로 그 기계로 만든 것인께."

"밑도끝도없이 어째서 사방딱인가 오방떡 이야기는 퍼내 놓소? 그 장사를 할란다 그 말인가요?"

"맞어, 잘 맞췄구만. 우리가 그 장사를 하면 좋을 것 같은께 하는 말이여."

"경험이나 기술도 없이 아무나 허는 장사랍디요?"

"라지오 테레비도 고쳤던 놈이 그까짓 오방떡 하나 못 만들까? 하여튼 품팔이하는 것보다는 나을 것인께. 그 장사 한 번 해 보드라고."

허망한 세월, 그놈의 채소 값만 똥금되지 않았더라도 이렇게 되지는 않았을 텐데. 풍년이면 좋을 것 같아도 풍년이 들면 망하는 것이 채소 농사였다. 그럴 것이 먹는 입은 불어나지 않았는데 다른 것처럼 수출을 하는 것도 아니니 많이 생산되면 남아돌 수밖에. 미치게 너풀너풀한 배추, 열 일곱 계집아이 장딴지보다 굵어진 무를 보고 희희낙락했던 것은 순간의 기쁨이었을 뿐, 똥보다 더 천한 것이 무배추였다.

더구나 엉뚱하게 된 것은, 그것을 묻어 놓으면 내년 봄에는 찾을 사람이 있으려니 했었는데 공력만 아깝게 되어 버렸다. 원수놈의 겨울 날씨 탓이었다. 그놈의 날씨가 강시날만큼 호되게 추워 버렸어야 쟁여 놓은 무들이 얼어서 썩고 문들어져 값이 올랐을 텐데, 재수 없는 포수는 곰을 잡아도 웅담이 없다더니, 풍작이 흉작만 못하게 되어 버렸다. 차라리 그 돈으로 남들처럼 모이쪼판에서 한바탕 조여 버렸더라도 그렇게 억울하지는 않았을 것 같았다.

"앉아서 소매 보는 지집년이 무엇을 알랍디여. 아무리 빙신이라도 사나그 의견은 못 따라가라우. 그런께 당신 알아서 핫쇼예."

빚은 천야만야 걸려 있겠다, 당장 끼니 걱정을 해야 할 형편에 가지람부리고 앉아서 이것 저것 귀천 가릴 계제가 아니었다. 며칠 동안을 방안에 처박혀 아무리 궁리를 해도 앞이 캄캄하기만 했었는데, 병신이 풍장한다는 말처럼, 그래도 고치 달린 사내라 참다못해 목발 짚고 밖으로 나가더니 무엇인가 실낱 같은 빛을 안고 돌아온 것이었다.

"꾸물거릴 것 없네. 당장 같이 나가 그 기계 사서 장사 시작하세."

"아무리 다급하다고 실을 바늘 허리에다 감아서는 못 쓰는 법인께 차근차근 생각해 봅시다."

"생각하고 자시고 할 것 없단께. 어서 떠날 준비나 해여."

"기계 살 돈은 있소?"

"아, 종자 살 돈 십만 원 안 있는가? 인자 농사 안 질란께 그것 가지고 가제 어쩔 것인가."

그래도 올 농사에 대한 기대를 저버리지 못하고 있던 판이라 모진 어려움과 창피를 당하면서도 종자값은 쓰지 않고 때문은 궤짝 안에 가두어 둔 것이 없지 않아 있었다.

"그나저나 우리가 여그 사는 동안은 차마 쥑이지 못하고 참았던 빚쟁이들도 만약에 떠나는 것을 알면 가죽이라도 벗겨갈라고 할 것인디 어떻게 한 다요?"

"어쩔 것인가. 밤밥 묵는 도리밖에 없제."

"밤밥이라우? 놈들이 그런 짓 할 때마다 몹쓸 것들이라고 욕한 년이 어떻게 그런 짓거리를 할 것이오. 내사 못허겄소."

순만이 덕바우가 서울인가 강릉인가로 밤봇짐을 싸버렸을 때 몹쓸 것들이라고 욕을 했던 그들이었지만, 막상 자신들이 그런 처지를 당하리라고는 생각도 못했던 일이었다.

"이 사람아! 우리가 넘의 것 띠어 묵자는 것이간디? 나가서 벌어 갚자는 것이제."

"그래도 이 식구를 데리고 남 몰래 어디로 간다요."

"그럼 좋은 수가 있네. 우선 우리들만 나가서 자리를 잡은 다음 아그들은 점차 끌어올리면 될 것 아닌가."

"애기들 불쌍해서 어떻게 띠어 놓고 갈께라우. 흐흐흑."

인정에 약한 아내는 그만 흐느끼기 시작했다.

"나 떠나기 전에 오늘밤 그놈의 새끼한테 쫓아가서 뺨이라도 한 대 때려 놓고 올라네. 분해서 못 참겄네."

"누구럴이라우?"

"송배란 놈 말일세."

"내일 아침 떠날 사람이 새통 빠질 소리를 다하요이."

"나한테 기술 배운 놈이 한 동네다 점방을 차려 선생을 이 지경으로 만들어? 용서하지 못해."

한양에서 뺨 맞고 갈재에서 눈 흘긴다더니 만백이는 마치 아내가 장본인이나 된 듯이 덕순이를 노려보았다.

"어마어마, 그놈한테는 말 못하고 나한테 어째 이런다냐?"

"그런께 지금 그놈 집에 쫓아갈란단께."

막상 쫓아가지도 못할 사람이 아내 앞에서만 분풀이였다. 이런 밤중에 어떻게 목발을 짚고 그곳을 간단 말인가. 그러고 요새 젊은 놈들 어디 어른이라고 두남둘까 봐서? 도리어 적반하장으로 행패를 놓으면 몸도 성하지 못한 사람이 무슨 봉변을 당할지 알 수 없는 일이었다. 만백이는 한숨만 쿠르르 내쉬고 고개를 떨어뜨렸다. 다른 사람 같았으면 소주라도 한 병 꿀꺽꿀꺽 마셔 버리면 답답한 속이 풀릴 법도 하지만, 착실하기만 한 그는 아직까지 밀밭 가장자리도 가보지 못한 사람이었다.

친구집에 공부를 하러 갔던 단순이와 순금이가 돌아오는 모양이었다. 셋째인 복담이와 아들 정달이는 아랫목에서 천지 분간 못하고 잠들어 있었다. 아이들이야 어른들의 이런 심정을 알기나 하겠는가.

"단순이 너 동생들한테 잘 해야 한다이."

밑도 끝도 없이 만백이는 큰딸에게 일렀다.

"무엇을? 내가 동생들한테 잘못한 일 있간디요."

"없지만 앞으로 더 잘하란 말이다."

아이들을 떼어놓고 떠나자면 어차피 큰 딸애한테 맡겨야 하기 때문에 하는 소리였지만 부모의 속셈을 모르는 단순이에게는 공연히 탄하는 소리로 들릴 수밖에 없는 일이었다.

"아빠 엄마 내일 서울 댕겨올란께. 그 동안 집 잘 보고 있으란 말이다. 귀찮다고 해서 굶기거나 때리지 말고."

"그런 걱정 하지 말고 다녀오기나 해요. 그 대신 내 가방 하나

사다 주어야 해요."

"그래 그래, 사다 줄게. 그건 염려 말고."

만백이가 단순이를 타이르고 있는 동안 아내는 얼굴을 문가로 돌리고 눈물을 짜고 있는 것 같았다.

만백이는 본래 전파 기술자였다. 두 살 때 소아마비를 앓아 다리 하나를 못 쓰게 되자 앉아서 일할 수 있는 기술이 있어야 한다고 해서 읍내 외갓집에 맡겨져 일을 배웠다. 라디오 전축을 고치는 기술이었다. 그러다가 텔레비전이 나오자 그것을 고치는 기술까지를 배워 동네 앞에다 점포를 내었다. 큰돈은 아니었지만 일을 못하는 대신 일꾼들 품삯 벌어대고 얼마만큼은 농협에 적금도 했다. 밭도 댓마지기 샀다. 아내는 남편 대신 밭에 나가 오이, 토마토, 고추 같은 것을 심어 그것을 내다 팔았다. 수입이 짭짤해서 적금을 들어 돈을 늘려갔다.

그 무렵 한 동네 사는 박씨가 자기 아들 송배를 거두어 기술을 가르쳐 달라고 했다. 일가붙이 없이 고단한 처지인 그로서는 박씨 집 아이를 데리고 있으면 배경도 되고 고객을 확보하는 길도 될 것 같아서 흔쾌히 받아들였다. 그런데 그게 화근이 된 것이었다. 기술을 웬만큼 배운 송배가 갑자기 그만두겠다더니 다른 곳도 아닌 바로 한 동네의 삼거리에 자리를 잡고 장사를 시작한 것이었다. 그러자 대부분이 박가인 동네 사람들이 일가가 경영하는 곳을 외면하지 못해 시나브로 그쪽으로 몰려가게 되었다. 일 년을 지나고 보니 손님은 다 떨어지고 파리를 날리게 되었다.

별수없이 점포의 문을 닫고 아내가 하고 있는 밭일에만 의존

하게 되었지만 그게 뜻대로 되질 않았다. 재배한 채소마다 물이 쪄서 밑지는 일이 반복되었다. 그래도 미련을 버리지 못하고 빚을 얻어 다시 시도를 해봤지만 번번이 도로아미타불이었다. 빚은 늘어가고 그들의 앞을 막고 있는 것은 오로지 절벽뿐이었다. 앞산도 첩첩하고 뒷산도 첩첩하여 월출산에 두둥실 뜬 달도 예쁘지 않았다.

며칠 후 그는 기어코 빵틀을 십만 원에 인수하여 그날부터 오방떡 장사를 시작했다. 방을 얻을 돈이 없어서 변두리에 있는 허름한 하숙집에 여러날 머물겠다 해서 싼값으로 얻었다. 그는 틀 앞에 앉아 빵을 굽고 아내는 밀가루를 반죽하고 팥을 삶았다. 물론 리어카를 미는 일도 아내 차지였다.

수입은 보잘것이 없었지만 그럭저럭 여인숙 방값 치러 주고 식량값을 하고 나면 매일 몇 만 원이 손에 남았다. 밑천을 하고 남은 돈은 가까운 은행에 고스란히 예치했다.

"아무래도 애기들 데려와야 할란갑서라우."

어느 날 밤 몰래 영암을 다녀온 덕순이가 땅이 꺼지는 한숨을 내쉬며 하는 말이었다.

"왜, 무슨 일이 있던가?"

"애기들이 무엇을 안다고 그 사람들이 단순이를 볶는답니다."

빚쟁이 얘기였다. 평소에는 그렇게 친절하게 지냈던 사람들이 승냥이로 변한 것이었다. 신발을 신은 채로 마루로 올라와 호통을 치는가 하면 야료를 부리기까지 했다는 것이었다. 그 중에서 특히 노여운 것은 최상근이가 찾아와서 배신자라고 욕설을 퍼부었다는 것이었다. 아무리 돈이 좋다고 하지만 그럴 수는 없는 일이었다. 돈만 있으면 귀신을 부린다고 했고, 처녀 불알도 산다는 말이 있지만 아무리 그렇더라도 상근이만은 그럴 줄 몰랐었다. 그는 유일한 친구였고 거의 네것 내것 가리지 않고 살아온 사이였다. 그들은 시골에 같이 살면서 돈 때문에 의리를 저버리는 사람들을 무척 비난한 일도 있었다.

"야, 아무리 세상이 이렇다지만 우리는 의리를 지켜야 해. 사나이는 의리야. 의리를 안 지키는 놈은 붕알 띠어부러야제. 시시하게 쬐그만 돈 가지고 친구 못 알아보는 놈들 말이다."

하여튼 그들은 이런 이야기를 많이 했었다. 그런 상근이가 어린것들만 있는 집에 와서 큰 소리를 쳤다니, 정말 야속했다. 짜식 두고 보자, 내 어떻게 해서라도 돈을 벌어 그 녀석 앞에 확 뿌려주고 나서 뺨이라도 한 대 갈겨 주겠다. 그는 이렇게 뇌까렸지만 그런 때가 정말 닥쳐올 것인지 막막하기만 했다.

"데려와야제. 우리가 이렇게 고생하는 것도 다 즈그덜 때문인디. 우리 잘못으로 그것들만 고생시키는구만."

만백이도 한숨을 내쉬었다. 그들은 그 동안에 모은 몇 푼의 돈으로 사글세방 하나를 얻어 시골에 두고 온 아이들과 합치기로 했다. 하지만 아무리 변두리를 뒤지고 돌아다녀도 그들이 가지고 있는 돈에 맞는 방은 어디에도 없었다.

"한 달에 만 원짜리 달셋방 하나 구했구만요."

며칠 동안 이곳 저곳 수소문하고 돌아다니던 아내가 돌아와 하는 말이었다.

"우리가 오방떡 장사 시작한 것 잘했제?"

처음 올라왔을 때 막연했던 일을 생각하면 달셋방이라도 얻을 수 있게 된 것이 흐뭇하고 대견하기만 했다. 짐이라고 해야 얄팍한 이불 하나에 뒷점의 옷, 그리고 그릇 몇 가지뿐이었다. 그러나 그것이 이삿짐이고 보면 그냥 손으로 나를 수는 없었다. 웬만하면 일톤짜리 트럭 한 대 부르면 간단한 일인데 운임을 아끼려고 리어카로 옮기기로 했다.

아내는 앞에서 끌고 만백이는 뒤에서 밀었다. 방림동에서 우산동까지, 족히 십 리가 넘는 길을 가자면 더디기만 했다. 끊임없이 스쳐 가는 차량들 때문에 아찔아찔한 고비를 몇 번이나 넘겨야 했고 웬놈의 신호등은 또 그렇게 많은지. 시골 같았으면 한 시간 남짓이면 되는 길을 한나절이 걸리고 말았다. 덕분에 오방떡 장사는 쉬어야 했고 그렇지 않아도 시원찮은 다리가 고장이 나는 바람에 다음날은 아내가 대신할 수밖에 없었다.

아무리 달셋방이라고는 해도 못된 것들 지글바글하는 하숙집보다야 천당과 지옥 차이였다. 아무튼 그날 밤은 꼬막만한 부엌에 들어가 연탄불 피우고 된장찌개에 쌀밥 한 그릇 먹고 나니 세상 살맛 나는 것이었다.

"이렇게 살아가다가 다음에 전세방만 얻게 되면 그 다음부터는 집 한 칸이라도 장만하는 일은 어렵지 않을 것이시."

"그나저나 애기들은 언제 데려오지요?"

"그야 내일 밤이라도 살짝 들어가 데려오면 되겠제. 어려울 것 있는가?"

"누구한테 들키면 어쩌고라우? 길목을 막고 있을지도 모른다."

"그런다고 애기들을 거기다 버려둘 수야 없지 않는가?"

"그러면 내일 저녁 차로 내려가볼라요."

남편이 다리병신만 아니라면 언감생심 여자의 몸으로 밤중에 그런 일을 하겠다고 나설 수가 있었겠는가마는, 그는 이미 그런 일에 익숙해 있는 사람이었다.

아내의 잠행은 성공적이었다.

시골 방만도 못한 좁은 달세방이었지만 아이들은 호텔이라도 온 것처럼 좋아하였다. 아내는 그날 밤 저육에 호박 썰어 넣은 고깃국을 끓여 아이들에게 실컷 먹였다. 잘한 일이었다. 백번 잘했다 싶었다. 잠든 아이들의 얼굴이 행복해 보였다.

"불쌍한 것들."

만백이는 잠든 아이들 얼굴에 볼을 대고 비벼댔다.

"아버지."

"아빠아!"

다음날 아내는 예고도 없이 그가 장사를 하고 있는 학교의 담 밑으로 아이들을 끌고 왔다.

"야, 아버지 빵장사 하신다. 멋지다."

빵장사를 하다가 아이들한테 들킨 일이 좀 창피하여 잘 왔느냐는 말도 못하고 꾸물거리고 있는데, 셋째인 복담이와 아들인 정달이가 좋아서 어쩔 줄을 몰라했다.

"너도 아버지가 빵장사 하는 것 멋지지?"

끝엣것들이 좋아하는 바람에 파겁을 한 만백이는 큰애인 단순이의 속을 떠보느라고 물었다.

"별로요. 하지만 좋아요."

단순이의 대답은 부정적이었다. 하지만 혼자 집을 지키는 일이 두렵고 힘이 들었던 단순이는 부모 곁으로 온 일이 더없이 좋았다. 갑자기 하루아침에 고아가 되어버린 그들에게 더러는 따뜻한 손길을 뻗쳐 오는 사람도 없지 않았지만 대부분은 냉정하기 이를 데가 없었던 것이다. 그럴 것이 마을 사람들은 밤봇짐 싸는 일을 도둑질에 버금가는 일로 생각하고 있었기 때문이었다.

"어서 어머니 따라 안으로 들어가거라."

먼저 아이들에게 몇 개씩 구워 먹이고 나서 다시 한판을 구워내고 있는데 손님이 왔다. 점심 때가 가까워진 이맘때면 뱃속이 허심 허심해진 사람들이 하나둘씩 모여들기 시작했다. 이런 시간에 오방떡을 찾는 사람은 모두가 바닥이 뻔히 들여다보이는 사람들이었다. 쫄망구들이 아니면 자취를 하거나 아침을 거른 아낙이나 뿌리 없이 떠돌고 있는 부랑인들도 빼놓을 수 없는 손님에 속했다. 그러나 부랑인들이 가까이 오면 겁이 덜컥 났다. 첫째는 차림이 불결해서 그들이 앞에 있으면 다른 손님들까지 쫓아버리는 결과가 되고 또 그들 중에는 돈도 내지 않고 떼를 써버리는 축도 적지 않기 때문이었다.

어떤 날은 이쯤 장사가 되면 부자 부럽지 않겠다는 생각이 드는 순간도 있었다. 장사란 역시 농사보다는 나은 것이었다. 갈아서 심고 가꾸고 수확해야 하는 길고 지루한 기다림이 없어도 아침에 준비한 것들이 밤에는 바닥이 나면서 일단 그날의 장사는 끝나게 되어 있었다. 말하자면 갈고 씨뿌려 거두는 기간이 한 철이나 두철이 아니라 하루로써 마무리가 되어 버리는 것이었다. 비록 싹이 트고 자라고 열매를 맺어 그것이 무럭무럭 자라는 것을 바라보는 재미는 없다고 해도, 장사라는 것은 벼락같이 바쁘게 돌아가는 세상에서 결판이 빨리 나 애가 타지 않아서 좋았다.

단번에 몇 십 몇 백 벌어들이는 사람들의 눈으로 본다면야 코묻고 때묻은 돈 백 원 이백 원 모아들이는 것쯤 새발에 피만도 못하게 보일 수도 있겠지만, 농사를 지을 때 일을 생각하면 이미 부자나 다를 바 없었다. 상놈이 관을 쓰면 박이 벌어진다고, 이만한 정도가 제격이지 그에게 만일 바윗덩이같이 큰 돈 뭉치라도 떨어질 양이면 심장마비 걸려 죽을지도 모르는 일이었다. 그러니 당장은 욕심 부리지 말자는 것이 그의 솔직한 심정이었다.

그런데 앞날 밤의 꿈이 좀 사나웠다고 느꼈던 저녁때 한 무리의 손님이 물러가고 다음에 올 손님을 맞이하기 위해서 반죽 넣기에 골몰하고 있는 판이었는데 좀 색다르다 생각되는 사람이 눈앞에 쑥 불거졌다. 첫 인상부터가 심상치 않다는 느낌이었다. 걸음걸이에도 교만함과 거드름이 넘쳤다. 오방떡을 사러 온 사람은 결코 그런 모습일 수가 없었다. 할머니한테 들었던 일정 때의 순사, 전쟁 때의 토벌대 아니면 밀주를 뒤지러 왔던 그 세무서원의 거동처럼 그의 걸음은 당당했고 아예 위압적이었다. 가슴이 철렁했다. 호랑이를 본 토끼처럼, 매를 본 꿩처럼, 포수를 본 노루처럼, 교통순경을 본 운전사처럼, 그의 가슴은 갑자기 방망이질을 치기 시작했다. 반죽을 넣고 있는 손이 오들오들 떨렸다.

"당신, 주민증 좀 보여 주시오."

"예예, 아니 저어 집에 두고 안 가져왔지라우."

"거짓말 말고 내놓아요."

"가만히 있어 보시오. 혹시라도 여그 있을까."

만백이는 상대의 위압에 눌려 거짓말을 할 수가 없이 되자, 주머니를 뒤적거리기 시작했다. 이리 뒤지고 저리 뒤지고 우물쭈물 꿈지럭거리던 그의 손에 때꼽재기에 저린 주민증이 묻어 나왔다.

"당신, 이런 데서 노점상 하는 것 불법인지 알지?"

"모릅니다. 식구는 많고 굶어 죽을 수는 없고요. 목구멍이 포도청이라고…."

"변호사같이 제법 말을 잘 하는 사람이 법을 어기고 있구먼. 당장 치워요."

"아따, 이렇게 반죽해 놓은 밀가루는 어떻게 하고라우. 이런 짓거리라도 해서 사람이 살고 봐야지 죽을 수야 없지라우이."

처음 놀랐을 때보다는 달리 몇 마디의 대꾸를 하다 보니 조금은 담대해졌다. 빌어먹을 것, 굶어 죽으나 맞아 죽으나 이판사판이라는 생각도 들었다. 이런 막다른 골목에 부딪치면 밀어붙이는 힘도 있어야 한다고 생각되었다.

"당장 안 치우면 강제로 치웁니다. 그리고 당신은 즉심이어요."

강제철거, 즉심. 들어보기는 한 말인데, 그런 어마어마한 일이 자신의 앞에 닥치고 있다는 사실이 생소하여 실감이 나지 않았다. 무어라 대답을 할 수가 없었다. 이렇게 배짱으로 시간을 끌고 있으면 어떻게라도 결말이 나겠지 하는 막연한 기대 심리뿐이었다.

농사를 짓는 동안 수없이 되풀이되었던 절망과 좌절, 그 가슴 조이고 애를 태웠던 악마의 끄나풀은 끊어지지 않고 이곳까지 따라와 있었다. 밤봇짐을 싸 들고 떠나오는 순간 떨쳐 버렸다고 생각했던 그것이, 아직도 악연은 풀리지 않고 이어지고 있었다.

"알았지요?"

마지막 엄포를 놓고 그는 자리를 떠났다. 만백이는 뚜벅뚜벅 걸어가는 그의 뒷모습을 어두운 마음으로 바라보고 있었다. 그는 떠난 것이 아니고 돌아올 사람이었다. 일은 끝나지 않고 시작되고 있을 뿐이었다. 문득 단칸 사글세방에서 우글거리고 있을 아이들의 얼굴이 떠올랐다. 이 세상에 아무도 의지할 사람 없이 오직 자기만을 믿고 바람 부는 날 바다에 떠 있는 하나의 이파리 같은 작은 배를 타고 있는 아이들이었다. 물거품이 튀어 오르고 거센 바람에 흔들리는 배였다. 그런 형태로 아이들은 지금 낯선 땅 굴척진 방구석에서 몇 푼의 돈을 쥐고 돌아오기를 기다리고 있었다. 그 사내가 다녀간 후로 그는 먹구름 같은 것이 가슴속에서 머훌거리는 것을 진정시킬 수가 없었다.

일제 때의 순사, 육이오 때 총을 내두르며 설쳐댔던 사람들, 술을 뒤지던 세무서원과도 같은 그런 모습의 갖가지 형상들이 도깨비처럼 춤을 췄다. 폭풍이었다. 먼 하늘 끝에 검은 장막을 치고 소라속 같은 소용돌이로 바람을 일구어, 그 거센 힘으로 이 세상의 모든 것을 휩쓸고 핥아 버리기 위해서 무서운 혓바닥을 내두르며 이리저리 누비고 다니는 폭풍이었다.

"왜 그리 심이 없소?"

눈을 번히 뜨고 모진 놈의 악몽을 꾸고 있는데 리어카를 끌러 온 아내가 어둠 속에서 다가와 물었다. 그러나 그는 대답하지 않았다. 그녀에게 공포를 안겨주는 것이 두려웠다. 어머니가 지난 날 관청 사람들을 보고 몸을 떨었듯이, 아내는 그의 가슴속에서 지금 소용돌이치고 있는 바람에 대한 이야기를 들으면 필경 두려움으로 사시나무처럼 떨 것이기 때문이었다. 빚쟁이만 나타나도 차마 문을 열지 못하고 한참 숨을 고르고 나서도 달달 떨리는 손으로 방문을 밀고 다리를 후들거리면서 밖으로 나갔던 아내였다.

"뭔 일이 있었구만요. 있었다니까요. 어서 말을 해봐여. 어서요."

아내는 성화같이 재촉했지만 그는 입을 열지 못했다. 절뚝절뚝 아내가 끄는 리어카의 뒤를 따라가면서 그는 오만가지 생각을 굴리었다. 내일을 어떻게 해야 할 것인가 하는 문제를 놓고 골똘히 생각하고 있었다. 약속은 아니었지만 그는 그 자에게 분명히 대답을 했었다. 내일은 그만두겠다고. 하지만 그것은 결코 이행되어서는 안되는 약속이었다. 아무리 약속이라는 것이 소중한 것이라 할지라도 생명과 바꿀 수는 없는 일이었다.

"제까짓 것들이 무어간데?"

마음이 극도로 비참해지자 만백이는 입을 앙다물고 눈을 부릅떴다.

"나도 살아야 할 사람이여. 즈그들만 살 권리가 있는 것이 아니여. 우리 자식들도 살 권리가 있고."

그렇게 한 번 다짐을 하고 나니 힘이 솟았다. 절뚝절뚝 다리는 절어도, 자신이 병신이라고 생각할수록 오기가 솟았다.

다음날은 여느 날보다 약간 느지막하게 나가서 사방을 한 번 훑어보았다. 모든 것이 어제와 다름없었다. 회색의 하늘에 넋이 빠진 태양은 처량하게 떠 있고 며칠째 치우지 않은 쓰레기가 몰려 있는 담장에는 어젯밤 술꾼들이 꼰대를 들이대고 갈겨 버린 오줌 자국이 선연하게 남아 있었다. 오비 맥주와 같은 지린내가 확 풍겨 왔지만 농사꾼으로 자란 그에게는 오히려 향수처럼 느껴졌다.

그는 어제의 간섭자가 없는 것을 확인하고 다시 리어카 위에 반죽 그릇을 올려놓았다. 딸가닥, 뚜껑을 열고 우유 같은 반죽을 구멍 속에 부었다. 얼마쯤 있다가 뚜껑을 열자 이미 달아오른 불 기운으로 노랗게 익은 오방떡이 먹음직하게 익혀져 나왔다. 그것을 하나 하나 끌어내어 종이 위에 쟁이고 있자 벌써 일부 수업을 마친 국민학생 한 무리가 재잘거리며 다가왔다.

"오방떡 두 개만요."

"오냐 오냐."

이런 장사를 하는 사람은 어린 손님을 업신여겨서는 안된다. 상전처럼 모셔야 하는 법이다. 티끌 모아 태산이라고, 하여튼 장사는 찾아오는 사람이 끊이지 않고 붐벼야 하는 것이다. 국민학생들은 떼죽이 많아서 한 개 두 개를 사는 것 같아도 무리로 몰

려와서 한참을 법석대다 보면 눈깜짝할 사이에 쌓여 있던 빵들이
동이 나 버리곤 했다.

"여기는 단속하는 사람들 안왔어요?"

아침에 리어카를 밀어다 놓고 집으로 돌아갔던 아내가 아직
이른 시간인데 뜻밖에 나타나 불쑥 묻는 말이었다.

"왜 무슨 일이 있었소?"

어제의 일이 있었던 데다가 아내가 이런 시각에 돌아왔으니
아무래도 무언가 심상찮은 일이 있는 모양이었다.

"요새 노점상 단속이 심하다고 하구만요. 여러 사람이 이미 당
했다고 하요."

"우리야 이 짓 아니면 죽을 사람인데 설만들 어쩔려고."

"인정사정 없다고 합디다. 다짜고짜 끗고 가쁘린답디다. 하
기야 어떤 사람은 한 오천 원 집어 주고 모면하기도 했답디다마
는…."

"오천 원을 주면 눈감아 준다, 그말이제?"

"그래요. 방금 이리 오면서 어떤 장수한테 들었어요. 그 사람
도 오천 원 준께 안돼 안돼, 하면서도 슬그머니 물러가 버리더라
고 합디다."

"그까짓 돈 오천 원을 받았을라고?"

"아이고, 이런 장사하는 사람한테 오천원이 적은 돈인가요?"

"당창쟁이 콧구멍에서 마늘 씨를 빼 묵을 일이지, 우리 같은
노점상들한테 와이로를 먹을 사람이 어디 있겠어."

"아이고, 당신도 이 세상에 돈 마다하는 사람 봤는가요?"

"그런 소리 마소."

만백이는 심정이 뒤틀려 쏘아붙여 버렸다. 여전히 마음속은 편치 않았다. 그 사내가 또 나타나면 어쩌나 걱정이었다. 어제는 처음이었으니까 그 정도로 물러갔지만 다음에 나타나서는 아무래도 무사히 넘어갈 것 같지 않았다. 아내 역시 마음이 놓이지 않는지 돌아가지 않고 담장 밑을 이리저리 서성거리고 있었다. 해는 한 치씩 서녘으로 비껴서고 날씨는 찌뿌드드하여 마음을 어둡게 했다.

"돌아가지 않고 무엇하고 있어?"

못된 생각이 마음을 죄어 나오자 만백이는 아내에게 소리를 질러 버렸다.

"아무래도 그 사람들이 올 것만 같소. 우리라고 두남을 둘랍디요."

"설만들 생사람을 죽이기사 할라든가? 하지만 죽일 티면 죽여 보라고 해. 좆 같은 것. 만약에 장사 못하게 하면 저 죽고 나 죽고 할란께."

막다른 골목에 몰린 사람들의 입에서는 웬만한 일에서도 곧잘 죽이네 살리네 하는 극단적인 소리가 튀어나왔다. 가진 자들에게야 오방떡 리어카 하나 치우는 일쯤 아이들 소꿉장난만도 못한 일이지만 막상 당하는 입장에서는 생사와 관계되는 일이니까.

예감은 빗나가지 않았다. 분명히 어제의 그 사내였다. 옛날 어머니한테 들었던 왜놈의 순사나 토벌대의 군사, 술을 뒤지러 온 세무서원처럼 그는 싸늘한 눈초리로 이쪽을 쏘아보며 뚜벅뚜벅

다가오고 있었다. 사내는 리어카 바로 앞에서 뚝 발을 멈췄다.

"당신, 어째서 말을 안 듣고 또 차렸소?"

사내는 대뜸 큰소리로 꾸짖었다. 법을 어긴 사람에 대한 준엄한 단죄가 내려질 모양이었다. 이제는 그물에 걸린 토끼가 되었구나 싶었다. 만백이는 기가 콱 막혀 입이 열리지 않았다. 눈을 간잔지렇하게 뜨고 이런 꼴들을 살피고 있던 아내의 손이 원피스 호주머니 속으로 슬그머니 들어가고 있었다. 아마도 아내는 여길 오면서 이런 꼴을 당한 경험이 있는 노점상한테 들은 계략을 실천할 심산인 모양이었다. 당창쟁이 콧속에서 마늘씨를 빼다가 저 자에게 바칠 모양이었다.

"왜 말을 안 듣느냐 말이요? 좋게 말해서 듣지 않으면 단속반을 몰고 옵니다. 그리고 또 있어요. 당신을 즉심으로 넘기겠소."

"우리 좀 살려 주시오."

드디어 아내가 그에게로 다가가 허리를 굽혔다. 옛날 할머니, 어머니가 순사들과 세무서원한테 그랬던 것처럼, 아내는 사내를 잡고 매달렸다. 그러면서 손아귀에 쥐고 있던 오천원짜리 지폐를 슬그머니 그의 손에 쥐어 주었다. 당창쟁이 콧구멍의 마늘씨를 건네주었다. 갑돌이가 물 길러 가는 을순이 손에 연애편지를 쥐어 주듯, 밀수꾼들이 압록강에서 파수꾼에게 금화를 바치듯이, 빨간 지폐는 그의 손아귀로 슬쩍 은밀하게 건너갔다. 아닌 척 한번 주위를 살펴본 사내는 딴전을 부리며 그 돈을 호주머니로 쑤셔 넣었다.

"당신 말이요!"

사내는 아까보다 더 준엄하게 폼을 잡고 위엄 있는 소리로 만백이에게 말했다.

"당신 말이요! 몸도 불편한 것 같아서 오늘은 봐 주는디, 만일 다른 사람들한테 잡혔다 하면 용서가 없을 것인께, 그리 알아요."

"예에, 알았구만이라우. 참으로 감사합니다요."

아내가 고두백배 머리를 조아리자 만백이도 덩달아 고개를 흔들어 주었다. 서슬 퍼렇게 덮쳐온 바람은 다행히 리어카를 날려 버리지 않고 이렇게 지나갔다.

"내가 여기 있기를 잘했지라우?"

아내는 자기의 수완이 자랑스러워 만백이에게 말했다. 하기야 다급한 일을 당하면 여편네 소견을 사내가 따르지 못한다고, 주변머리로 보면 덕순이가 웃도는 편이었다.

끝내 철거를 하라고 강요하면 죽일 테면 죽여 보시오! 하고 맞서기 십상이었을 것인데, 역시 아내의 수완은 인정해 줄 만했다.

그러나 모진 바람은 그것으로 끝나지 않았다. 이틀만에 이제는 하나가 아닌 다섯이나 되는 인원이 몰려왔다. 그들은 다짜고짜 리어카를 어디론가 끌고 가기 시작했다. 반죽 통이 땅에 떨어지고 국자가 굴러도 막무가내였다. 그들의 눈에야 고물에 불과한 쇳덩이겠지만 소중한 밥줄을 놓치지 않기 위하여 만백이는 절뚝거리며 뒤를 좇았다. 리어카는 어느 커다란 창고의 마당에 폐물처럼 내동댕이쳐졌다. 거기에다 소문을 들으니 단속에 걸린 사람들은 모조리 즉심이라는 것에 돌려질 것이라고 했다.

며칠이 지나자 그에게 떨어진 것은 오천 원의 벌금이었다. 다시는 그 짓을 하지 않겠다는 서약서도 받아 갔다. 그날 오후에는 밥줄인 리어카도 찾았다. 사나운 바람이었다. 모든 것을 산산이 부숴 버린 태풍이었다. 아내가 쥐어 주었던 오천 원은 예방약이 되지 못했고 다만 미리 태풍을 알리는 예고장일 뿐이었다. 이런 일을 당하고서는 또 다시 장사를 시작할 용기가 나지 않았다. 단속이 잠잠해지도록까지 겨울잠을 자거나 달리 살길을 찾아야만 할 것 같았다.

"이겨야 해요."

만백이의 이웃으로 리어카를 찾으러 온 한 노점상이 갑자기 소리를 질렀다.

"변상을 받아야 해요."

또 한 사내가 외쳤다. 그는 충장로에서 액세서리점을 하고 있다가 끌려갔는데 물건을 찾으러 와 보니 몽땅 없어져 버렸다는 것이었다.

"우리도 단체를 조직해서 대항해야 합니다."

눈이 빛나고 광대뼈가 불거진 한 사내가 손을 휘두르며 외쳤다.

"돈을 가진 사람들만 살 권리가 있는 것이 아니라, 가난한 우리도 굶지 않고 살아갈 권리가 있다는 것을 보여 주어야 합니다. 여러분! 단결합시다. 우리가 단결해서 싸우면 살 것이요, 그렇지 않으면 죽음밖에 없습니다."

"옳소!"

찬성하는 소리에 이어 여기저기서 박수가 터져나왔다. 그들은 어디론가 우르르 몰려가기 시작했다. 뒤를 따르고 싶었지만 다리가 불편한 만백이는 걸을 수가 없었다.

"야, 너 농민회에 나오라. 우리가 단결해야 앞으로 살 수 있다."

상근이의 말은 백번 정당한 말이었다. 그러나 그는 선뜻 앞으로 나서질 못했었다. 불편해서도 그렇지만 자격지심 때문이었다. 허, 병신이 풍장하네. 필경 그런 소리를 들을 것만 같았던 것이다.

가톨릭농민회와 기독교농민회에 이어서, 그 두 단체와 일반 농민들을 합세시킨 농민회가 생겨 운동을 확대해 나갔지만, 그들의 외침은 메아리도 없이 허공으로 사라져 버렸을 뿐이었다. 농촌은 물을 먹은 토담처럼 버글버글 무너져 갔다. 어느 누구도 그것을 막지 못했다. 농사꾼들은 하나둘 둥지를 떠나 먼 타향으로 날아갔고 만백이 역시 그들과 별로 다를 바 없이 고향을 버린 사람이었다.

산 넘어 또 산이었다. 이제는 노점상 단속이었다. 어느 누가 떳떳하게 점포 안에서 장사하지 않고 이렇게 뿌리 없이 떠돌고 싶은 사람이 있겠는가. 노점상들은 한쪽으로 가서 무엇인가를 한참 논의하더니 곧 몰려나와 기세를 올리기 시작했다. 다시 구호가 튀어나왔다. 그들의 주장은 백번 모두가 옳은 말이었다. 그래서 만백이는 옳소! 하고 소리를 치고 손바닥이 터지도록 박수도 보내 주었다.

스산하게 바람이 불었다. 가을이 고개를 넘어가고 있었다. 그는 어렸을 때 배웠던 천자문을 생각했다. 가을 추秋, 거둘 수收, 겨울 동冬, 감출 장藏. 그랬다, 가을은 거두는 계절이었다. 그러나 그에게는 거둘 만한 아무것도 남아 있지 않았다. 겨울에는 감추어 저장을 한다고 했지만 거두지 않았으니 감출 것이 있을 수가 없었다.

아내가 맥빠진 모습으로 다가오고 있었다. 너무나 빼 마르고 초라해 보였다. 낙엽처럼 날아가 버릴 것 같은 모습이었다. 하기야 낙엽이지. 그나 나나 삶의 줄기에서 떨어져 구르고 있는 낙엽이지. 오늘은 이 골목 내일은 저 골목, 어느 골목이건 거절만 하지 않는다면 머무는 곳이 그들의 집이니까.

"갑시다."

되찾은 리어카를 밀며 아내가 말했다.

"오늘은 이대로 집으로 돌아가지."

준비도 없이 장사를 시작하기에는 너무나 늦은 시각이었다.

"저기 반죽이랑 팥이랑 다 만들어 놨어요."

"어떻게 될지도 모르고 반죽을 해 놨다고?"

"이게 우리 농사 아니어요?"

오방떡 장사를 농사라고 했다. 그 소리에 만백이는 콧등이 시큰했다. 버리고 돌아온 고향 생각이 문득 떠올랐다. 상근이 생각도 났다. 빌어묵을 자식. 나더러 배신자라고? 하기야 고향을 버리고 나왔으니까 배신자인지도 모르지. 끝까지 남아 고향을 지키자고 했었지만, 밤봇짐을 싸버렸으니 내가 비겁한 놈이지. 할 말이 없었다.

그는 앞서의 그 자리를 비껴 학교의 남쪽 모퉁이에 자리를 잡고 떡을 굽기 시작했다. 늦추 잡은 장사니까 서둘러야 했다. 불을 피우고 반죽을 부었다. 팥을 넣고 그 위에 다시 반죽을 채웠다. 익음 직하면 그것을 꺼내고 다시 부었다. 새로 잡은 자리가 되어 아무래도 손님은 뜸했다. 날마다 빠지지 않고 찾아왔던 아이들은 어떻게 되었을까. 다행히 이 자리를 알게 되면 좋으련만.

"우르과이라운드…!"

무슨 소리일까, 바람을 타고 멀지 않은 곳에서 외침 소리가 들려 왔다. 그 소리는 이상하게도 귀청만을 울리는 것이 아니라 그의 가슴을 뜨끔하게 찔렀다.

"추곡수매…!"

귀에 익은 소리였다. 그의 가슴이 울렁거리기 시작했다. 그는 저도 모르게 엉덩이를 들었다. 무작정 리어카를 끌고 소리가 나는 쪽으로 밀어댔다.

"어디로 갈라고 그래요?"

아내가 놀라 눈을 왕방울처럼 크게 뜨고 물었다.

"저기 사람들이 많이 모인 곳으로 가겠소."

"거기 가면 당신 같은 사람은 밟혀 죽어요."

되지도 않을 일을 외고집으로 밀고 가려 했으나 덕순이는 거들지 않을 수가 없었다.

"우르과이라운드 결사반대!"

이제는 모든 것이 확실해졌다. 농민들이 농산물 수입을 반대하고 추곡수매를 요구하는 시위를 하고 있는 것이었다. 만백이는 공연히 신이 났다. 그 사람들과 당장 어울려 한바탕 떠들어대고 싶었다.

"빨리, 빨리 가세."

그는 성급하게 아내를 재촉했다. 그러나 그의 앞길은 곧 전경들에 의해서 차단되었다. 별수없이 골목을 휘어 돌고 대로를 건너 군중들이 모인 후면으로 밀고 들어갔다.

"오방떡이오."

그는 사람들 속을 헤치며 소리를 질렀다. 그 소리를 듣고 네댓 사람의 농민들이 몰려들었다. 아침에 집을 나와 여직까지 아무것도 먹지 못한 그들은 쪼르륵 소리가 나는 허기진 배를 움켜잡고 너도나도 입안으로 오방떡을 몰아넣었다.

"오방떡이오."

"너, 만백이 아니냐?"

그때 누군가가 그의 등을 툭 치며 물었다. 놀라 돌아보니 뜻밖에도 상근이였다.

"너도 여기 왔구나!"

만백이는 방금 구워 낸 오방떡 하나를 상근이에게 주며 반겼다.

"이 자식, 배신자."

상근이는 떡을 받으며 다시 등을 쳤다.

"맞다. 나는 배신자다. 아나, 오방떡이나 한 개 더 먹어라."

그러는 사이 아는 얼굴들이 하나 둘 모여들더니 어느 새 리어카를 에워싸 버렸다. 모두가 낯익은 마을 사람들이었다.

"만백이가 여기서 장사하고 있다."

"워메 이 사람 보소. 그러고 본께 만백이는 도시사람이 되어 버렸구만이. 아따, 성공했네이."

"도시사람이고 뭐고, 자아, 오방떡이나 하나씩 묵어라."

만백이는 오방떡을 집어 그들에게 나누어주기 시작했다. 바닥이 나면 다시 만들고 또 만들었다. 아내도 신이 나서 거들었다. 잔뜩 시장하던 판에 뜨끈한 오방떡을 받아 든 동네사람들 얼굴에는 비로소 생기가 돌기 시작했다. 너도나도 손을 내밀고 떡을 받아 가고 있는데, 그 중에서 유독 한 젊은이만은 앞으로 나서지 못하고 자꾸 사람들 뒤로 빠지며 주춤거리고 있었다. 떡을 받고 싶은 마음은 간절한 것 같은데 차마 그러지 못하고 살짝 사람들 뒤에서 얼굴을 내밀었다가 감추어 버리는 일을 반복하고 있었다. 동네 앞에다 점방을 내어 손님을 빼앗아 가버린 송배였다.

"송배야! 너 어째 그라고 있냐? 이 떡 받어라."

"고맙구만이라우."

송배는 송구스러워 몸둘 바를 모르며 앞으로 나와 떡을 받았다.

"어째 라지오는 안 고치고 이런 디를 나왔냐?"

"아무리 그런 일은 하고 있어도 나는 농사꾼 편인디라우."

"잘 생각했다. 시장하것다, 하나 더 묵어라."

만백이는 덥석 오방떡 세 개를 집어 송배의 손에 쥐어 주었다. 그것을 받아 든 송배는 연신 허리를 굽신거리며 군중 속으로 물러났다.

"오방떡이야, 오방떡."

만백이는 신이 나서 외쳤다. 그러나 그 소리에는 한숨이 섞여 있는 것 같기도 하고 어찌 보면 절망의 구렁텅이에 빠진 사람의 절규같이도 들렸다.

오방떡이 동나 버리자 만백이는 절뚝절뚝 군중 속으로 뚫고 들어가 짚고 있던 목발을 높이 치켜들었다.

"만백이가 왔소. 밤봇짐 쌌던 만백이가 농민들 속으로 돌아왔소. 우르과이라운드 결사반대!"

노래방과 차단기

며칠 전까지만 해도 아무 거리낌 없이 드나들었던 곳이었다. 그런데 오늘은 느닷없이 문지기가 나타나 앞길을 가로막고 서서 돈을 내라는 것이었다. 뽕나무밭이 푸른 바다로 변한다더니 어느 사이엔가 성산 골짜기가 갑자기 유료 유원지로 변해 버린 것이었다.

"이 사람들아, 우리가 항상 댕기던 길을 가로막고 서서 웬 입장료란가? 그럴라 치면 차라리 식칼 들고 너릿재로 올라가 산적 패나 되는 것이 좋을 것 같네."

화가 치민 김덕수씨는 눈을 치켜 뜨고 문지기들을 향하여 소리를 질렀다.

"우리는 시장님한테 허가를 받았소. 그러니 이제부터는 돈을 내지 않는 사람은 아무도 안으로 들어갈 수가 없소."

"이 길은 우리 하나씨가 댕기고 우리 어메 아배가 날마다 드나

들었던 길이여. 그런디, 아무리 시장의 허가를 받았다고 해서 자네들이 무슨 권리로 대로를 가로막고 돈을 내라는 것인가? 옛날 봉이 김선달이 대동강 물을 팔아 묵었다는 말은 들었다마는 노상 강도가 아닌 다음에야 어찌 이럴 수 있단 말인가. 이 세상 어디에 이런 짓을 하는 놈들이 있는가 보소. 괘씸한 사람들 같으니라구?"

"워따메, 그럼 입장료 받는 곳이 어디 여기뿐인 줄 아시오? 대흥사, 내장사, 불국사, 백양사, 해인사, 고궁, 박물관 할 것 없이 모두 다 받고 있다는 것을 모르시오?"

"그런 곳은 부처님을 모셔 놓거나 보물이 있은께 그러지만, 여기는 맨판 아무것도 없는 산골짜기가 아닌가? 그런 곳을 가로막고 서서 돈을 내라구? 절대로 안되네. 안돼, 안된다니까."

그러나 문지기들은 태산이라도 되는 듯 버티고 서서 비껴 주려 하지 않았다. 어처구니없다는 듯 허허, 하고 웃고 나서 경멸의 눈초리로 그들을 노려보았다.

"이 쳐죽일 놈들 보게. 그래도 비키지 못할까!"

덕수씨의 입에서 드디어 모진 소리가 울려나왔다. 몇 년 동안 쌓이고 쌓였던 울분이 비로소 화산처럼 폭발해 버린 것이었다. 이제까지 이러저러한 일로 속상하고 뇌꼴스러운 꼴을 수없이 겪으면서도 못나고 비뚤어진 자식 하나 둔 죄로 내색 한번 못하고 죽은 사람처럼 살아왔는데, 오늘은 아무리 양보해도 물러설 수 없는 억지꾼을 만나 그만 울분을 터뜨리고 만 것이었다.

"그렇게 돈이 아깝거든 집에 돌아가 할멈이나 보듬고 놀 일이지 무엇 때문에 이런 곳에는 나왔소?"

그래도 문지기들은 어느 개가 짖느냐는 듯 히히덕거리며 부아를 돋구느라 비아냥거리기까지 했다.

"흥, 인자 본께 이놈들이 이 늙은 놈을 원숭이 놀리듯 하는구나."

덕수씨는 참을 수 없게 되자 부사리처럼 그들을 밀어붙이며 안으로 들어가려 했다. 그러나 오십이 넘은 나이에 어찌 원기 팔팔한 젊은 놈들을 당할 만한 힘이 있었겠는가. 문지기들은 버마재비처럼 달려들어 그를 틀어잡고 몸을 뒤지더니 호주머니에서 자그마치 일금 이천 원을 찾아 챙긴 다음에야 비로소 아무렇게나 하라고 놓아주었다.

어거지로 강탈해간 천 원짜리 지폐 두 장이 꽉 막혔던 빗장을 풀어준 셈이었다. 문지기의 손에서 풀려난 그는 골짜기가 있는 안쪽을 향해 뚜벅뚜벅 걸어 들어갔다. 나무들은 울긋불긋 단풍이 들고 바위 사이로는 시냇물이 졸졸졸 흘러내리고 있었다. 그는 아름다운 경치에 정신이 팔려 한참 동안 걸어가다가 자신도 모르게 입을 달싹거리기 시작했다. 길가에 종깃종깃 서 있는 나무들을 세어 가고 있는 것이었다.

"일곱, 여덟, 아홉, 열…"

이렇게 한없이 늘어선 나무들을 세어 가는 일이 무척이나 재미있었다. 그러나 그는 그만 깜박하다가 지금까지 세어 올라온 수의 끝을 놓쳐 버리고 말았다. 기억에는 분명히 일흔 일곱까지였던 것 같은데, 어쩌다 보니 지금은 서른 일곱을 세고 있었다.

마흔이라는 수를 뒷걸음질쳐 버린 것이었다. 그렇다고 나무들의 숫자가 줄어든 것은 아닐 것이니, 그건 분명 셈의 순리에 대한 반역이었다. 적진을 향해 진격해 들어가던 병사가 갑자기 돌아서서 아군을 향해 발포를 하고 있는 꼴이라고나 할까. 하지만 그것은 의도적으로 저지른 장난은 아니었고 다만 건망증이라는 괴물이 꾸며낸 음모일 뿐이었다.

"서른 여섯, 서른 일곱, 서른 여덟…"

이렇게 세어 내려가다가, 이건 또 무슨 이변인가. 그는 어느 사이에 일흔 여덟, 일흔 아홉, 여든, 하고 아까 참에 놓쳐 버렸던 수의 끝을 되찾은 것이었다. 뒤죽박죽이었다. 다른 때 같았으면 이런 부질없는 수의 장난 따위 당장 집어치워 버리고 말았을 테지만, 그는 한번 빠진 미궁에서 헤어나올 수가 없었다. 앞뒤가 맞지 않는 수를 번갈아 주문처럼 외워 가며 한없이 숲속을 방황하고 있었다.

"서른 셋, 서른 둘, 서른 하나…"

어느 사이에 이제는 역순을 더듬고 있었다. 그는 한시바삐 함정에서 빠져나오고 싶었다. 그러자면 한없는 순수의 끝을 따라가는 것보다는 역으로 내려와 '0'에서 끝장을 내고 싶었다. '0'은 모든 것이 무로 돌아가는, 그래서 종말을 의미하는 수이기 때문이었다.

"다섯, 넷, 셋, 둘, 하나, 영."

그는 드디어 '0'이라는 수에 이르러 비로소 안도의 한숨을 내쉬었다. 그러나 그의 마음 구석에는 아직도 똥 누고 밑을 닦지 않은 것처럼 꺼림칙하게 거치적거리는 것이 있었다. 그의 의식 속에 떠오른 것은 부수負數였다. 학교에서 배웠던 수학의 상식으로는 소수점 이하로도 한없는 수가 이어지고 있는 것이었다. 그의 안중에는 이미 나무라는 셈의 대상 따위는 보이지 않았고 눈을 감은 채 의식 속에서 소수점 이하의 부수의 세계를 더듬고 있었다.

"영점 일, 영점 이… 영점 십일…"

이렇게 세어 내려가다가 그는 알지 못하는 사이에 현기증을 느끼기 시작했다. 절벽 사이를 건너지른 줄을 타는 듯, 험악한 낭떠러지로 된 벼랑에 선 듯, 오금이 저리며 머릿속이 아찔아찔하였다. 이대로 물러가다가는 깊은 골짜기에 떨어져 목숨을 잃어버리거나 영하 몇 십 도의 상태에서 냉동되어 버리지나 않을까 하는 두려움이 덮쳐 왔다. 이러한 수의 후퇴는 또 거의 빈털터리가 된 그의 가정을 부채 투성이로 만들어 길거리로 내쫓김을 당할지도 모른다는 불안을 자아내게 했다.

아들인 해섭이가 교사직에서 해직만 되지 않았더라도 이런 방황은 없었을 것이다. 그리고 공연히 봉변을 당하면서까지 부질없이 나무들을 세는 일 따위를 시작하지 않았을 것이었다. 아무와도 만나기가 두려운 인간기피증, 자기를 둘러싸고 있는 환경과 질서에 대한 혼돈감, 이런 것들이 그를 이런 곳으로 유인해 온 것이었다.

어머니의 뱃속에서 응애, 하는 울음을 터뜨린 이후, 그는 사람들의 사랑과 관심 속에서 성장해 왔었다. 재능으로 말하더라도 남에게 뒤지지 않아 항상 선두의 무리에서 벗어나지 않았고 직장에서는 우수한 직업인으로 평가받고 일해 오다가 정년을 맞았었다. 그런 그가 요사이에 와서는 사람들 만나기가 두려워 동창회나 향우회 같은 모임에도 참석하지 않게 되었고, 아는 사람과 부딪히기 쉬운 동네 앞을 나가는 것도 꺼리고 있었다.

"해직교사의 아버지가 저기 온다."

이렇게 앞에서 헤헤거리고,

"해직된 김교사의 아버지 저기 간다."

이렇게 뒤에서 손가락질을 할 것만 같아서 함부로 지나갈 수가 없었다. 가정에서도 날짜와 요일 같은 것을 잘못 짚어 빈번하게 실수를 저지르고 있었다. 이렇게 주눅이 들고 정신이 혼미하다 보니 마치 항아리나 토관 속에 갇혀 버린 것처럼 제대로 운신하기가 어려웠고, 시야가 좁아져 세상을 널리 바라볼 수가 없었다.

덕수씨는 한나절 동안을 성산계곡에서 방황하다가 서산 위에 해가 설핏해지는 시각에야 어슬렁어슬렁 골짜기를 걸어 내려왔다.

"여보시오. 덕수씨! 어째서 자꾸 나를 피해 갈라고만 하시오. 정말 그러시기요? 허허허허…"

그렇지 않아도 그 사람이 저만치 나타난 것 같기에 고개를 외로 틀고 슬쩍 지나가려는 판인데, 박종남씨가 먼저 이쪽을 알아보고 짓궂게 말을 걸어 왔다. 그저 아는 체만 한 것이 아니라 허허허, 하고 웃어 버리는 데는 남의 밭에서 무 캐먹다 들켜버린 사람처럼 무렴하기 이를 데가 없었다.

"......"

"설마하니 내 자식 만수란 놈이 고자질해서 해섭이가 해고되었다고 생각하는 것은 아니겠지요?"

머쓱하게 서 있는 덕수씨에게 박씨가 물었다.

"나는 내 자식이 해고된 일을 두고 남을 탓하지 않소. 다 제놈이 저지른 자업자득인데 누구를 원망하겠소."

"말씀은 그렇게 해도 언짢은 구석이 있을 텐데요?"

"나는 내 자식이 그런 짓 해서 해고된 것이 부끄러워 그러는 것이지, 당신 아들을 의심해서가 아니라니까요."

"그래요? 그런데 나는 당신이 나를 더러운 놈으로 보고 피하는 것만 같아서 죽을 지경이오."

"내가 박씨를 더러운 놈이라고 생각하다니요?"

"꼭이 그렇다는 것보다는, 내 자식 만수란 놈이 하는 짓을 아무래도 신통치 않게 생각하시는 것만 같아서요."

"아니, 어째서 만수 하는 짓이 그렇다는 것인가요? 아무리 우리 부자의 처지가 이렇게 되었기로, 그런 식으로 비아냥거리면 안됩니다."

말하고 있는 덕수씨의 얼굴은 숫제 말려 놓은 하눌타리 열매처럼 노랗게 쪼그라져 있었다.

"내가 어쨌다고 김씨를 비아냥거리겠소? 사실이 그러니까 그렇다는 것이지요. 자아, 들어보시오. 장부가 한번 정한 마음을 바꾸는 것이 옳은 일이겠소, 바꾸지 않는 일이 옳은 일이겠소? 대장부는 지조요, 여자는 절개라는 말이 있지 않소? 그런데 내 아들놈은 그러지를 못했으니 수치스럽다는 것입니다."

그러고 보니 박씨는 아들 만수가 전교존가 무언가를 하다가 금방 이탈한 일을 두고 자격지심에서 이러쿵저러쿵 되새기고 있는 것도 같았다.

"그야, 나라에서 그렇게 명령을 하니까 그랬을 뿐인데, 어째서 그것이 부끄러운 일이란 말입니까?"

"아무리 그렇더라도 그건 옳지 않은… 아닙니다, 아닙니다. 내 아들이 옳습니다."

박씨는 갑자기 당황하면서 스스로의 주장을 번복하더니 입을 다물어 버렸다. 처음에는 아들 만수의 한 일이 옳지 않다고 했다가, 끝에 가서는 옳았다는 말로 끝을 맺어 버렸으니, 결국 이전에 한말은 가식이었단 말인가.

"지지리 못난 내 자식은 지금 건축공사장에서 품을 들고 있답니다."

덕수씨는 이렇게 고백하려다 말고 침을 꿀꺽 삼켰다. 도둑질이나 살인을 한 것처럼 부끄러워 차마 그 사실을 밝힐 수가 없었다. 대학을 나와 교단에서 학생들을 가르치던 놈이 직장에서 쫓겨난 다음 노동판에 끼여들어 벽돌을 나르고 흙을 파는 일꾼이 되어 있으니, 그런 사실을 어떻게 공개할 수가 있단 말인가.

벼슬이랄 것은 없지만 교사들은 제자들을 교육하는 위치에 있기 때문에 존경을 받는 대상이 되어 있었다. 사람이란 자고로 공부만 많이 해서 귀히 되는 것이 아니고, 나이를 먹었대서 존대를 받는 것도 아니었다. 아무리 학식이 있어도 벼슬이 없으면, 살아서는 유학幼學이오, 죽어서는 학생學生으로 돌아가는 것이었다. 국가의 녹을 먹지 못하면, 그래서 죽은 넋마저 푸대접을 받게 되는 것인데, 해섭이는 사람으로서 가장 중히 여겨야 할 그 대목을 소홀히 하고 있는 것이었다. 공연히 고집을 부리다가 학교를 쫓겨난 해섭이는 그래서 국법을 어긴 죄인이고 부모에게 근심을 심어 준 불효자였다.

"아버지, 오늘 돈을 벌어 왔습니다."

어느 날 밤늦게 돌아온 해섭이는 뜻하지 않게 두툼한 봉투 한 장을 내놓았다.

"그것이 무어라냐?"

"돈입니다. 오늘 받은 봉급입니다."

"봉급이라구? 그럼 어디 취직이라도 되었단 말이냐?"

그는 칠흑 같은 어둠 속에서 빛을 만난 것처럼 마음이 활짝 밝아지며 다그쳐 물었다. 그러고 보니 해섭이는 아직까지 취직을 했다고 밝히지는 않았지만 아침마다 일찌감치 밖으로 나갔다가 늦으막한 시각에야 돌아오는 일을 되풀이했었다.

"예, 일자리가 생겼습니다."

"직장이 생겼다구? 신문을 보아도 복직시켜 준다는 소리는 없던데… 그렇다면 시청이나 조합 같은 곳에라도 나가게 되었단 말이냐?"

"시청이나 조합이 아니라 집을 짓는 건축 공사장입니다."

"뭐, 건축공사장이라구?"

덕수씨는 어이없는 소리에 기가 탁 막혀 아들의 얼굴을 뻔히 바라보았다. 그러고 보니 수상쩍은 점이 없지 않았다. 해섭이는 날이 갈수록 얼굴이 검둥이처럼 그을려 오고 손발은 가시덩쿨처럼 거칠어져 갔다. 그래서 한번은 왜 그러느냐고 물었더니, 그저 햇볕을 많이 쏘여서 그렇다는 것이다. 그러면 그렇지, 제놈이 가면 어딜 가겠는가. 보나마나 전교조 집회에 나갔다가 저렇게 그을린 것이겠지, 했었는데 뜻밖에도 공사판이라니, 억장이 무너지는 소리였다. 가슴속에다 이삼십 년을 두고 쌓아 온 희망의 성곽이 와르르 무너지는 소리가 들렸다. 이웃만 부끄럽지 않다면 소리 내어 엉엉 울어 버릴 지경이었다.

"아버님, 제가 설령 공사판에서 품을 팔기로, 그게 어떻다는 것입니까요? 이 세상에서 노동처럼 신성한 것이 어디 있습니까?"

해섭이는 너무나 당연한 일을 한 것처럼 부끄러워하지 않았고 도리어 아버지가 놀라는 것이 이상하다는 표정이었다.

"그래, 노동이 신성하니까, 선생 놈들이 노동조합을 만들었구나. 그러다가 이제 와서는 공사판 인부란 말이냐? 모래에 혀를 박고 죽을망정 나는 그런 짓 해서 벌어온 돈 받지 않겠다. 당장 가지고 나가거라."

나라에서 법으로 말리는 일을 꺽꺽 우기고 나간 것부터 잘못이었다. 글을 가르치는 선생놈이 법을 어긴다면 그 사람 밑에서 가르침을 받는 학생은 장차 어떻게 되겠는가. 도둑이나 불한당이 되지 않으면 반역자가 되어 평생 동안 콩밥이나 먹고사는 인간이 되기 십상이지 않겠는가.

　남보다 잘 살고 귀하게 되기 위해서 발버둥을 치고 있는 사람으로 가득한 것이 이 세상이었다. 그런데 해섭이란 놈은 존경을 받으면서 생활을 보장받을 수 있는 직장을 헌신짝처럼 내던져 버리더니, 이제 와서는 막된놈들이나 어쩔 수 없이 발을 내딛는 밑바닥 인생을 자청하고 나섰으니, 도무지 심보를 헤아릴 수가 없었다. 얼마나 비천하고 어리석은 처신인가. 그런데 지금 박씨의 아들인 만수는 불어닥친 풍파를 슬기롭게 빠져나와 당당하게 교단을 지키고 있으니 사람들 앞에서 얼굴을 들고 내 자식은 지금 공사판에서 품을 들고 있소, 하고 떠벌릴 수는 없는 일이었다.

　"고죽군孤竹君이란 분이 있었다오. 그에게는 백이伯夷와 숙제叔齊라는 아들이 있었답니다. 하물며 옛날에는 그런 분도 있었는데, 아무리 시대가 바뀌었다고 해서 그럴 수가 없지요… 안돼, 안된다니까."

　박씨는 드디어 해섭이를 몰아붙이기로 작정한 것 같았다.

　"백이숙제라니요?"

　묻고 있는 덕수씨의 목소리가 모기소리처럼 잠겨 들어갔다.

　"그렇소."

　그런데 어찌된 일인지 박씨의 대답은 당당하기보다는 침통했다.

　"아무리 그렇다구 사람을 너무 그렇게 몰아붙이지 마시오."

　궁지에 몰린 덕수씨는 항의를 한답시고 박씨의 얼굴을 쳐다보았지만 어깨가 부러진 날개죽지처럼 처져 내려오고 있었다.

"그게 아니라… 하여튼 나는 지금 바쁘니까 집으로 돌아가겠
소."

박씨는 서로 장단이 맞지 않는 노래를 계속할 필요가 없다고
느꼈는지, 그렇지 않으면 너무 몰아붙여서 미안하다고 생각을 했
는지, 덕수씨를 길 가운데 버려두고 천방지축 골목길을 걸어 올
라가 버렸다. 한참 동안 박씨의 뒷모습을 얼빠진 눈초리로 바라
보고 있던 덕수씨는 침을 한 번 꼴깍 삼키고 나서 맥없이 발길을
옮겼다. 비치적비치적 걸어가는데 몸이 자꾸만 한쪽으로 기울어
져 중심을 잡을 수가 없었다.

"불효라는 것은 다른 게 아니라 바로 이런 일을 두고 하는 말
이겠지."

그는 이렇게 해섭이를 원망하며 아내가 기다리고 있을 집을
향해 뚜벅뚜벅 발을 옮겼다. 그러다가 그는 그만 운수 사납게도
골목의 어귀를 가로막고 서서 시끌덤벙 이야기를 하고 있는 한
떼의 동네 아낙들을 만나게 되었다. 저 여자들은 무슨 화제를 가
지고 저렇게 재미나게 히히덕거리고 있는 것일까. 나를 도마 위
에 올려놓고 난도질하고 있는 것은 아닐까. 그렇지 않으면 누군
가 서방질을 한 계집이 있어서 흠집을 내느라 열을 올리고 있다
는 말인가.

항용 그랬던 것처럼, 건성으로 세상을 살아가고 있는 그는 마
주치는 상대를 이쪽에서 먼저 발견하는 일이 드물었다. 상대의
시야에 노출되어 있는 줄도 모르고 한참 동안 어정거리다가 나중
에야 스스로가 알몸째 드러나 있다는 사실을 알고 당황하기 고작

이었다. 저들은 필시 그가 방금 박씨와 이야기를 나누고 있는 동안, 해직교사의 아버지가 어딘가를 다녀오다가 박종남씨를 만나 이러쿵저러쿵 딱한 사정을 하소연하고 나서 신세타령을 하고 있다고 생각하고 있을지도 몰랐다. 거기에까지 상상이 미치자 도저히 그들에게 다가갈 용기가 나지 않았다. 하지만 집으로 돌아가자면 그 앞을 지나지 않고는 다른 길이 없었다. 그래서 결단을 내리지 못하고 한참을 망설이다가, 드디어 그는 집으로 가는 일을 포기하고 발길을 돌렸다.

막상 돌아서기는 했지만 당장 갈 곳이 있는 것은 아니었다. 덕수씨는 둥지를 잃어버린 산새처럼 한참 동안 동네 어귀에서 맴돌다가 결심한 듯 시내 쪽을 향해서 발을 내디뎠다. 풀이 무성한 빈터를 지나자 양갈랫길이 나타났다. 오른쪽은 동사무소로 통하는 음침한 거리이고 왼쪽은 유흥가가 즐비한 망사골에 이르는 길이었다. 넓은 간격을 두고 꺼벙한 모습으로 서 있는 가로등이 걸어가는 그의 앞길에 희미한 그림자를 그어주고 있었다. 그곳을 벗어나자 곧 오색 불빛이 현란한 거리가 나타났다. 음악 소리가 요란했다. 노래연습장을 비롯한 갖가지 술집들이 즐비한 골목이었다. 몇 년 전까지만 해도 묵은 논밭으로 누워 있던 땅이 이런 유흥가로 변해 버린 것이었다.

그는 충동적으로 '진고개노래방'이라는 간판이 붙은 이층집으로 걸어 올라갔다. 듣기에 노래방은 돈 몇 푼만 내면 아무나 들어가 노래를 부를 수 있는 곳이라고 했다. 그러나 그가 그곳에 발을 들여놓은 것은 꼭 노래를 부르겠다고 작심했기 때문이 아니었다.

노래를 억세게 불렀던 지난날의 추억이 그를 강하게 충동질하여 떠밀어 올린 것이었다.

"노래를 부르시겠습니까?"

여자 주인의 물음에 얼떨결에 그러겠노라고 끄덕거렸더니, 그녀는 그를 토끼장 같은 방으로 밀어 넣었다. 이천 원을 내면 다섯 곡을 부를 수 있다고 했다. 먼저 〈타향살이〉를 불렀다. 화면에 또렷이 팔십오 점이 새겨졌다. 두번째는 〈이별의 부산 정거장〉이었는데 뜻밖에 구십오 점이었다. 그 다음에는 〈전선야곡〉을 불렀다. 구십구 점이었다. 자식놈 일 때문에 항시 어두운 구름이 드리워져 있던 가슴속에 갑자기 환한 빛이 충만되는 기분이었다.

덕수씨는 자신의 노래에 도취되어 호주머니 사정도 헤아리지 않고 노래를 부르고 또 불렀다. 그럴 때마다 화면에 나타나는 것은 언제나 구십 점을 내리지 않는 점수였다. 그는 꽤나 고무되고 있었다. 노래는 그에게 잠들어 있던 청춘을 불러일으키는 데 충분한 것이었다. 몸속 깊은 곳에 잠겨 있던 힘이 오월달의 죽순처럼 솟아올라 오고 있었다. 주체할 수 없이 신비로운 기운이 등줄기를 타고 어깨 쪽으로도 거슬러 올라왔다. 당장 어떤 강자를 만나더라도 일격에 넘어뜨려 버릴 수 있을 것 같은 자신감이 충만해 왔다.

지난날에야 근처를 지날 때마다 눈에 띄는 것들이 못마땅하여 얼굴을 찌푸렸던 곳이었다. 가라오케, 룸싸롱, 노래방 같은 곳에는 음탕하고 부도덕한 인종들이 들끓고 있으려니만 생각했었다. 그런 것이 막상 이렇게 안으로 들어와 보니 그게 아니었다. 나이와 세대를 뛰어 넘어 함께 즐길 수 있는 장소가 이 세상에 있다는 것이 희한하게만 느껴졌다. 경쾌하게 흘러나오는 반주와 출렁거리는 영상은 사람의 영혼을 밑바닥에서부터 뒤흔들고 있었다.

"아버님, 여기는 어쩐 일이십니까요?"

사뭇 도취된 기분을 지우지 못한 채 노래방을 나오려는데 한 무리의 젊은이들이 앞을 가로막으며 꾸벅 꾸벅 허리를 굽혔다.

"자네들은 누군가?"

덕수씨는 못할 짓이라도 하다 들킨 사람처럼 움찔 놀라 한 걸음 물러서며 물었다.

"우리는 해섭이 친구들입니다, 아버님."

"엉, 그런가? 나 잠깐 볼일이 있어 여길 들렀는데… 그럼 잘 놀다 가게."

"아닙니다, 아버님. 우리도 노래를 부르러 왔습니다. 그런데 보니까, 노래를 썩 잘 부르시던데요. 아버님 노래 한 곡 듣고 싶습니다."

"뭐, 날더러 노래를 부르라구?"

"예, 그렇습니다."

"난 노래 부를지 몰라. 정말이라네."

덕수씨는 겁먹은 표정을 지으며 잡아떼었다.

"아닙니다, 아버님. 우리들이 여기 서서 아버님 노래하시는 것을 다 보았습니다. 정말 멋지게 잘 부르시던데요."

"자네들이 내 노래를 다 들었다구?"

"예, 그렇다니까요. 어서 들어가서 한 곡만 더 들려주세요. 어서요.”

젊은이들은 막무가내로 덕수씨를 방안으로 밀어 넣었다.

“허허, 그럼 할 수 없네 그려. 무슨 노래가 좋겠는가?”

어쩔 수 없이 그는 마이크를 잡을 수밖에 없었다.

“아무거나 아버님이 좋아하시는 노래를 부르세요. 방금 불렀던 노래도 좋구요.”

“호가好歌도 창창唱唱이면 불락不樂이라고, 한번 부른 노래는 재미가 없는 법이여. 방금 다 들었다면서?”

“그러시다면 새 노래를 부르시면 더욱 좋구요.”

“좋아. 그럼 〈울밑에 선 봉선화〉를 부르겠네.”

“좋습니다.”

해섭이 친구들은 일제히 박수를 터뜨렸다.

“울 밑에 서언 봉선화야아, 니 모양이이 처량하아다아. 길고 긴 나알 여름철에에 아름답게에 꽃필 적에에…”

소년 시절에 호젓한 산골이나 들길을 걸으면서 불렀던 노래였다. 이 노래를 불러 본 지가 벌써 몇 년이 되어 가지만, 중간에 한 대목을 헛갈렸을 뿐 나름대로 무난하게 2절까지를 끝마칠 수가 있었다.

“와아, 구십오 점이다아. 또 한 자리 불러 주세요.”

젊은이들은 환성을 지르며 재청을 했다.

“보니까, 자네들 예의가 없는 사람들이구만. 어른이 불렀으니 자네들도 한 자리씩 불러야 할 것 아닌가?”

“옳습니다. 야, 네가 먼저 한 자리 불러라.”

"임마, 네가 먼저 불러."

젊은이들은 서로 미루거니 밀어붙이거니 한 끝에 결국 모두 한 자리씩을 돌려 불렀다. 다시 덕수씨 차례가 되었다.

"내가 이런 노래 한 자리 불러도 되겠는가?"

젊은이들 속에 앉고 보니 갑자기 엉뚱한 노래가 머릿속에 떠올랐다.

"무슨 노래인데요?"

"〈아침이슬〉이라고, 그때 거리에서 자네들한테 배운 노래이네."

"〈아침이슬〉이라구요?"

한 젊은이가 눈을 휘둥그렇게 뜨고 물었다.

"그렇다네."

"좋습니다. 그거 좋지요."

기실 그들도 그런 노래를 한 자리씩 부르고는 싶었지만, 해섭이 일 때문에 아버지인 그가 거부감을 느끼거나 속상해할까봐 삼가했던 것인데, 어른이 스스로 자청하고 나서는 것을 보고 좋아라, 손뼉을 쳤다.

"긴 밤 지새우고오, 풀잎잎마다 맺힌…"

간신히 일절까지를 마쳤는데 다음을 이을 수가 없었다. 괜시리 자기 설움에 목이 메이고 울음이 터질 것만 같았다. 그렇게 노래를 잇지 못하고 머뭇거리고 있는데 한 젊은이가 그를 붙들더니 갑자기 울음을 터뜨렸다.

"아버님! 어어엉엉."

"왜 갑자기 이러는가? 내가 무슨 잘못이라도 저질렀는가?"

덕수씨는 고개를 처박고 울고 있는 젊은이의 등을 어루만져 주었다. 해섭이 일을 생각하니 직장을 잃었다는 이 청년이 남 같지 않게 느껴졌다. 해섭이도 밖에 나가 술이라도 마시면 이렇게 우는 것 같아 갑자기 눈시울이 뜨거워졌다.

자리가 너무 침통해지는 통에 한 동안 노래가 끊길 위기를 맞았지만 그들은 분위기를 바꾸기 위해 합창을 시작했다. 그러다가 다시 독창으로 돌아오게 되자 덕수씨는 차례를 받아 몇 번이고 정신없이 불러댔다.

노래방에서 나온 젊은이들은 그를 데리고 맥주홀로 들어갔다. 그냥 돌아가겠다고 해도 막무가내였다. 어지럽게 술잔이 오고갔다. 받은 술잔들을 대충 돌려주다 보니 어지간히 취해 있었다. 아마도 이차 삼차까지 따라다녔던 것 같았다.

"왜 그리 속이 없소? 이 양반이 요새 와서 어리숭해지는가 했더니 이제는 망령까지 드신 것 같소. 시상에 어젯밤에는 술에 취해 길에 쓰러지기까지 했으니…."

눈을 떴을 때 터져나온 것은 아내의 모가 난 핀잔이었다.

"술은 많이 먹은 것 같지만 길에 쓰러지지는 않았던 것 같은데…?"

겪어 보았지만, 어젯밤에 만난 놈들은 결코 술이 취한 사람을 혼자 내버려두고 떠날 녀석들이 아니었다.

"쓰러지지 않았으면 어째서 젊은 사람들이 들쳐업고 왔겠어요?"

"그러면 그렇지. 그 녀석들이 분명히 나를 우리집까지 업고 들어왔다니까."

"그 사람들은 당신을 업어다가 방안에 부려 놓고 쏜살같이 줄행랑입디다. 아마도 길 가운데 쓰러져 있는 것을 보고 불쌍해서 업고 온 모양이어요. 그런 속에서도 집 주소는 댈 수 있었으니 망정이지, 그렇지 않았으면 한뎃잠 하다가 얼어죽기 알맞았지요."

"그들이 나를 중로에서 발견한 것이 아니라, 나하구 같이 술을 마셨다네. 그놈들은 내 친구들이었어."

"그 사람들이 당신의 친구라구요? 망령만 들었나 했더니, 이제는 한술 더 떠서 정신이 어찌된 모양이네요. 허허허…"

아내는 어이없다는 듯 허탈한 웃음을 빚어냈다.

"아버님, 어젯밤에는 우리 친구들하구 노래방엘 가셨다면서요?"

아버지가 일어난 것을 알고 일터를 나가려던 해섭이가 건너와 아침 인사를 했다.

"맞다. 같이 노래를 부르고 술도 마셨다. 아주 착하고 좋은 놈들이더라."

"봉급날이면 현직에 있는 친구들이 우리들을 청해서 그렇게 하룻밤을 지내거든요. 저는 공사판 일로 동참하지 못했지만, 하마터면 아버지와 맞부딪힐 뻔했어요."

"거기서 너와 만났으면 더욱 재미있었을 걸 그랬다."

"그러구 보니 아버님이 한 이십 년쯤 젊어지신 것 같아요."

해섭이 말을 들어서가 아니라, 어젯밤을 겪은 후로 그는 어쩐지 마음이 활달해져서 마을 앞을 나가는 일이나 사람들을 만나는 일이 그다지 두렵지 않을 것 같았다.

점심을 먹자마자 그는 한 가지 결심을 안고 집을 나왔다. 문득 문지기가 지키고 있는 어제의 그 계곡을 다시 올라가 보고 싶었다. 아무리 생각해도 그곳은 안마당이나 다를 바 없는 이 동네 사람들의 삶터였다. 일을 하다 더위에 시달리면 몸을 식히러 갔던 곳이고, 땔나무감이 떨어지면 지게를 지고 올라갔던 골짜기였다. 그런 곳을 어떤 자가 갑자기 나타나 금단의 줄을 쳐 놓고 서서 돈을 내라고 버티고 있으니, '아닌 밤중에 홍두깨' 격이었다. 대대로 지켜 왔던 논밭을 터무니없이 빼앗겨 버린 거나 다름없이 억울한 일이었다. 이 고장에 사람이 들어와 살기 시작한 이후, 어느 때 누가 감히 골짜기를 막고 서서 돈을 받은 적이 있었단 말인가.

"비켜라."

그는 팔을 걷어붙이고 올라가 무작정 막아선 문지기를 밀어붙였다.

"돈을 내시오."

문지기는 어제와 다름없이 손을 내밀었다.

"어제는 비록 내가 못나서 너희들에게 돈을 빼앗겼다마는 오늘은 결코 당하지 않겠다. 어서 썩 물러가거라."

단호하게 밀어붙였다.

"우리는 시장님의 허가를 받았소!"

문지기는 기계와도 같이 어제의 말을 되풀이하였다. 덕수씨는 그들에 맞서서 여기는 우리 하나씨가 다녔던 길이고 어메 아배가 다녔던 길이라고, 되풀이해 항변하다가, 말만으로는 통하지 않을 것 같은 생각이 들자 용을 써서 거세게 밀어붙였다. 그런데 참으로 뜻밖이었다. 어쩌면 이렇게 허망한 일이 있을 수 있을까 싶게 희한하게도, 태산과 같이 버티고 서서 범처럼 으르렁거리던 문지기들이 슬슬 뒷걸음질을 치기 시작하는 것이 아닌가.

마치 모래로 막은 보가 홍수를 만난 것처럼 그의 앞길을 막고 있던 문지기들은 저만치 물러나 버렸다. 이제는 아무도 감히 그의 가는 길을 막지 못했다. 그렇게 굳은 방벽이 이토록 쉽사리 무너져 버리다니, 도무지 사실 같지 않았다. 한참을 걸어가다가 그는 너무나 허전한 마음에 발을 멈추고 뒤를 돌아보았다. 문지기들은 잡았던 짐승을 놓친 사냥꾼마냥 허탈한 모습으로 멍청하게 이쪽을 바라보고 있었다.

그때 그가 지나온 바로 그 문 앞으로 한 늙수그레한 사내가 어슬렁어슬렁 걸어 올라오는 것이 보였다. 누구일까 하고 살펴보니 뜻밖에도 그는 박종남씨였다. 문지기는 그에게 그랬던 것처럼 박씨의 앞을 가로막고 손을 내밀었다.

"돈이라구? 돈을 내야 한다구? 도대체 얼만가?"

당혹한 박씨가 어물머물하다가 돈을 낼 양으로 호주머니를 더듬기 시작했다.

"돈을 내지 말고 그냥 안으로 들어와요!"

덕수씨는 박씨를 향해 손짓을 하며 소리를 질렀다.

호주머니에 손을 찌르다 말고 박씨가 물었다.

"내지 말라구요?"

"그래요. 이 길은 우리의 길이어요. 그러니까 돈을 내면 안되어요."

"안됩니다. 내야 됩니다."

문지기는 눈을 부라리며 윽박질렀다.

"이놈아! 나에게는 받지 않고 어째서 이분한테는 받겠다는 것이냐? 똑같은 처지에 불공평하지 않냐?"

"……"

"염려 말고 어서 들어갑시다."

덕수씨는 박씨의 소매를 잡고 끌어댔다. 문지기들은 그쪽의 기세에 눌려 어쩌지도 못하고 멍청하게 바라보고 있을 뿐이었다.

"너희들! 이제부터는 아무에게도 돈을 받지 못한다. 여긴 네놈들 땅이 아니고 우리들 땅이여. 그만 하면 알겠지."

다시는 딴생각 하지 못하게 못을 박았다.

"김씨께서 어쩌면 이렇게 달라질 수가 있습니까요? 혹시라도 어젯밤에 어떤 신통한 꿈이라도 꾸신 것은 아닌가?"

항시 어디서나 사람의 눈을 피해 움츠리고 다니던 사람에게 몽당 빗자루에 도깨비 귀신 붙듯 언제 덕수씨에게 이런 용기가 생기게 되었단 말인가. 신기한 모양이었다.

"있었지요. 어젯밤에 노래방엘 갔었소. 맥주도 마셨구요."

"노래방이라구요?"

"그렇소."

"그럼 거기서 노래를 불렀는가요?"

"그렇지요."

"누구와요?"

"친구들과요."

"어떤 친구들인가요?"

"친구가 따로 있나요. 늙고 젊고 간에 뜻이 맞으면 다 친구지요. 하하하…"

"좋은 친구들을 사귀신 모양이네요."

"그렇다우. 참으로 좋은 친구였지요."

계곡에서 내려오자 박씨는 문화회관엘 가 보자고 했다. 그곳에서는 교육계의 원로인 오대균 교장의 연설이 있다는 것이었다. 그렇지 않아도 해섭이 일이 항상 걱정인 그는 행여라도 거기 가면 조금이라도 얻을 것이 있을까 하여 뒤를 따라가 보기로 했다. 강연회장은 청중들로 초만원이었다.

"…우리 민족에게는 줏대가 있는 지도자가 필요합니다. 그런 지도자는 바로 지조를 숭상하는 교육풍토에서 나오게 됩니다. 그렇다면 그런 교육풍토는 어떻게 해서 만들어질까요? 그것은 두 말할것도 없이 지조와 절개를 숭상할 줄 아는 교육자들에 의해서 이루어지게 됩니다…"

오교장의 이야기는 정몽주에서 시작하여 성삼문을 비롯한 사육신에 이어, 한말의 이준 열사로까지 이어졌다. 그의 이야기가 얼마나 감동적이었던지 덕수씨는 연설이 계속되는 동안 몇 차례고 주먹을 불끈불끈 쥐며 몸을 떨었고 손바닥이 터져라 박수를 보냈다. 문화회관을 나온 뒤에도 거기서 방금 들은 연설에 대한 감동이 사라지지 않았다.

"그 오교장, 참으로 훌륭한 분인데요."

박씨의 팔을 붙들며 한마디하였다.

"그 사람이 훌륭한 사람이라구요? 이 세상에 그보다 더 훌륭하지 않는 사람은 없을 것이오."

"그럼 가장 나쁜 사람이란 말씀인가요?"

무슨 뚱딴지 같은 소린가 싶어 물었다.

"나쁘지 않다면 가장 큰 거짓말쟁이지요."

"어째서 그렇답니까?"

"그분은 오늘 그럴싸하게 절개와 지조를 강조했지만 따져 놓고 보면 그 사람처럼 변절과 아부를 일삼아 온 재주꾼도 없답니다. 오일륙 후에는 유신 교육에 앞장섰다가, 오공 때는 일등공신이었고, 육공 때는 나는 새도 떨어뜨릴 만한 위세를 떨쳤던 사람입니다. 그런 분이 문민시대가 되자 이제는 민주교육의 선봉이 되어…"

"아무리 그렇더라도 나는 그분한테서 많은 것을 배웠어요. 그 가운데서 지조에 대한 이야기는 열 번 들어도 싫증이 나지 않을 만한 훌륭한 말씀입니다."

"말은 그렇게 하면서 행동은 반대였으니까 하는 말이지요."

"그렇다면 교육자란 사람들 가운데에도 그렇게 진실하지 못한 위선자들이 있다는 말씀인가요?"

"그러니 걱정이지요. 그들의 안중에 있는 것은 정의와 지조가 아니라 힘 센 자와 지배하는 자뿐이니까요."

박씨의 말을 듣고 있는 덕수씨의 뇌리에 강연장에서의 한 장면이 스크린처럼 떠올랐다.

"연사님 말씀은 옛날의 선비들을 두고 하시는 말씀입니까, 오늘의 지성인들을 두고 하시는 말씀입니까?"

강연 후의 질문 시간에 한 청중이 던진 물음이었다.

"옛 선비들이 그랬던 것처럼 오늘의 사람들도 마땅히 그래야 한다는 말이올시다."

"오늘의 지성인에게도 지조가 필요하다는 것입니까?"

"물론이지요. 진리에는 동서고금이 없습니다."

"그렇다면 어째서 교육부에서는 전교조 선생님들에 훼절을 강요하고 있는 것입니까?"

"그것과 저것과는 문제가 다릅니다."

"무엇이 다릅니까?"

"다르니까, 다릅니다."

문답은 거기에서 끝나고 의기양양하던 오교장은 다소 풀이 죽은 모습으로 단상을 내려왔었다.

"다르니까 다르다. 다르니까 다르다."

덕수씨는 이렇게 오교장의 말을 되뇌어 봤지만 명답일망정 정답은 아닐 것 같았다.

버스에 앉아 있는 그의 귀에 라디오에서 울려오는 아나운서의 몇 마디 말이 덜컥 귀에 걸려들었다. 교육부에서 전교조를 하다가 해직된 교사들을 복직시키기로 했다는 것이었다.

"그럼 우리 해섭이도 이제 공사판 그만 두고 교단으로 돌아가게 되었구나.”

옳아, 오교장의 말과 같이 절개와 지조를 장려하는 교육부에서 기어코 걔들의 입장을 이해하고 복직을 시키기로 한 모양구나. 그러면 그렇지, 문민정부가 군사정부와 같은 짓을 되풀이할 수야 없지.

덕수씨는 집에 돌아와서도 라디오의 뉴스에 귀를 기울이고 있는데, 그때 마침 신문이 배달되었다. 자세히 훑어보니 교육부의 결정에는 조건이라는 것이 붙어 있었다. 해직교사들의 복직은 전교조에서의 탈퇴를 전제로 한다는 것이었다. 그는 신문을 되풀이해 읽으며 자꾸만 생각했다. 오교장의 말도 생각해 보았다. 오교장의 말은 지조가 있는 교육자가 있어야 그 밑에서 지조 있는 인물이 나온다고 했었다. 그런데 그때 어떤 청중이 오늘의 해직교사 문제를 놓고 질문을 하자, 그것은 경우가 다르다고 했었다. 오교장의 말은 앞뒤가 맞지 않아 일관성이 없는 것 같았다. 그렇다면 해섭이는 무언가? 해섭이의 경우는 문제가 다르다는 것이 오교장의 주장인 셈인데, 그러나 그는 ‘다르니까 다르다’는 어정쩡한 대답의 뜻을 아무래도 해득할 수가 없었다.

“다르니까 다르다. 다르니까 다르다…”

그는 다시 주문을 외듯 되뇌어 봤다. 그러나 아무리 반복해서 생각해 보아도 머릿속이 정리되지 않았다.

“아버님의 뜻대로 우리 몇 사람이 먼저 탈퇴각서를 내고 복직하기로 했습니다.”

신문을 놓고 열쇠를 찾지 못해 끙끙거리고 있는데 늦게야 돌아온 해섭이가 들어와 한 말이었다.

"그렇다면 교육부의 방침대로 탈퇴를 하고 복직을 하겠다는 말이냐?"

"어쩔 수 없이 그렇게 하기로 했습니다."

"잘 생각했다. 그런데 말이다. 그 성산 계곡 말이다. 누군가가 그곳을 막아 놓고 입장료 받는다는 말 못 들어 봤냐?"

이야기를 하다 말고 엉뚱한 질문을 던졌다.

"듣기는 했습니다만…."

해섭이는 역시 기뻐해 줄 줄 알았던 아버지의 시큰둥한 표정에 당황할 수밖에 없었다.

"너는 그 골짜기를 막아 놓고 돈 받는 일을 어떻게 생각하느냐?"

"그야, 안될 일이지요."

"내가 올라가 호통을 쳐서 다음부터 그런 짓 하지 못하도록 해 버렸다."

"그렇게도 되는 겁니까?"

"되건 안되건 오늘 박종남씨도 입장료 내지 않고 다녀왔다."

"아무려면 그렇게 허망하게 물러갈 사람들이 억지를 부렸을라구요."

"억지로 하는 짓 오래 가는 것 봤냐?"

덕수씨는 덩치 큰 문지기가 슬슬 물러가는 모습이 눈앞에 떠오르자 회심의 미소를 지었다.

덕수씨는 그날 밤 이런저런 궁리를 하다가 뜬눈으로 밤을 새웠다. 아들의 복직을 기뻐해야 할 아버지의 마음이 어째서 이렇게 착잡하고 괴로운지 알 수가 없었다. 전교조란 것이 옳은 짓인지 그른 짓인지는 알 수가 없지만, 교단에 선 교사가 함부로 지조를 굽히고서 어떻게 떳떳한 스승으로 제자들 앞에 설 수 있을 것인지 다만 그것이 걱정이었다. 교사들에게 훼절을 강요하는 사람들, 그들은 권력을 어떻게 유지할 것인가 하는 일에만 골몰해 있을 뿐, 보다 큰 민족의 미래는 생각하지 않는 사람들이었다. 지조를 강조한 오교장의 말이 떠올랐다. 이제 와서 생각해 보니 그의 말은 구구절절이 지당파다운 지당한 말씀이었고 화려한 포장지에 싼 오물이었다.

"너는 교단으로 돌아갈 테면 돌아가거라. 나는 오늘부터 네가 댕기는 공사판에 나가 일을 해야 하겠다. 만일 교단이 고달프거든 다시 그리로 돌아오너라. 그때는 나와 함께 거기서 일을 하자꾸나."

덕수씨는 다음날 아침 해섭이를 불러 이렇게 선언하고 주섬주섬 작업복을 주워 입었다.

은혜로운 유산

"오늘은 기어이 가서 따져야 해."

그는 모질게 다짐을 하고 어렵사리 몸을 추슬러 문 밖으로 나왔다. 문둥이의 살처럼 썩어 들어가고 바람을 맞은 것처럼 힘이 빠져 버린 왼발을 내디딜 때는 목발에 의지하여 갸우뚱, 가까스로 걸음을 옮겼다.

그에게 있어서 한쪽 발은 아예 쓸모가 없는 폐물이었다. 그래서 목발이 대역을 해줌으로써 간신히 이각동물二脚動物 행세를 하고 있다고는 하지만 외관상으로 보면 그건 이각이 아닌 어설픈 사각동물일시 분명했다.

그는 이웃집 도선이네 암소가 낳은 세 발 달린 송아지를 생각했다. 고놈은 다리가 넷 아닌 셋이면서도 성한 놈들과 다름없이 날 듯이 마당으로 뛰어나왔다가 다시 축사의 문턱을 껑충 뛰어넘어 어미한테로 돌아가 젖을 빨아대곤 했었다. 그런데 나는 이게 무슨 꼴인가? 사람의 구실은커녕 짐승의 역할도 제대로 해내지 못하고 있으니, 생각할수록 참담한 심경이었다.

날마다 횃대장군으로 방구석에 처박혀 있는 처지이지만, 어떤 때 부득이한 일이 있어 이렇게 밖으로 나오게 되면 바람만 살짝 불어도 쓰러져 버릴 듯 균형을 잡을 수가 없었다. 그럴 때마다 그는 자신을 부축하고 있는 장부로서의 자존심이 산산이 부서져 땅바닥에 떨어지는 소리를 들었다. 자꾸만 머릿속을 현기증이 스치고 지나갔다. 쓰러지지 않으려고 목발을 붙든 손에 힘을 주었다. 얼굴에는 말라빠진 무말랭이처럼 주름이 잡히고 핏기가 없었다.

"하지만 나는 참전용사야."

쪼그라들고 말라 버린 마음의 밑바닥에서 한가닥 오기가 샘물처럼 솟구쳐 올랐다. 입을 악다물고 눈을 부라리며 온몸에 힘을 주었다.

"가다가 죽어도 월남땅까지 건너가 몇 차례나 죽음을 뚫고 용맹을 떨쳤던 파월용사란 말이야. 그런 사람이 이렇게 다리가 좀 불편하기로서니 기가 죽어 비실거릴 수는 없는 일이지. 앞으로는 결코 이런 꼴을 보이지 않겠어. 알았냐? 상배야!"

그는 이렇게 자신의 이름을 부르며 쭈그러진 자전거의 튜브에 바람을 넣듯 반복해서 자신감을 불어넣으며 다짐을 계속했다. 그러자 가슴속이 천천히 부풀어오르며 약간의 자존심과 용기를 찾을 수가 있었다.

한 대의 비행기가 긴 꼬리구름을 그리며 머리 위를 날아가고 있었다. 월남의 상공을 누비며 헤아릴 수 없이 많은 폭탄을 퍼부어 댔던 B52가 파란 하늘에 그어댔던 그런 구름이었다. 그 비행기에서 울려오는 은은한 비행음은 곧 그의 뇌리에 잠재해 있던 전장의 장면을 일깨워 주었다. 귓전에서 포탄이 작렬하는 소리가 울렸다. 콩 볶듯한 기관총 소리도 들렸다. 그의 눈은 점차 전류량을 증가해 가는 서치라이트처럼 빛을 내기 시작했다. 손가락은 항상 걸머지고 다녔던 묵직한 M16의 방아쇠를 당기고 있었다. 맨발에 헐벗은 베트콩 무리들이 삼대처럼 눈앞에서 거꾸러지고 있었다. 입술에서는 군가가 맴돌았다.

맹호부대 맹호부대 용사들아 –
가시는 곳 월남땅 하늘은 멀더라도
한결 같은 겨레 마음 임의 뒤를 따르리라.

눈시울이 뜨거워졌다. 장부가 이 세상에 태어나서 해야 할 일은 무엇인가? 권세를 잡고 부자가 되는 길도 있지만 그 중에서도 가장 통쾌하고 보람있는 일은 나라가 위태로울 때 군인이 되어 공을 세우는 일이었다. 그러나 거기에는 생명을 던져야 하는 위험이 따르는 것인데 그는 요행히 다른 사람들처럼 죽지 않고 최고의 영예인 무공훈장을 받았다. 비록 전부는 아니지만 베트콩을 사살했다는 증거로 총을 열 다섯 자루나 거두어다 바치자 얼마 후에 무공훈장이 날아왔었다. 지금도 훈장을 받았을 때의 일을 생각하면 감격의 눈물이 솟아올랐다.
"여기서 무엇하고 있소오?"

언제 뒤를 밟아 왔는지 옹기그릇 깨지듯 곱잖은 아내의 목소리가 등 뒤에서 울렸다.

"밭에 좀 나가볼라고…."

헛소리를 지껄여 버렸다. 아래뜸에 사는 정남이를 만나 따지러 가는 길이면서 둘러붙인 소리였는데 그게 좀 서툴었나 싶어 얼굴이 화끈했다.

"멀쩡하게 좋은 날도 못 나오는 사람이 이런 바람 부는 날 밭에 나간다고라우? 빙신이 풍장한 것 본게 올 농사는 다 알아본 일이구먼."

아내는 남편의 신실찮은 소리에 불구한 몸을 빗대서 비아냥거렸다.

'이 염병할 년이….'

참을성 없이 욕지거리가 터져나올 뻔했다. 그러나 그 소리는 혀끝까지 나오기 전에 제어되어 목안으로 잠겨들어가 버렸다.

옛날의 가락대로 하면 목발을 들어 후려쳐 버릴 수도 있었겠지만 아내 앞에서의 그런 감정은 다만 잠재된 충동일 뿐 그는 되레 궁지에 몰린 짐승처럼 숨만 거칠게 몰아쉬었다.

비록 아내한테는 어쩔 수 없이 죽어지내고 있는 처지이긴 하지만 정말 병신이라는 소리는 누군가를 팍 찔러 버리거나 그렇지 못하면 자결을 해 버리고 싶은 충동을 느끼게 했다. 어쩌다가 이리 된 것도 억울하고 서러운데 놀림감이나 비아냥거림의 대상이 되고 보면 중치가 콱 막혀 이성을 잃고 마는 것이다. 그래서 그는 자신을 놀려대는 동네 아이들을 너댓 놈이나 목발로 두들겨 팬

이력을 갖고 있었다.

"이놈들아, 언챙이 보고는 웃어도 팔다리 잘린 병신 보고는 웃지 않는 법이란다. 좋은 말로 할 때 그러지 말아라."

처음에는 곱게 타일렀었지만, 듣지 않고 놀려대는 데는 오장이 확 뒤집혀 눈앞이 캄캄해져 버린 통에 앞뒤 가리지 않고 목발을 휘둘러댔던 것이었다. 그럴 때마다 아이들은 혼비백산 줄행랑을 쳐버리곤 했지만 씨가 마르지 않고 다시 생겨나는 데는 참을 도리가 없었다.

"이 베트콩 같은 놈들."

화가 극도에 이르면 영락없이 그 소리가 튀어 올랐다. 그가 가장 증오하는 것은 베트콩이었으니까, '베트콩 같은 놈들'은 그에게 있어서 가장 큰 무게가 실린 욕설이었다. 그럴 때 그의 눈에 비친 아이들은 이미 귀여운 개구쟁이가 아니라 죽여야 할 적이었다. 베트콩 때려잡듯 인정 사정 두지 않고 한참 동안 목발을 휘둘러대다 보면, 두들겨 맞은 아이들은 비명을 지르며 어디론가 모습을 감추어 버리고 혼자서 죽어라 허공을 휘젓고 있을 때도 있었다. 하지만 아이들은 포기하지 않고 골목 안으로 들어가 야유를 하며 돌을 던져대기도 했다. 육박전이라면 몰라도 이렇게 거리가 떨어지고 보면 목발은 이미 적을 방어하거나 공격할 수 있는 무기가 아니었다.

아이들은 악랄하기가 베트콩과 별로 다를 바가 없었다. 다루기 어려운 악당들이었다. 그 베트콩이라는 종락들은 어찌나 그 뿌리가 질기던지 씨를 말려 버렸거니 하고 잠시 안심하고 있으면 철조망을 타고 넘어와 기성을 지르며 덤벼들었다. 앞사람이 거꾸러지면 등을 밟으며 뒷놈이 넘어오고, 다시 쓰러지면 이어오기를 끝없이 반복했었다.

마치 놈들의 혼령이 되살아나기라도 한 듯 아이들은 이편이 강수를 쓰면 쓸수록 도전의 열도를 높였다. 어느 날은 골목에 나갔다가 갑자기 기습을 당해 쓰러진 통에 길바닥이 흥건할 정도로 피를 흘린 일조차 있었다.

일이 이렇게 심각하게 되자 이장을 통해 지서에 연락하여 아이들의 부모를 불러내어 지서장 입회 하에 엄중 경고를 한 다음에야 가까스로 진정이 되긴 했지만, 지금도 마냥 안심할 수만은 없는 것이 오늘의 분위기였다.

그런 가운데 그에게는 또 하나의 배알 꼴리는 일이 생겼다. 아래뜸에 사는 김정남이란 놈이 이끌고 있는 농민회 회원들의 작태였다. 걸핏하면 수세水稅다 고구마다 고추다 추곡매상이다 하는 문제를 가지고 나라에서 하는 일을 트집잡고 떠들어대는 것이었다. 저놈들이 오늘날 이 정도라도 살 수 있게 된 게 다 뉘 덕인데, 제 앞에 큰 감을 놓으라고 야료를 부리다니….

"염치도 없지. 그때 파월용사들이 벌어들이지 않았으면 지금은 거렁뱅이가 되어 있을 놈들이…."

그는 이 나라 국민들이 이 정도로 살 수 있게 된 것은 오로지 월남전 덕택이라는 확신을 갖고 있었다. 그래서 그는 그런 공로를 남긴 파월용사로서의 자부심을 항상 버리지 않고 있었다.

어쩔 수 없이 그 땅에서 철수하기는 했지만, 그것은 어디까지

나 전략상의 후퇴였지 패배일 수는 없었다. 어차피 그 땅을 점령하여 식민지로 만들어 지배하는 것을 목적으로 하는 전쟁이 아닌 다음에야 그 많은 폭탄과 화기로 초토화시키고 쓸어 버렸으면 되었지, 그 이상의 무엇을 바랄 필요가 있었겠는가.

좀 억지일지도 모른다는 생각이 없는 바 아니지만, 피해의 정도를 비교해 볼 때 그것은 승리한 전쟁이었다. 그런 전쟁을 두고 패배한 것처럼 떠들어대는 놈들은 모름지기 불순한 놈들이었다.

비록 많은 고생을 하기는 했어도 한편으로 생각하면 월남에서의 생활은 마냥 신나기까지 한 놀음이었다. 남 앞에 함부로 토설할 일은 못되지만 앳된 꽁가이를 영계째 잡아먹고 베트콩들과 거기 동조했음직한 놈들을 줄줄이 세워 놓고 기관총이나 M16으로 갈기는 쾌감이란 서부영화에서도 볼 수 없는 스릴 만점의 게임이었다. 따이한의 장부로 태어난 행운이 아니었다면 감히 어떻게 그런 재미를 볼 수가 있었겠는가.

"빨리 집으로 돌아가지 않고 어째 한정 없이 그러고 섰소예? 또 조무래기들하고 한바탕 싸우고 싶어서 그러요?"

아내가 다시 집으로 돌아갈 것을 재촉했다.

"내가 다 지서장 시켜서 항복 받어뿌렀는디, 그놈들이 어떻게 또 나타난다고 야단이여?"

약간 켕기지 않는 바는 아니었지만 좆 달린 사내로서의 자존심에서 큰소리를 쳐주었다.

"속없는 아그들이 항복했다고 해서 그런 짓 안한답디까?"

"아무리 몸이 이렇긴 하지만, 나는 참전 용사여. 그때는 어쩌다가 당했지만 이제는 끄떡없어. 그러니까 염려 말고 어서 집으로 돌아가란 말이여."

"육갑 자그마치 짚고 빨리 들어가요. 제대로 사람 구실이나 할 수 있는 사람이 큰소리를 쳐야지, 개들이 웃겠소."

아내의 말은 여전히 비뚤어지고 날이 서 있었다. 하긴 몸이 이렇게 되면서는 벌써 몇 년을 두고 남자 구실조차 하지 못하고 있는 처지이니, 아무리 그렇기로 괴로울 때나 즐거울 때나 검은머리 파뿌리 되도록 사랑하며 살아가자고 다짐을 하고 맹세를 했던 아내의 입에서 저런 소리가 나오다니 분통이 터질 것만 같았다. 그러나 그는 그런 아내를 호되게 나무랄 수가 없었다. 어쩌다가 한 번 기울어지고 보니 세력을 만회할 길이 없었다. 그래서 아예 죽어지내기로 작정을 한 지 오래이지만 이렇게 오장을 상하고 보면 기가 콱 막혀 몸이 떨렸다.

비록 죽을 고비를 넘기면서 많은 고생을 했지만 그는 월남땅에서 옹골지게 재미를 본 사람이었다. 그곳에 나가 있는 몇 년 동안 벌어들인 돈으로 자그마치 닷 마지기나 되는 논을 마련했으니, 만일 그 동안 고향에 머물러 있었다면 만져 보지도 못했을 큰돈이었다. 그가 월남에서 부쳐준 돈을 아버지는 한푼도 쓰지 않고 고스란히 색갈이나 이잣돈으로 놓아 궁글려 키우다가 마침 한 단지로 일천 평 남짓 되는 논이 나오게 되자 마음먹고 사들여 버렸던 것이었다.

미군과 더불어 세계평화를 좀먹는 거머리떼 같은 베트콩들을 몽땅 죽이는 성스러운 전쟁에 참전한 것만도 영광인데 덤으로 적

잖은 돈을 벌 수가 있었으니, 정말 월남전은 그래서 그에게 행운을 안겨 준 전쟁이었다.

"한천 양반은 자식 잘 두어서 신세가 쭉 늘어지게 되었다네."

마을 사람들은 그의 집에 트랜지스터 라디오나 미제 다리미 같은 것이 담긴 짐궤가 들이닥치고 적잖은 돈이 송금되어 올 때마다 꼴깍꼴깍 침을 삼키며 부러워하다가 끝에 가서 논을 닷 마지기나 사들이는 것을 보고는 환성을 지르며 손뼉을 쳐댔었다.

어떤 아낙은 축하한다며 공연히 개떡을 쪄 가지고 왔는가 하면 어떤 이는 같이 한잔 하자며 술병을 들고 아버지를 찾아오기도 했다. 가난이 부끄러워 항상 기죽어 살았던 어머니도 가슴 쫙 펴고 동네 앞으로 걸어나가 의젓하게 젊은 아낙들의 절을 받고, 아무 곳에서나 당당하게 끼어들어 자식자랑을 늘어놓을 수 있게 된 것이었다.

만일 그때 월남엘 가지 않고 강원도나 경기도의 어느 전방 고지에서 죽살나게 보초 서고 훈련이나 받다가 제대를 했더라면 어떻게 그런 행운을 잡을 수가 있었겠는가. 그려, 그렇고말고.

베트콩이란 비록 원수 같은 놈들이긴 하지만 한편으로 생각하면 은인일 수도 있어. 그놈들이 아니었으면 어찌 월남전이 일어나고 그 땅에 파견될 수가 있었겠는가. 중대장의 지시로 탱크와 장갑차에 쓸 기름을 빼돌리고 사병들에게 나누어줄 군복을 바꾸어 쳐 팔았을 뿐 아니라, 심지어 총기나 군장비를 베트콩에게 팔아 얻은 돈의 일부를 배당 받기도 했었지만, 그건 그다지 양심의 가책을 받을 만한 일은 아니었다. 모두가 부자나라인 미국인들

것이었기 때문이었다. 무기나 식량은 물론이고 심지어 팬티나 양말에 이르기까지 모두 돈 안 들이고 공짜로 얻을 수 있었던 무지무지하게 풍성했던 그 전장은 목숨만 빼앗기지 않는다면 시골 놈으로선 손을 비벼서라도 자청해서 나가 볼 만한 곳이었다.

그렇게 해서 부모형제한테 면목 세우고 마을사람들 앞에 의젓하게 살아갈 수 있게 되었건만 호사다마라더니 뜻밖에 재앙이 불어닥친 것이었다. 전쟁터에서 돌아온 지 3년쯤 지난 후부터 갑자기 다리에 쥐가 내리는 일이 생기는가 했더니 끝내는 왼쪽다리가 힘이 빠지며 점차 움직이기가 힘들고 염증까지 덧생기게 된 것이다.

그에 따라 근육도 위축되어 힘이 빠지는 통에 지금은 마른명태처럼 앙상하게 가죽이 뼈에 말라붙어 몰골이 아니었다. 참다 못해 어떤 병원엘 찾았더니 의사놈은 한 달 동안인가 치료하다가 무슨 병인지 모르겠으니 더 큰 병원에 가보라며 등을 떠밀었었다. 그래서 다시 몇 군델 찾아가 보았지만 어디서나 줄이 넘은 유성기처럼 비슷한 소리만 반복했다. 그래서 도리 없이 지금은 단방약이나 쓰면서 하늘의 뜻을 기다리고 있는 중이었다.

"아저씨는 언제부터 몸이 그렇게 되었어요?"

하루는 말라붙은 다리를 요모조모 만지며 한탄을 하고 있는데 동네서 농민회를 이끌고 있는 정남이가 찾아와 묻는 말이었다.

"벌써 십 년도 넘었네."

그렇지 않아도 예쁘잖은 놈이 묻는 소리라 이렇게 시큰둥 쏘아붙여 버렸는데,

"월남전에 가셨을 때 미군 비행기가 뿌리는 그 허연 약품 말입니다. 혹시라도 그걸 뒤집어쓴 적이 있었던가요?"

"글쎄 말일세. 미군들이야 날마다 베트콩 지역으로 날아가 폭탄 퍼붓고 기관포 짖어대는 일을 해대고 있었은께⋯."

"그러니까 고엽제라구, 미군 비행기가 정글의 나뭇잎 말려 죽이느라고 뿌리는 그 약을 뒤집어 쓰지 않았느냐구요?"

"그 약이야 몽땅 하늘에서 숲으로 쏟아 부었으니 쬐깐이라도 내 몸에 내려앉기는 했겠제이."

"바로 그겁니다. 여길 보세요."

정남이는 손에 쥐고 온 신문을 그 앞에 펼쳤다. 그때 미군이 정글의 나뭇잎을 말려 버리기 위해서 뿌렸던 고엽제에 접촉된 미국의 많은 참전군인들이 후유증에 시달리고 있다는 내용의 기사였다.

"그럼 내가 그때 미국 공군이 뿌린 고엽제를 둘러쓴 통에 이런 병을 앓고 있단 말인가?"

"그런 게 틀림없는 것 같습니다."

"하지만 그때가 언제인데 여러 해가 지난 다음에야 그런 병이 생기리라구⋯?"

"그 고엽제에 접촉한 사람 가운데는 당장 증상이 나타나기도 하지만, 오 년 십 년 후에도 발병이 될 뿐 아니라, 어떤 경우는 자녀들에게까지 유전이 되고 있답니다."

"무엇이! 자식들에게까지 유전이⋯?"

그는 질겁을 하고 놀라 정남이의 얼굴을 뚫어지게 바라보았다. 그렇다면 아들인 동렬이란 놈도 그 때문에 일곱 살이 되도록 일어서지도 못하고 있단 말인가?

"세계 각국에서 고엽제의 피해를 입은 부모로부터 유전을 받은 사실이 확인된 아동 수가 수백 명에 이르고 있다고 합니다."

"난 자네의 말을 믿을 수가 없네."

분개한 음성으로 내질렀다.

"전들 어찌 그것을 확실하게 알기야 하겠습니까 마는, 오늘 이런 이야기가 신문에 났기에 찾아와 여쭈어 본 겁니다. 내일이라도 큰 병원엘 한 번 가셔서 월남전에 갔다가 왔다는 말을 하고 진찰을 받아 보시지요."

흥, 농민운동을 한답시고 무식한 농군들 몰고 다니면서 소란이나 피우고 돌아다니는 놈이 무얼 안다고 지랄이야. 저놈들은 언제나 정부를 헐뜯으며 못된 음모를 꾸미고 있는 놈들이니까, 그런 신문 기사가 난 것을 보고 이제는 한술 더 떠서 그것을 우방인 미국 탓으로 돌려 트집을 잡아 보고 싶었던 모양이지. 어림도 없는 소리. 내가 네깟 놈 말에 말려 들어갈 줄 알고…?

그는 시큰둥 정남이의 말을 묵살해 버리고 말았지만 마음의 한 쪽에서는 짚이는 것이 없는 것은 아니었다.

그러나 그는 정남이 같은 사람의 부추김에 동조하고 싶은 생각은 전혀 없었다. 한 가지 일을 보면 열 일을 안다고, 그들이 지금 하고 돌아다니는 꼬락서니를 보면 믿음을 줄 수 있는 놈들이 아니었다. 정남이가 돌아간 다음 곧 방으로 돌아와 태어난 지 칠년이 되어 가도록 아직 일어서지도 못하고 있는 아들놈을 일으켜 세워놓고 요모조모 훑어보았다.

"동렬아, 너 그대로 서 있어봐."

아들은 벽에 손을 짚고 간신히 버티고 있었지만 다리가 후들후들 떨리는 통에 몸의 균형을 잡지 못했다.

"어디 한 발 떼어 봐라."

"안해여."

아들은 뻔히 안 될 줄을 알기 때문에 고개를 저으며 울상을 지었다.

"그래도 이놈의 새끼야, 한 번 걸어 보란 말이다. 아무리 어린 자식이라고 하지만 이 애비의 속을 그렇게도 모른단 말이냐?"

아버지의 재촉을 받은 동렬이는 벽을 의지해서 발을 떼려고 안간힘을 쓰다가 끝내 방바닥에 털썩 주저앉고 말았다.

"왜 말을 안 들어. 애비가 이렇게 병신된 것도 서러운데 너까지 이러면 어쩔 것이냐? 어서 또 일어나 보라니까."

밋밋하고 희노란 다리. 한 가정에 한 사람의 병신도 견디기 어려운데 만일 끝내 동렬이마저 걷지 못하게 되어 버린다면 이놈의 집구석 꼴이 어떻게 되겠는가. 생각만 해도 가슴이 떨리는 일이었다.

그런데 정남이는 그것이 마치 아비인 자신의 탓인 것처럼 말하고 있으니 더욱 민망스러웠다. 하지만, 그게 어디 가당키나 한 소리인가. 그 무지하고 악랄한 베트콩이라면 몰라도 미군이 어떻게 아군들까지 해치는 약품을 함부로 뿌릴 수가 있었단 말인가. 그럴 리 없어. 우리나라를 일본으로부터 해방시켜 주고 6·25 때는 유엔군을 이끌고 공산군을 무찔러 준 사람들이 그런 몰지각한 짓을 저질렀을 리가 없어.

그런데 아까 참에 정남이가 보여준 것은 서울에서 발행되는 내노라하는 권위가 있다는 신문이 아니었던가. 아무리 믿을 수 없는 것이 신문이라는 말도 있긴 하지만, 우리의 맹방인 미국이라는 나라의 체면에 똥칠을 하는 그런 어마어마한 소리를 함부로 실을 수 없는 일인데… 하여튼 나는 설령 그 신문기사가 사실일지라도 믿질 않겠어. 그렇게 되면 내가 이제까지 기대고 있던 믿음의 기둥이 무너지게 되는 것이니까.

"그럴 리가 있겠는가? 정남이란 놈이 우리나라와 미국을 이간시키기 위해서 또 허튼 소리를 뿌리고 있는 것이제. 절대 그놈 소리를 믿으면 안 되네."

그 말을 듣고 찾아갔을 때 이장인 판동이가 한 말이었다.

"그러니 말일세. 그놈 말이 아무래도 믿기지 않아서 자네를 찾아와본 것 아닌가."

"생각해 보게. 만일 미국 비행기에서 뿌린 약이 그렇게 독한 것이었다면, 그때 당장 큰일이 났지, 여러 해 동안 아무 일이 없다가 몇 년 후에 와서야 그런 증상이 생길 리가 있겠는가?"

"알았네. 내 이번에는 그놈 버릇을 좀 잡아 주어야 하겠네. 농민회 하는 놈들은 노상 하는 짓이 모략투성이라니까."

그렇게 하고 돌아온 후 건강이 나빠져 당장 쫓아가지 못해 벼르고만 있다가 오늘은 마음먹고 어렵사리 집을 나선 것이었다.

그리고 이번에는 그놈을 만난 김에 농민회 만들어 못된 짓 하는 것까지 다잡아 따지고 오려는 판인데, 재수 옴붙느라 그만 도중에서 아내한테 붙잡히고 만 것이다.

"어서 같이 들어가잔께 어째서 꾸물거리고만 있소?"

아내의 독촉이 성화 같았다. 얼마 전에는 발을 헛디뎌 시궁창으로 굴러 떨어지는 바람에 온몸이 오물투성이가 되어 집으로 끌어들이느라 고생을 한 데다가 젖은 옷을 빠는 데 진저리를 낸 일도 있어서 아내는 기어코 데리고 들어가겠다는 고집이었다.

"실은 오늘 꼭 가 보아야 할 곳이 있은께 날 잡지 말어."

"밭에 가겠다고 해 놓고 또 다른 데 가볼 곳이 있단 말이오?"

"그렇다니까, 그런께 어서 돌아가 뿌려!"

빽 소리를 질러놓고 그는 기우뚱 목발을 떼어 옮겼다. 몸이 오른 쪽으로 기울어졌다가 왼쪽으로 틀어지고, 왼쪽으로 틀어지다가 오른쪽으로 기울고, 절뚝절뚝 방아깨비 놀음을 하며 걸음을 옮겨갔다.

"이번에는 시궁창에 떨어져도 건져 주지 않을랑께. 그리 알아요. 또 누구를 고생시킬라고 고집이여."

아내의 짜증 섞인 소리가 등뒤에서 들렸지만 그는 아랑곳하지 않고 아래뜸을 향해 목발과 오른발을 위태롭게 교차해 갔다.

"이 병신아, 뒈질 테면 내려가다가 고랑창에나 떨어져뿌러라."

하는 매정한 한마디를 남기고 아내는 발길을 돌리는 것이었다.

진작 그렇게 할 일이지. 장부가 하는 일에 감 놔라 배 놔라, 지랄하고 있네. 되지 못한 여편네 같으니라구. 그는 이렇게 구시렁거리며 흘깃 뒤를 돌아보았다. 아내는 잔뜩 화가 난 몸놀림으로 휘적휘적 골목길을 돌아가고 있었다. 그는 이젠 됐구나, 안심하고 뒤뚱뒤뚱 아래뜸을 향해 완만한 가팔막을 타고 위태로운 걸음을 옮겼다.

어떻게 된 일인지 정남이네 집이 있는 골목 안이 와자하니 소란스러웠다. 기웃이 들여다보니 여남은 명이나 되는 장정들이 마당에 모여 흥분한 목소리로 와글와글 떠들어대고 있었다. 그런데 놀랍게도 거기에는 그러지 않으리라 생각했던 순돌이 만수 오복이까지가 한통속으로 어울려 있었다. 그들은 평소에 그를 찾아와 월남전에서의 무용담을 즐겨 들으면서 용감한 애국심에 대해서 감탄과 칭찬을 아끼지 않았던 놈들이었다. 그러던 놈들이 정남이의 꼬임에 빠져 한 패거리가 된 것을 보니 마음이 못마땅하였다. 그런 데다 놈들이 지르는 소리를 좀 보게.

"장관이 물러나야 혀."

그 소리에 깜짝 놀라 고개를 들었는데 이어서 나온 소리가,

"이렇게 농정을 하는 대통령도 혼을 내주어야 한다니까."

이런 어마어마하고 끔찍한 소리에는 참을 길이 없었다. 제깟 놈들이 지금 텔레비전 냉장고 방안에 들여놓고 살아가는 게 다 누구 덕택인데… 우리가 월남전에 나가 돈 벌어들이고 유신 이후 역대 대통령들이 정치를 잘해 주셨기 때문인데, 배은망덕도 유만부동이지 어쩌면 저렇게 함부로 엄청난 소리를 지껄일 수가 있단 말인가! 분노가 가슴을 치밀고 올라왔다.

"이 못된 놈들아!"

하늘까지 울려라 소리를 질렀다.

"아니, 이게 상배 어른 아니십니껴? 도대체 여긴 어쩐 일로 나오셨습니까?"

모처럼 한바탕 동네가 떠나가게 부아를 터뜨리기 시작하는 판인데 어디에 있었는지 정남이가 앞으로 튀어나와 허리를 굽혔다.

"따질 일이 있어서 왔네."

"따질 일이라뇨? 우린 지금 정부의 추곡정책에 항의를 하기 위해서 군청으로 몰려가려는 판입니다."

"우리 정부에서 무엇을 잘못한다고 이렇게 시끄럽게 떠들고 야단들인가? 그건 그렇고 또 자네는 어째서 접때 나한테 신성한 우리의 우방국가를 모함하는 말을 했던가?"

"모함이라뇨?"

"내 다리가 미 공군이 뿌린 고엽제 때문에 이렇게 되었다고 거짓부릴 했으니, 그게 모함이 아니고 무엇인가?"

"아, 그것 말씀입니까? 그 일이라면 저도 신문기사를 보고 혹시라도 아저씨가 그 때문에 다리를 앓고 계시는 것이 아닐까 해서 알려 드렸던 것입니다. 그러니 하루라도 빨리 군청 사회과나 보건소에 가셔서 알아보셔야 합니다. 마침 잘 되었군요. 쇠뿔도 단김에 빼랬다고, 우리가 몰고 가는 저 경운기를 타고 당장 가보십시다요."

"날더러 경운기를 타라고…?"

"예, 어서 오르시라니까요. 그 말씀을 드린 적이 언제인데 어째서 아직까지 진찰을 받아 보시지 않으셨어요?"

"허튼 모함이란 것을 뻔히 알면서 무엇 때문에 그런 짓을 한단가?"

"하여튼 가 보시면 제 말이 헛소린지 아닌지 알게 될 것 아닙니껴? 우리는 지금 길이 바쁘니까, 어서 오르십시오."

떠밀리다시피 경운기에 오르게 되었다. 딸딸딸… 경운기는 병든 다리는 말할 것도 없고 빼 마른 엉덩이를 아프게 울리면서 신작로를 달렸다.

"여기가 보건소이고 저기가 군청이니까 어서 들어가 보세요."

읍내에 도착하자 정남이는 바쁜 가운데서도 자상하게 보건소와 군청의 위치를 일러주었다.

"고맙긴 하네만은 보건소와 군청은 나도 어디인지 잘 알고 있다네. 오늘은 자그마치들 떠들고 돌아가소. 국민의 입장에서 그렇게 정부나 대통령을 욕해서는 안 되는 법이니까."

비록 친절하게 태워다 주고 안내해 준 것은 고맙지만 수세를 없애라, 수매량을 늘려라, 하고 정부를 비난하고 떠들어대는 놈들에게는 한마디해 주지 않을 수가 없었다.

정남이와 헤어진 그는 군청 앞에 있는 보건소의 문을 밀고 들어섰다. 보험증을 내밀고 등록을 한 다음 청진기를 귀에 꽂은 의사 앞에 조사를 받는 사람처럼 걸터앉았다.

"어디가 아프시지요?"

"다리가 아파서 왔소. 그런디 의사선생! 내 말을 좀 들어보시오. 우리 동네 사는 김정남이라는 청년이 나한테 친절하게 해주는 것은 고마운데, 길을 잘못 들어 농민회가 무언가를 만들어 정부를 비난하고 있는가 했더니, 요새 와서는 우리의 우방인 미국을 모함하는 소리를 하고 있소. 그래서 오늘은 그 진상을 밝혀 혼쭐을 좀 내줄까 해서 왔소이다."

"병을 치료받으러 온 것이 아니라, 그 농민회 하는 사람을 혼내 주기 위해서 오셨단 말씀입니까?"

"그러니까 내 말을 좀 들어보시라니까요. 글쎄 그놈이 어느날 나를 찾아와 하는 소리가, 내 다리가 이렇게 마비되고 터지는 원인이 무엇이냐 할 것 같으면, 그때 내가 월남에 갔을 때 미공군이 뿌린 고엽제를 둘러쓴 때문이라고 하지 않습니까. 그렇다면 미국 사람들이 우군을 죽일라고 그런 독한 약을 뿌렸단 말입니까. 어림없는 말이지요, 암 거짓말이고 말고요. 그래서 오늘은 그 사람 말이 모함이라는 사실을 밝혀 만천하에 공개해야 하겠다 그 말씀입니다요."

"허, 그렇습니까? 그런데 우리는 그 농민회가 무언가 하는 사람들이 미국한테 덤터기를 씌우고 안 씌우고는 상관이 없는 일이고, 다만 김씨의 발병 원인이 무엇인지를 밝혀 드려야 할 입장인데… 그런데 우리는 지금 유감스럽게도 그것이 고엽제 때문인지, 피부병인지 판단할 능력이 없습니다. 우선 아픈 곳에 약이나 좀 바르고 진통제를 놓아 드리겠으니 군청 사회과를 찾아가 보시는 것이 좋을 것 같습니다."

"병을 진단 받으러 온 사람한테 웬 군청이란 말이오?"

"죄송합니다, 이런 문제는 병원보다도 군청에서 행정적으로 처리할 문제 같으니까요. 그리고 우리가 설령 진단을 할 수 있다 할지라도 보다 큰 병원이 아니고는 결론을 내릴 수가 없습니다."

"그럼 환자가 왔는데 진찰을 해주지 않겠단 말이오?"

"우리에겐 시설도 없으려니와 아무래도 좀 까다로운 문제니까, 하여튼 우선 약이나 좀 발라 드리도록 하겠습니다."

호로 자식 같으니라구. 그래 의사란 놈이 환자의 병을 진찰하지 못하겠다니, 알다가도 모를 일이구만. 병을 치료한다는 의사가 저렇게 노는데 병과는 상관이 없는 사회과엔 무엇 하러 가? 이렇게 뇌까리며 일어서서 나오려는데,

"잠깐만요."

소장인 의사가 그를 불러 세웠다.

"대단히 섭섭해하시는 것 같은데 그렇다면 말씀드리지요. 에, 고엽제라고 하는 것은 영어로 에이전트 오렌지(AGENT ORANGE)라고 하는, 천구백육십이년부터 십 년 동안 미군이 베트콩의 근거지인 밀림의 나뭇잎을 없애기 위해서 뿌린 제초제입니다. 아마도 김씨께서는 그때 월남에서 제초제를 뒤집어쓰고…."

"제초제라구요? 미군은 농사도 짓지 않았는데 웬 제초제입니까?"

"농사를 짓기 위해서가 아니라 밀림의 나뭇잎을 떨어뜨리기 위해서 뿌린 것입니다. 하지만 그건 좀 심한 일이었지요. 숲은 나쁜 존재가 아니니까요."

"베트콩이 숨은 밀림이 나쁘지 않다니오. 그럼 선생은 베트콩

에 대해서 동정을 하고 있는가요?"

"동정을 하고 어쩌고가 아니라, 숲은 필요한 것이고 우리 지구와 인류의 장래를 위해서 더욱 많이 보호되고 남아 있어야 한다는 말입니다."

"그런 소리 하지 마시오. 하여튼 베트콩이나 공산군을 없애는 일이라면 온 천하의 숲이 다 없어져도 상관이 없어요."

"……"

입에서 베트콩이라면 몰라도 공산군이란 말이 터져나온 통에 의사는 팍 주눅이 들어 입을 다물어 버렸다. 반공에 관한 말 앞에서는 정치는 말할 것도 없고 과학이나 의술도 입을 다물어야 한다는 것을 익히 알고 있는 그는 더 이상 계속해서 말을 하려 하지 않았다.

"내 말이 틀렸습니까?"

"……"

의사는 입을 열지 않았다. 괘씸한 놈, 저놈 역시 우리의 우방인 미국이 사람의 생명에 위해를 끼치는 약품을 뿌린 것으로 생각하고 있는 모양이군. 역적 같은 놈!

그는 아니꼬운 눈초리로 의사를 한 번 흘겨본 다음 절뚝절뚝 보건소를 물러 나왔다.

"당신이 과장이오?"

흥분한 김에 처음에는 들르지 않으려 했던 군청을 찾아가 따지듯 물었다.

"예, 그런디요?"

느닷없는 큰소리에 머쓱해진 과장이 입을 뻥하니 벌린 채 반문했다.

"명색이 군청의 과장이라면 우방인 미국이 인체를 해치는 약품을 공중에서 뿌렸다고 하는 유언비어의 뿌리를 캐서 처벌을 하도록 해야 할 것 아니오?"

"아, 그 월남전에서 미군이 뿌렸다는 고엽제 말인가요? 그것에 대해서는 신문에도 보도된 바 있고 또 여론이 없는 것은 아니지만…."

"그렇다면 그런 허황한 여론을 일으키고 댕기는 놈들을 그대로 가만히 보고만 있을 참이오?"

"우리가 그 사람들을 처벌하게 할 수는 없고 다만 자중하도록 경고는 주고 있습니다. 진상이 밝혀질 때까지 떠들지 말고 조용하게 있으라고 했지요. 그런데 김씨께서는 무슨 일이 있기에 여길 오신 겁니까?"

"보건소장이 여길 가보라고 해서 오긴 했지만, 과거 월남전에 다녀온 사람 중에 나와 비슷한 병을 앓고 있는 사람이 있는 모양인데, 불온한 사상을 가진 놈들이 그것을 자꾸 미군이 뿌린 고엽제 탓이라고 모함을 하고 있지 않겠소? 그래서 오늘은 진상을 밝혀서…."

"당신은 참으로 이상한 분입니다."

"이상하다니, 무엇이 이상하단 말이오?"

"월남전에 갔다 온 다른 분들은 모두 엉뚱한 병이라도 고엽제 때문이라고 억지를 쓰고 있는 판인데 도리어 그렇다고 일러주는 사람을 탓하고 있으니 말이오."

"그럼 정말로 우리를 해방시켜 주고 육이오 때 공산군을 물리쳐 준 미군이 그런 못된 짓을 했단 말이오? 더구나 월남의 공산화를 막기 위해서 그렇게 많은 희생자를 낸 미국인데… 그러고 보니 혹시라도 과장님까지도 그런 불온한 유언비어를 믿고 있는지도 모르겠네요."

"아닙니다. 나는 절대 그렇게 생각하지 않습니다. 이 세상에는 그런 생각을 가진 사람이 있다는 것뿐입니다."

과장은 행여라도 자기 앞에 허물이 떨어질까봐 호들갑을 떨며 손을 내저었다. 군청을 물러 나오는데 청사 앞 광장 쪽에서 아우성 소리가 들렸다.

"전량을 수매하라."

전량이라니? 그럼 농사지은 나락을 모두 사가라고? 미친놈들이구만. 지금 사방에 있는 미곡 창고가 넘치고 있는 판에 어떻게 전량을 수매해? 값이 좀 헐하긴 하지만 시장에라도 내다가 팔면 될 일이지. 저렇게 억지를 쓴다고 해서 될 일이 안되고 안될 일이 되는 것이간디. 저런 놈들이 있으니까 세상이 이렇게 시끄럽다니까.

그는 몹시 불쾌한 심정으로 그들에게 호통을 쳐주기 위해 절뚝절뚝 광장 속으로 발을 옮겼다.

"다녀오시는가요. 보건소에서는 무어라 진단을 했습니까?"

농민들 속에 섞여 있던 정남이가 대열에서 뛰어나와 반갑게 그를 맞이하였다.

"진단보다도 내가 알고 싶은 것은 고엽제라는 것인데, 그 사람들 말은 자네와는 판이하게 달랐네."

그는 설령 내 한몸 희생되고 더 많은 사람이 피해를 보는 경우가 있다 할지라도 우리에게 이제까지 은혜를 베푼 미국이 그런 일을 저지르지 않았다는 것을 증명해 주고 싶었다.

"그랬습니까? 초록은 동색이라고 윗사람들이 밝히기를 꺼리고 있으니까, 아랫사람들은 윗사람 눈치를 보느라 모두가 그 꼴이지요. 그것 보세요. 그러니까 피해자들이 단결해서 진상을 밝혀 달라고 싸워야 합니다. 그래야 대책을 세우고 보상금을 타낼 수가 있다니까요."

정남이는 못내 아쉽다는 표정을 지으며 말했다.

"보상을 해주기로 한다면 그럼 그 돈은 누가 낸단 말인가?"

"처음에는 정부에서 부담을 하더라도 결자해지結者解之라고 끝에 가서는 미국이 책임을 져야 하겠지요."

"보상이고 나발이고 나는 그런 의리부동한 짓을 해서 돈을 타고 싶지 않네."

그는 탁 내뱉고 나서 기우뚱 몸을 돌렸다.

"험한 일이 생길지도 모르니 저쪽으로 가셔서 기다리세요. 조금 있다가 우리가 다시 실어다 드릴게요."

정남이가 소매를 잡고 한쪽으로 끌었다.

"추곡가 동결 반대!"

"전량을 수매하라!"

그때 갑자기 수십 명의 군중이 구호를 외치며 길모퉁이를 돌아 군청 앞으로 밀어닥쳤다. 남쪽에서도 한떼의 시위대가 플래카드를 펄럭이며 합류해 왔다. 광장에는 순식간에 긴장이 감돌고 방석모에 두터운 복장을 한 전경들이 우르르 몰려와 군청의 정문을 가로막았다. 그를 부축하고 있던 정남이가 황급히 마을사람들 속으로 뛰어갔다. 탕탕, 최루탄이 터졌다.

시끄럽고 위험한 이 북새통에서 빨리 빠져나가야 하겠는데 길을 찾을 수가 없었다. 왼쪽으로 몸을 피하려 하면 그쪽에서 한떼의 군중이 진출해 오고, 오른쪽 길은 이미 전경들이 가로막고 있었다. 이리 갈까 저리 갈까. 갈팡질팡하다가 그는 최루가스 때문에 아려 오는 눈을 비비려고 손을 올렸다가 그만 목발을 안고 나무둥치처럼 쓰러져 버렸다. 타다탕탕탕, 다시 최루탄이 연발로 터지는 소리가 울렸다. 한떼의 시위대가 부연 연기 속에서 쓰러져 있는 그의 몸을 질근질근 밟고 넘어갔다. 마비되고 헐어 터진 다리가 밟히면서 떨어져 달아나는 아픔을 느꼈다.

"아야 아야 아야. 사람 살려."

그러나 제각기 살길을 찾아 달아나느라 어느 누구도 그에게 관심을 돌리는 사람은 없었다. 이럴 때 정남이라도 나타났으면 좋으련만, 어디로 갔는지 보이지 않았다. 폭발음과 함성과 가스와 먼지속에서 그는 얼마 동안을 바르작거리다가 마취를 당한 사람처럼 점차 정신이 몽롱해져 갔다. 그런 그의 의식 속에 월남땅에서 같이 싸웠던 전우들의 모습이 떠올랐다. 어디선가 맹호부대 용사들의 노래가 들려 왔다.

그는 가물가물한 의식속에서 그 노래를 따라 부르려 했지만 어찌 된 일인지 자물쇠라도 채워 놓은 듯 입이 열리지 않았다. 희미한 정신으로 그렇게 엎드려 있다가 한참만에 정신이 들어 가까스로 몸을 일으켜 세웠는데 방석모를 쓴 두 사내가 다가와 양쪽 겨드랑이에 손을 쿡 집어넣었다.

"갑시다. 병신이 뭐한다더니… 몸도 성치 못한 사람이 원….."

"내가 가긴 어딜 가?"

떨떠름했지만 병신이라는 말에 기분이 팍 상해 내질러 물었다.

"데모를 하다 잡힌 사람이 갈 곳이 어디겠소? 뻔하지 않소."

"그럼 나더러 경찰서로 가잔 말이여?"

"하여튼 가보면 알게 됩니다."

"지랄하지 마, 이래뵈도 나는 월남까지 갔다 온 참전용사여. 그런 애국자인 나에게 데모했다는 누명을 씌워 잡아가겠다구? 안 돼, 못 가겠어."

고래고래 소리를 지르며 바르작거렸지만 경찰들은 막무가내로 그를 떠메어다가 거칠게 차안에 밀어 넣은 다음 탕 하고 문을 닫아버렸다.

눈 내리는 산

1

천수관음처럼 여러 갈래 팔을 뻗은 백양나무가 한들한들 바람에 흔들렸다. 나뭇가지에서 떨어져 나간 낙엽들이 팔랑팔랑 날아가 나비처럼 땅 위에 내려앉았다. 나무의 저쪽으로는 코발트빛 북간도의 하늘이 펼쳐져 있고 고즈넉한 방안의 벽에는 다갈색 테를 두른 낡은 거울 하나, 탁자 위 화병에는 들꽃 몇 송이가 외롭게 꽂혀 있었다. 거울 속에도 흔들리는 것이 있었다. 밖에 서 있는 백양이었다. 밖에서도 안에서도 나무들은 흔들리고, 방안 사람들은 가만가만한 소리로 지난날의 회포를 털어놓고 있었다. 푸치광[夫志光]은 문화혁명 때 남편 뒷바라지를 하다가 죽은 아내 왕야오민[王姚敏]에 대한 애틋한 추억, 박동철 옹은 황포군관학교 시절의 동지들에 대한 후일담, 그들의 이야기를 들으며 나는 며칠

전 러·만 국경 양포향楊泡鄕에서 만난 김씨 가족을 생각하고 있었다. 외국인은 물론 모국에서 찾아온 동포의 꼴을 처음 본다며 눈물 글썽이던 그들의 얼굴이 떠올랐다.

"노인절 말입니다."

이야기는 회고담을 떠나 노인절로 돌아왔다. 연변조선족자치주에서는 8월 15일이 노인절이다. 중국인들이 이날을 전승기념일로 경축하고 있는데 전승자도 아닌 입장이라 그렇게 이름할 수도 없고 그렇다고 남의 지배에서 해방이 되었다는 것도 창피하여 그냥 노인절로 정하여 기념하고 있는 것이다. 박옹이 다시 입을 열었다.

"형식에 치우치면 안 돼요. 진실이 담겨 있어야 해요. 진실이 없으면 생명이 없어요. 살아 있는 문화가 아니어요."

"뺀질나게 연습한 친구들만 등장하니까 그러는 겁니다. 꾸미지 않고 소박한 사람들이 나와야 하는데……. 하지만 우리 만족滿族들이야 어디 그만한 행사라도 벌일 여력이 있습니까."

조선족도 아닌 주제에 푸치광이 맞장구를 치다가 푸념을 늘어놓고 있는데 문이 버석 열리며 박옹의 손자 만국이가 방안으로 들어섰다.

"어디 갔다 오니?"

"문화궁전에요. 그런데 할아버지, 겨울이 오고 있어요."

만국이는 의자에 걸터앉아 담배를 빨고 있는 할아버지 곁으로 다가갔다.

"어째서 겨울이 온다는 거냐?"

"나뭇잎이 지고 있어요."

"하지만 아직은 가을이다."

박옹은 가을을 확인하려는 듯 창밖을 내다보았다. 80이라고 하는데 아직도 맑은 그의 두 눈에 흔들리는 백양이 어른거린다.

"잎이 많이 떨어진걸요."

손자는 겨울이라는 확신을 놓치지 않고 있었다.

"바람 탓이다. 하지만 저 잎이 다 지고 나면 곧장 겨울이 올 거다."

겨울이 온다는 생각에 추위를 느낀 만국이가 손바닥으로 손등을 싹싹 비벼댔다. 바깥바람도 꽤 찼을 게다.

"백양나무 아니고 다른 나무 심었으면 좋겠어요."

"어떤 나무 말이냐? 백양은 당의 명령으로 국토의 녹화를 위해 전국에 심은 나무란다. 좋은 결단이었어."

이례적으로 박옹은 당의 정책을 칭찬했다. 아이들이 반골 정신을 본받아 자기처럼 고초를 겪을까 염려하는 노파심에서였다. 중국의 들판은 온통 백양이 천지다. 공원 가로수 담장 할 것 없이 백양 아닌 것이 없을 정도로 널리 퍼져 있다. 따져보면 이렇게 멋없는 조림을 하는 나라가 세계 어디에 있겠는가마는, 그저 마른 곳 진 데 가리지 않고 어디서나 자라는 것 보고 심어놓은 것이다. 단조로워 신물이 난다는 평이 있지만 그 나무가 아니면 어떻게 이런 정도의 녹화가 가능했겠는가.

"그래도 상록수였으면 좋겠어요."

"해마다 나무의 잎이 지고 나면 겨울이 오는 걸 보고 하는 소

리로구나. 하지만 상록수를 심어도 겨울은 마찬가지로 오는 법이
란다. 이것 맛 좀 보세요.”

박옹은 손수 깎은 핑궈리[苹果梨]를 접시에 담아 우리 앞에 내
놓았다. 한 점 찍어 입안에 넣자 달시큼한 맛이 시원했다. 핑궈리
는 사과와 배의 맛을 합친 모과 비슷한 모양의 과일로서 두 과일
을 교배한 것이라 했지만, 사실은 육종학을 응용해 만들어낸 별
개의 품종이었다.

“이곳 겨울은 지독합니다. 삼십 오도까지 내려가니까요. 서울
이야 아무리 춥대도 겨울이랄 것이 없지요. 참, 장백산엔 벌써 눈
이 내렸을 텐데 리 선생은 어떻게 가시겠어요?”

“한시라도 빨리 가야지요. 푸치광 선생과 함께니까 걱정은 없
습니다.”

“푸 선생이야 그곳에 가본 경험이 많으니까……. 하지만 눈이
내리면 어렵다고 해요.”

“아무려면 눈이 좀 내렸다 해서 천지쯤 못 오르겠습니까.”

“그렇지 않아요. 길이 워낙 가파르고 좁아서……. 그곳에서 떨
어져 여러 사람 목숨을 잃었습니다.”

“그래도 우리처럼 한사코 오르려는 사람들은 포기할 수가 없
지요.”

나는 마음이 조급했다. 이도진二道鎭을 가려면 버스 시간을 맞
추어 나가야 한다.

“푸 선생님! 선생님은 밀영密營 구경했다면서요?”

막 방을 나서려는데 만국이가 접시에 남은 핑궈리를 한 조각

116

집어 들며 불쑥 물었다.

"응, 너는 어디서 그런 소릴 들었니?"

문을 밀고 나가려다 말고 푸치광이 응대했다. 밀영이라면 내가 아닌 그가 대답해야 할 몫이다.

"선생님한테요. 근사한 집이었는가요? 궁전처럼요."

"네 할머니가 빨치산 출신이시니까 그런 걸 잘 아실 텐데······. 근사하구말구."

푸 선생은 그렇게만 대답하고 나서 빙그레 웃었다. 밀영을 궁전처럼 생각하고 있는 소년에게 차마 실상을 그대로 이야기해줄 수는 없었다. 더구나 지금 남아 있는 밀영의 모습은 다만 흔적뿐으로 고난에 찬 옛날의 발자취를 이야기해주고 있을 뿐이었다. 풍우에 시달려 썩어버린 귀틀집 기둥과 내려앉은 지붕, 흩어져 있는 냄비와 그릇, 타다 남은 나무토막, 저만큼 구렁에 내던져진 칸델라의 몸통은 파랗게 녹이 슨 채 버려져 있었다. 사스레나무 단풍 이깔나무 자작나무 느티 돌배 등 갖가지 나무들에 둘러싸인 오목한 골짜기의 바위 아래 있는 밀영은 은밀한 위치였지만 관동군과 위만군偽滿軍들은 용케도 찾아내어 기습을 해오곤 했다. 일본 특무의 끄나풀들 때문이었다. 그들 밀정 중에는 한족漢族 몽고족蒙古族 조선사람도 섞여 있었지만 가장 많은 것은 만주족滿洲族들이었다.

"리 선생 따라 나도 장백산 갈래요. 할아버지."

만국이가 박옹의 팔을 흔들며 졸라댔다.

"안 된다. 눈이 내리면 어린이들은 오를 수가 없어. 내년 여름에 보내주마."

할아버지의 말에 물러서기는 했지만 얼굴에는 불만이 가시지 않았다. 그 길로 나오는데 박옹은 손자를 데리고 지처잔[汽車站]까지 따라나왔다. 지처잔은 버스터미널이다.

"할아버지, 갈래요, 나도 갈래요."

만국이가 다시 칭얼대기 시작했다.

"또 그 소리냐?"

"가고 싶어요. 할아버지."

"저놈이 아까는 안 가겠다 해놓고, 한번 안 된다면 안 되는 줄 알아라."

박옹은 화가 난 표정으로 절뚝절뚝 다가와 손자를 끌어당겼다. 우리는 그들을 버려두고 차 위에 올랐다. 한참 만에 버스가 움직이자 나는 손을 흔들어주었다.

"안녕! 잘 다녀오세요."

울상이긴 했지만 만국이는 차창 밖에서 백양잎 같이 작고 하얀 손을 살래살래 흔들어댔다.

50년 동안 막혔던 길이 어렵사리 터져 백두산엘 오를 수 있게 되었다고 했지만 삼지연三池淵 신무치神武峙를 거치지 않고는 오르지 않겠다고 고집했었다. 최남선 씨가 그 시절 그랬던 것처럼 경원선 함경선 타고 달리다가 북청에서 후치령 넘어 풍산 갑산 혜산진 지나 보천보 삼지연을 경유해서 오르거나, 아니더라도 지금은 길주에서 전철 타고 삼지연으로 올라가 삭도(索道를 타는 코스도 있다고 했다. 그런 길을 놓아두고 남의 땅을 거쳐서, 더구나 중국의 영토만 밟아보고 돌아간들 무슨 재미가 있겠는가. 백운봉白雲峰과 장백폭포가 어떻고 천지天池가 장엄하더라는 등 구경하고 온 사람들로부터 어설픈 경험담이나 들으며 통일의 날을 기다릴 참이었다. 위선자들이 하찮은 적선을 해놓고 자랑하며 만족을 얻듯이 그런 결심이 마치 위대한 애국적 결단이나 되는 것처럼 자부하며 살아갈 참이었다. 그랬던 것이, 어쩌다 보니 이도진으로 가는 버스에 몸을 싣고 말았다.

"만국이란 놈 데리고 왔으면 좋았는데……"

"눈이 내리면 어린애 아니라 어른도 어려우니까요. 길이 웬만큼 가팔라야지요."

"푸 선생은 백두산이 몇 번쨉니까?"

"많아요. 대충 열 번쯤 될 겁니다."

그는 철만 되면 장백산을 오르지 않고는 배기지 못한다. 올 들어서도 이미 두 번째다. 터미널에서 손자를 나무라면서도 동행하지 못해 아쉬운 표정이었던 박동철 옹 얼굴이 떠올랐다.

"앞으로 조선이 통일되면 어떻게 하지? 걱정이야."

두 번째 그 집을 찾아갔을 때 문혁文革 시절 겪었던 이야기를 늘어놓다 말고 박동철 옹이 한 말이었다.

"선생님, 그게 무슨 말씀입니까요?"

뜻밖의 그의 말에 나는 언짢은 표정을 지으며 물었었다. 모국의 통일을 원하지 않고 있는 것 같은 그의 말이 마음에 거슬렸기 때문이었다. 그는 대답하지 않았다. 한참 만에 입술이 한번 달싹했을 뿐 입은 열리지 않았다. 무엇인가 깊은 생각으로 해야 할 말을 고르고 있는 것 같았다. 나는 숨을 죽이고 기다렸다. 통일의 날을 걱정하고 있는 수수께끼 같은 그 말에 대한 해명을 듣지 않고는 일어설 수가 없었다.

"모두가 삼지연을 거쳐 올라가 버릴 테니 말이야."

십여 분 만에 터져 나온 말은 삼지연으로 길이 터지는 데 대한 염려였다.

"……"

"그렇게 되면 남조선에서 오는 탐방객이 없게 될 것인데 얼마나 쓸쓸하겠어."

그 말을 듣고서야 비로소 나는 뜻을 깨달았다. 그러면서 나이가 들면 그런 생각을 할 수도 있겠구나, 하고 생각했다. 너무 민감하게 반응했던 게 민망했다. 그렇다고 섭섭한 마음이 완전히 씻어진 것은 아니었다.

"하지만 통일은 되어야 하지 않겠어요?"

"아니야. 통일도 좋지만 나는 동포들이 이 길로 오지 않게 될까 봐 그것이 두려워요."

평생을 민족과 혁명을 생각하며 살아온 사람답지 않은 말이었다. 이전에는 한 번도 그런 말을 내비친 적이 없었던 분이었다. 바위처럼 불거진 광대뼈, 뚫을 듯 사물을 쏘아대는 형형한 눈빛, 조금도 휘지 않은 꼿꼿한 허리는 항상 그의 굳은 의지를 뒷받침해주고 있었다. 그런 분이 아무리 나이가 들었다곤 하지만 자기가 지금 거주하고 있는 고장의 번영과 개인적인 위안을 모국의 통일보다 더 중요하게 생각하고 있으니, 아무래도 수긍이 가지 않았다. 야릇하다는 느낌에 배신감도 일었다. 나이는 어쩔 수 없는 것이구나. 대화 도중에도 눈을 감고 무엇인가를 더듬고 있는 그의 얼굴 위로 황혼을 긋는 그림자가 주름을 타고 흐르고 있었다. 나이 탓이로구나. 나는 다시 그 생각을 했다.

그의 다리는 한쪽이 의족이었다. 일본군에게 빼앗긴 다리, 그러나 그는 지금까지 다리에 대한 보상을 받지 못하고 있었다. 일본의 감옥에서 돌아온 서울은 혼란의 도가니였고 평양도 전쟁 때문에 안주할 곳이 못 되었다. 만주로 들어가 군관학교와 연안에서의 동지들을 찾았지만 그에게 들씌워진 것은 우파에 미제의 스파이라는 죄목이었다. 그렇게 해서 그는 안주할 땅을 잃고 찬밥신세를 면치 못하는 몸이 되었다. 남은 것은 절망과 방황이었다. 조국을 찾기 위해서 싸운 사람이었지만 그 조국이 자기를 버리자 제2의 조국을 선택했고 그곳에서마저 배반을 당했을 때 그는 모든 것을 체념할 수밖에 없었다. 그렇다고 해서 코스모폴리탄이냐 하면 그것도 아니고 다만 그는 당장 밥을 먹여주고 잠을 재워주는 가숙의 땅을 근거로 살아가고 있는 이방인이었다. 지금은 비록 국가에 대한 유공자로서 몇 푼의 연금을 받아 어느 정도 안정된 생활을 하고 있지만, 뿌리를 내렸다고 할 수는 없었다.

그러나 그런 가운데서도 완강하게 머릿속을 차지하고 있는 것은 혁명의 그림자였다. 혁명에 대한 관념은 항상 미진한 채로 남아 오랜 여과 과정을 통해서도 지워지지 않았다. 하지만 그는 해법을 찾지 못하고 있었고 이 세상의 자유와 평등에 대한 이상이 점점 추상화되어가는 데 대한 불안을 지울 수가 없었다. 과거에 몰아붙였던 사람들의 이데아 속으로 도리어 자신이 빠져들어가고 있는 것은 아닐까, 하는 위기감은 그를 당황하게 했다. 모국의 통일을 염원하고 있다고 생각했는데 실질적으로는 통일을 염려하고 있는 것 같은 발언을 한 것도 그런 변화의 일단이었다.

"통일이 되면 고국으로 돌아오시면 되지 않겠습니까?"

"남이건 북이건 다 내가 겪은 곳이야. 왔다 갔다, 나더러 고무줄넘기를 하란 말인가. 아마도 나는 어느 곳에서도 뿌리를 내리지 못할 거야. 사람이란 자기가 사는 곳이 세계의 중심이야."

자신의 위상에 대한 견해는 그런 것이었다. 내일 만일 옮겨가면 그곳이 세계의 중심이고 그다음 땅으로 가면 거기가 바탕이 된다는 생각이었다. 그러나 그는 뿌리가 공중에 떠서 불안정하면 할수록 그 땅에 안주할 수 있다는 유랑인의 기질을 체득한 사람이었다. 그렇다는 증표는 도처에 있었다. 먼 하늘을 바라볼 때마다 동자 속에 어리고 있는 조바심, 말을 하면서 자신도 모르게 오그렸다 폈다 하는 손가락의 마디마디, 그리고 살짝 이마 위에 곧추선 앙상한 머리칼의 저항 같은 것이 그것이었다.

그곳 돈으로 치면 적지 않은 4만 원元을 주고 들어간 집이었지만 실내장식 같은 건 거의 없고 초라한 침대와 몇 권의 책 그리고 싸구려 전축 사이에는 늦가을의 북간도 바람이 싸늘하게 흐르고 있을 뿐이었다. 거기에 덧붙이면 칠이 벗겨진 다갈색 테두리를 한 거울과 꽃병을 올려놓은 탁자, 그는 언제나 이층 창가에 앉아 거울에 비치고 있는 바깥 풍경을 간접적으로 음미하면서 과거와 현재, 현상과 가상을 넘나들고 있었다. 봄이 되어 백양잎이 피면 거울 속에서 봄을 느끼고 잎이 지면 그 속에서 쇠잔해가는 가을의 그림자를 더듬곤 했다.

2

우리는 동행을 약속해놓고 사흘을 기다렸었다. 그러다가 날을 골라 오늘은 기어이 출발을 하게 된 것이다. 일기예보는 개일 것이라 했지만 마냥 안심되는 것은 아니었다. 기상대는 언제나 장백산같이 큰 산에서 일어나는 기상의 변화를 정확하게 알려주지 못했다. 그런 산에서의 변화는 하늘이 아니라 산 자체가 만들어내고 있었다. 골짜기에 밀렸던 기류가 상승하면서 그동안에 떠돌고 있던 증기가 갑자기 식어 눈비로 바뀐다든가, 산 위에 모여 있던 고기압이 거세게 저기압 쪽으로 이동하면서 심한 바람이 일었다. 그렇게 변화가 무쌍하기 때문에 이 고장 사람들은 장백산을 두려워하면서 더욱 거룩하고 신성한 산으로 추앙하고 있었다.

버스는 깊고 넓은 밀림을 뚫고 용정(龍井) 화룡和龍을 거쳐 안도현安圖縣으로 들어가고 있었다. 팔가자황구八家子荒溝에 이르면 밀림은 더욱 가경으로 들어가고 백 리를 달려도 사람의 그림자를 발견하지 못한다.

"여긴 모두 우리 땅이었는데……"

"지금은 남의 땅입니까?"

"그렇게 말하면 이곳뿐 아니라 온 중국이 우리 땅이었지요. 하지만……"

푸치광 선생이 말끝을 흐리는 이유를 나는 모르지 않았다. 버스는 구부러진 길을 돌아 아름드리 잡목들이 우거진 수목 속을 뚫고 들어갔다.

"그중에서 장백산은……"

한참 만에 푸 선생은 다시 그 말을 이었다.

"장백산이야말로 만주 민족의 얼이 담겨 있는 거룩한 산입니다. 우리는 우리들의 산을……"

"장백산이 당신네 산이라니, 어떤 뜻에서 하시는 말이오?"

"대청제국의 조상인 애친각라 포고리옹순愛親覺羅 布庫喱雍順의 발상지라는 걸 모르고 계시는구려? 사실대로 말하면 장백산뿐 아니라 당신네 나라 함경도까지도 모두 우리 민족들의 땅이었는데 김종서라는 사람 때문에 물러나긴 했지만."

"비록 애친각라가 거기서 태어났다고 하지만 장백산은 우리 조상인 단군께서 나라를 세운 곳이고, 뿐만 아니라 그때는 온 만주가 우리 고구려 땅이었지 않습니까."

"공유하기 어려운 것이 국토 아니겠어요?"

"그런 걸 논하기 전에 당신들과 우리는 본래 동족이었다는 것을 알아야 합니다. 어째서 자꾸 가르려고만 하십니까?"

"뿌리가 같을지는 모르지만 현실은 달라요. 과거와 현재를 혼동하면 안 돼요."

"알지요. 내가 왜 그걸 모르고 하는 말이겠습니까? 하지만 우리여요. 나는 우리라는 사실을 중시하고 싶어요."

'우리'라는 개념처럼 막연한 것이 없었다. 그들과 우리는 몽골리언이라는 큰 테두리에서 종족을 같이하고는 있었지만 역사적으로 보면 오랜 세월을 두고 적대적인 관계에 놓여 있었다. 부족국가 시절에는 우리의 변방을 괴롭혔고 나라를 세운 뒤에는 몇차례에 걸쳐 우리 조선을 침략하여 쑥밭으로 만들었었다. 그런 사람들이 오늘에 와서 갑자기 대동의식을 부르짖고 나온다고 해서 선뜻 받아들이기는 쉬운 일이 아니었다.

지금은 비록 보잘것없이 되어 있지만 말갈의 후예인 여진족이었던 만주족은 백두산을 중심으로 한 동북아 대륙을 차지하고 오랫동안 삶을 누려온 민족이었다. 푸 선생은 지금 쇠잔해가는 만주족의 자존심을 몽골리언이라는 큰 테두리 속에서 찾고자 하는 것이었다. 그의 말속에 과거사에 대한 앙금은 한 줌도 남아 있지 않았다. 남아 있는 것은 대동의식이었다. 그렇기 때문에 이런 사람과 더불어 백두산을 두고 네 것 내 것 하는 것은 무의미한 일이었다. 삼지연만을 밟겠다던 나의 고집도 푸 선생 앞에서는 민망한 생각일 수밖에 없었다. 그러나 비록 그들은 나라를 잃고 민족의 특성마저 상실해가고 있는 사람이었지만 대륙을 지배해온 민족답게 마음의 여유가 있었다. 그의 동족의식이 비록 패배주의라든가 퇴영적 사고에 바탕을 두고 있다 할지라도 달리 생각하면 보다 폭이 넓은 민족의식이었다. 편협한 선민의식을 가지고 자기들의 종교와 민족을 고집하는 사람들보다 그들은 도량이 넓고 슬기로웠다. 내가 삼지연에 대한 집념을 풀고 오늘 이렇게 백두산을 찾아온 것도 푸 선생의 이런 사상에서 영향을 받은 결과였다. 하지만 민족 이야기는 좀 버거웠다.

"밀영 이야기나 좀 해요."

나는 정신적 하중을 이기지 못해 화제를 바꾸고 싶었다. 푸 선생의 아버지 푸둥민[夫東民]에 대해서 자세하게 듣고 싶었다.

"밀영은 남만에서 북만에 걸쳐 여러 군데 있었어요. 그런데 지금은 거의 흔적도 없이 사라지고 서너 군데만 남아 있습니다."

"좀 더 많이 보존되어 있었으면 좋았을 텐데……. 아버님이 이용한 밀영은 어떻게 되어 있었어요?"

"아버지와 같이 활동했던 분과 동행해서 가보았는데 집은 무너지고 여기저기 도구들만 흩어져 있었어요. 그래서 그것들을 주워다가 혁명박물관에 보관을 시켰지요."

"그런 속에서 추위와 굶주림을 이기면서 싸우는 일은 상상을 초월한 고통이었겠지요. 그런데 그것이 일본 놈들과 싸우는 일은 당연하지만 동족인 푸의溥儀의 위만군僞滿軍과 싸우다 보면 좀 가슴이 아프기도 했겠어요."

"그래 말입니다. 리 선생님이 말씀을 하시니까 하는 말인데, 아버지는 기실 푸의에 대해서 동정심을 갖고 있었던 것 같아요. 일본 놈은 미워했지만 아무래도 동족 사이란 것은……"

푸 선생은 나의 귀에 입을 가까이 대고 속삭이듯 말했다.

"아버지는 그래서 푸의처럼 이따금 백두산에 올라 천지를 찾았답니다."

"애친각라를 위해서요?"

"그렇지요. 만주벌판과 압록강, 두만강 유역을 아울러 내려다 보면서 애친각라 할아버지와 누루하치의 영광을 생각했겠지요. 내 혈통은 애친각라 누루하치의 피를 이어오고 있습니다. 우리 조상은 장백산을 정신적 근거로 해서 송화강, 두만강, 압록강, 목단강 유역을 지배했던 부족이었습니다."

그중에서도 특히 넓고 비옥한 땅이 펼쳐져 있는 송화강 유역은 그들의 가장 중심이 되는 삶터였다. 송화강 이야기가 나왔으니 말인데 이 강은 이도백하二道白河, 오도백하五道白河, 고동하古洞河, 두도하頭道河 등 뭇 하천을 삼키면서 우람한 장백산 골짜기 미끈한 몸매를 자랑하는 미인송美人松 홍송紅松의 꽃가루가 떨어져 흐른대서 그리 부르게 됐을 거라고 짐작했었는데 무식의 소치였다. 만주어 '송아리울라[松阿里烏拉 : SONGALIULA]'임을 몰랐었다. '송아리'는 천상天上이라는 뜻이고 '울라'는 강이라는 것, 결국 송화강은 천상에 있는 천지에서 발원한 강이라는 것인데, 그것을 안 것은 만주어에 능통한 푸 선생의 설명을 듣고 나서였다.

버스가 흔들렸다. 그럴 때마다 밀림과 하늘의 합작으로 그어낸 지평선이 출렁하고 흔들렸다. 버스는 여전히 밀림 속을 벗어나지 못하고 있었다. 사슴 한 마리가 무리 진 자작나무 밑으로 흐르는 골짜기를 첨벙첨벙 뛰어넘어갔다.

"아버지가 유격전을 벌였던 밀림입니다."

그러나 나는 주변의 풍경에 도취되어 푸 선생의 그 소리를 어렴풋이 알아채긴 했지만 흘려보내 버렸다. 나의 의식은 밀림의 바닷속에 있었다. 그 속에 잠기고 보면 아무래도 청각은 제 기능을 작동하지 못했다. 밀림의 깊이는 알 수가 없었다. 갖가지 색깔로 물들어 있는 숲은 온통 불꽃이었다. 버스는 망망대해를 표류하고 있는 조각배였다. 이따금 숯을 굽거나 나무를 베는 노동자들이 쓰는 막사가 나타나고 낡은 운반차들이 스쳐 가기는 했지만 삼킴질을 당한 것처럼 버스는 가없는 늪 속에서 헤어나지 못하고 있었다.

일본의 소설 「간의 조건」에 나온 가지[梶]라든가 하는 주인공이 헤맸던 밀림이었다. 소련군과 자위단원들에게 쫓기고 있는 그 사내는 여러 날 동안 길을 잃고 방황하다가 죽음의 숲을 빠져나가긴 했지만 결국 어느 들판에서 쏟아지는 눈을 맞으며 숨을 거두어갔다. 소련군의 공격에 의해서 거대하고 막강한 관동군의 조직이 무너졌을 때 거기 소속되었던 한 인간은 사냥꾼에 쫓기는 토끼요 거리에 버려진 거렁뱅이였다. 가지는 내리는 눈에 덮여 종말을 맞이했고 그의 몸은 사람의 형상을 잃은 나무토막이요 돌덩이였다. 나는 거기서 거친 역사의 탁류 속에 내던져진 한 생명의 처절한 실존을 목격했었다.

눈은 겁 없이 퍼부어댔다. 가지의 생명을 덮어버린 눈송이들이 대지를 덮고 있었다. 내 의식은 환상과 현실을 분간할 수 없는 삼차원의 세계에 내던져져 있었다. 존재가 스스로 변한 것이 아니라 환상이 존재를 변화시키고 있었다. 그렇게 변화된 존재는 곧 나의 현실이었다. 나는 지금 45년을 뛰어넘은 과거 속에 있었다. 소설 속의 주인공은 퍼붓는 눈 속에 묻혀가고 있었다.

"저기여요."

"뭐가요?"

푸 선생의 말에 정신이 들어 밖을 내다보니 이제까지 눈이 내리고 있던 가지의 벌판은 화려한 색동을 입은 단풍으로 메워져 있었다. 환상은 사라지고 현실이 눈앞에 있었다. 현실과 환상이 넘나드는 무대는 참으로 신기했다. 시간의 퇴적 속에 깊숙이 잠재해 있던 의식은 현실로 돌아와 있다가 다시 현실의 저편으로 사라져가곤 했다. 잠재의식이 아니고 환각이라도 좋았다. 소년 시절 나에게 환각의 세계를 체험하게 했던 만다라화曼陀羅華 열매의 쌉싸래한 향기가 콧속을 스며들어왔다. 세상은 온통 별빛이고 꽃밭이고 천국이었다. 붉고 노랗고 파랗고 검은 괴물들이 나와 더불어 춤을 추고 찬란한 하늘은 오색으로 영롱했다. 나는 흔들리는 의식을 감당하느라 손을 내려 의자의 팔받침을 붙잡았다.

"내 아버지가······"

푸치광은 화가 난 듯 언성을 높였다.

"오 참, 푸 선생 아버지께서 저기서 싸웠다 했지요?"

나는 딴전을 부리지 않았던 것처럼 그의 말을 되새겨주었다. 소설 탓이었지만 그렇다고 소설에 책임이 있는 것은 아니었다. 책임의 주체는 나였다. 하지만 소설 탓이었다. 푸 선생과 나를 단절시킨 것은 소설 속 주인공이었다. 어쩌면 인물이 아닌 배경이었을지도 모른다. 나를 삼켜버린 것은 가지라는 비극의 주인공과 그가 쓰러진 벌판에 쏟아지는 눈, 그것도 소설 속의······. 나는 최근까지도 독서 삼매경에 빠져 있을 때 아이들과 약속을 하고도 까마득히 잊고 있다가 비난을 받은 적이 한두 번이 아니었다. 하지만 이미 읽은 지 오래인 그 소설 때문에 푸 선생을 불쾌하게 만들었다면 그건 변명으로서는 부족한 보다 성실한 설명이 필요했다. 그러나 그럴 분위기가 아니었다. 푸 선생은 지금도 노여움을 푼 것 같지 않았지만 나는 설명을 하지 않기로 했다. 나는 침몰되어 있던 환상 속에서 빠져나온 걸 후회했다.

"그런데 어쩌다가 아버지는 돌아가셨습니까? 일본군 때문에……?"

은근하게 물었다. 그의 아버지 푸동민이 30년대 말 동북항일연군의 주보중周保中 밑에서 싸우고 있을 때 박동철 옹은 중국 본토에서 친일파를 때려잡는 테러활동을 하고 있었다. 두 사람 사이에는 아무런 연결은 없었지만 일본에 대한 저항이라는 점에서는 일치하고 있었다. 민족을 생각한다면 중국공산당에 협력할 수 없는 입장이었지만 그는 오직 일본 세력을 몰아내야 한다는 생각에 당의 노선을 따르고 있었다. 당장은 민족이 문제가 아니었다.

"아닙니다. 동족 때문이었어요. 그렇다고 직접적인 것은 아니었지만……"

푸치광의 말은 우회하고 있었다. 일본인이 아니고 그들에게 빌붙은 조선인이나 한지안[漢奸], 몽고인도 아닌 그렇다고 꼬집어서 만주 사람인 것 같지도 않은…….

"어쨌건 동족 때문에 죽는다는 건 행복한 일이었지요."

"왜 그렇습니까?"

"동족끼리 갖고 있는 모순을 일깨워줄 수가 있으니까요."

"푸 선생!"

나는 그의 손을 잡았다. 그런 비극은 우리에게도 있었다. 배반과 음모, 그것은 어느 집단에서나 일어났던 일이었다.

"항일연군 내에도 박석윤을 중심으로 한 일본 특무기관의 첩자조직이 있어 한 부대가 괴멸된 적도 있었지요. 그분들의 무덤이 지금 대황구大荒溝에 있습니다."

"리 선생, 그게 아닙니다. 우리에게는 총체적인 배반이 일어나고 있습니다."

"수가 많다는 것뿐이지 총체적 적이란 것은 없어요."

차가 흔들렸다. 송강진松江鎭에 이르러 삼림 경찰들이 길을 가로막고 차를 세웠다. 밀림 속에서 잣열매를 밀반출하는 자를 찾아내기 위한 검문이었다. 벌써 세 번째였다. 잣을 담은 마대를 들고 올라온 사람들은 의외로 태연했다. 국유림에서의 잣따기 작업은 지정된 자라야만 할 수 있고 또 거기서 따낸 것은 모두 국가에 바쳐야 했다. 그런데 더러는 몰래 스며들어 도둑질을 하거나 누군가 따놓은 것을 반출해서 돈을 버는 사람이 있었다. 영림국에서는 검문을 통해 그들을 색출해내고는 있었지만 어느 정도의 방지 효과가 있는지는 의문이었다. 의자 밑에 숨겨놓은 두 사람의 마대 속에서 잣이 발각되었지만 약간의 거래를 거쳐서 무사하게 된 것 같았다.

"세 번이나 무사하려면 반값은 바쳤을 겁니다."

푸 선생은 별일 아니라는 듯 나를 돌아보며 말했다.

"부패가 심하군요."

"그건 부패가 아닙니다. 공작원들은 나라에서 주는 공자工資만

가지고는 어림도 없습니다. 생각해보십시오. 한 달의 생계비가 네 식구라면 삼백 원인데 나라에서 주는 보수는 겨우 백오십 원입니다. 그러니 살기 위해서는 어차피 저런 짓을 하지 않을 수 없지요."

"하지만 뇌물로 문제를 해결한다는 것은 좀 심한 것 아닐까요?"

"그러니까 국가에서는 보수의 인상을 통해 그 문제를 해결하려 하고 있지만 당장은 어쩔 수가 없습니다. 국가가 많은 세금을 거두어 공자를 풍족하게 주는 거나 그냥 공작원과 인민들 간에 저런 방식으로 해결하게 하는 것이나 효과는 비슷하니까요. 정상은 아니지만……."

뇌물을 주고 무사했던 두 사람 역시 당연한 일을 했다는 듯 태평한 얼굴로 담배를 빨아대고 있었다. 운전사도 줄곧 담배를 물고 있었고 조수는 자기 담배를 피우면서 운전사의 입에 물려 있는 담배가 어느 정도인가를 살피고 있다가, 그것이 깊숙이 타들어가 입술에 닿을락말락해지면 냉큼 새 담배에 불을 붙여 건네주었다. 오르내리는 사람을 관리하는 일은 겉발림이고, 조수는 운전사의 담배를 태워주는 일에 보다 많은 정성을 쏟고 있었다.

검문을 당하는 통에 이야기가 빗나가 있었다. 나름대로 심각한 이야기를 하고 있으면서도 허황된 공상이나 주변에서 일어나는 사건에 빨려 들어가 대화가 끊어지곤 했다. 이상한 일이었다. 조급한 것이 한국인이라는 말이 있는데 나는 의외로 푸 선생과 대화를 나누는 동안 삼천포로 빠지고 흑산도로도 표류하고 있었다. 중국인들의 세계에 들어오면 아무리 다급한 일도 점심 다음으로 미루고, 그러다가 점심이 잔치 자리가 되는 바람에 내일로 연기하여 나중에는 흐지부지되어버리는 일이 많았다. 단 삼십 분이면 처리할 수 있는 일을 며칠이고 끌어대는 것을 나는 여러 차례 경험했다. 그러다 보니 이제 와서는 나까지 그들의 생활 습관에 젖어 들어가버린 것이었다.

"아버님이 돌아가셨다는 그 자리 한 번이라도 가보셨습니까?"

"아니어요. 아무도 아는 사람이 없어요. 그저 장백산이라고만 알고 있을 뿐입니다."

"그런데 아까 애매하게 말씀하셨는데 푸의의 패거리들이 아니고……?"

"그렇지 않습니다. 아버지는 장백산의 산신을 숭상하고 있었으니까요. 푸의는 해마다 두 차례씩 산신제를 모시는데 아버지 역시 그 점에 있어서만은 푸의와 일치하고 있었어요. 그런데 조직에서는 그것을 우상숭배라 하여 배척했거든요. 아버지는 몰래 무당인 살만薩滿을 찾아가 함께 굿을 치며 산신에게 공을 드린다거나 산 쪽을 향해서 배례를 했어요. 일본의 괴뢰였던 푸의와 내통했냐 하면 그건 아니고 오직 산신과 조상을 위한 마음에서……."

"푸의 쪽에서 그걸 알았어요?"

나는 푸 선생의 말을 가로채며 물었다. 혹시라도 푸의와 내통했다는 혐의로 죽었다면 유격대원으로서는 개죽음일 수밖에 없었다.

"푸의는 해마다 봄과 가을에 길일을 받아 산신제를 올렸어요. 더러는 장백산을 직접 찾아오기도 하고요. 만주 민족의 근원인 장백산 신에게 치성을 드리고 조상인 애친각라를 모심으로써 민족의 번영과 제국의 흥륭을 기원한 거지요. 그날입니다. 하필이면 그날 아버지는 조직을 떨어져 나와 샤먼을 찾아가 산신에게 예배를 올린 거지요. 푸의가 산신과 조상에게 그랬던 것처럼……."

"그 대목이 동지들에게 탄로되었군요."

"아니지요. 잡혀갔어요. 푸의의 특무들한테. 옷차림과 거동으로 보아서는 토비土匪 아니면 공비共匪가 틀림없는데 요게, 샤먼과 함께 치성을 올리고 있으니 그렇게 단정할 수도 없고……. 그래서 곤장만 죽살나게 맞은 다음 풀려났는데 그것 때문에 동지들한테 의심을 받은 것이지요."

"그래서 조직에서 숙청했어요?"

"그렇지 않습니다. 주보중周保中 동지는 아버지를 신뢰하고 있었기 때문에 배반으로 보지 않았어요. 그래서 아무 탈 없이 투쟁을 계속하다가 일군과의 작전 도중 행방불명이 되었습니다."

"어떻게 된 일입니까?"

"확실한 증거가 없음에도 불구하고 주보중 동지께서는 아버지를 전사자로 처리해서 중앙으로 상신하여 훈장을 내리게 했어요."

"결국 전사가 아니었군요."

"미스터리입니다. 그런데 나중에 안 일이지만 아버지께서는 산신을 찾아 장백산 깊숙이 들어갔다는 것입니다. 천지까지요."

"빨치산에게 장백산의 산신이라. 재미있군요."

"아버지는 갈 곳이 없었어요. 장백밖에요. 산신에 대한 믿음 때문에 조직으로 돌아갈 수가 없게 되었어요. 푸의 패거리들이나 좋아하는 산신신앙을 가진 사람을 당에서 용서해주지 않을 거고, 반대로 항일 빨치산을 일본 놈이나 푸의 패거리들이 그대로 살려두지도 않을 것이니, 돌아갈 곳이 없었지요. 더구나 부대가 괴멸되어버린 데다가 밀영은 쑥밭이 되어 돌아갈 수 없었고, 그래서 결국은 산신에게 몸을 맡긴 셈 치고 장백산으로 들어가 병사봉이나 백암산에서……."

버스는 이도진에서 멈췄다. 중간 종점답게 많은 차량들이 그다지 넓지 않은 주차장을 메우고 있었다. 아득한 산등성이 위에 붉은 태양이 닿을락 말락 꼬리를 걸치고 있었고 주위를 조여오고 있는 밀림의 정적이 차갑게 피부를 적셨다.

그다지 멀지 않을 텐데 백두산의 모습은 짐작조차 할 수가 없었다. 워낙 숲이 넓어 모든 봉우리들은 숲속에 잠겨 얼굴을 내밀지 않고 있었다. 보이는 것은 온통 숲뿐이었다. 가닥을 잡을 수 없이 엄청나게 넓은 수림이 농밀하게 익은 빨간 태양을 삼키려 하는 순간이었다. 숲이 숨을 쉴 때마다 지상의 모든 것들이 술렁거리고 차량의 경적음, 사람의 말소리, 새소리, 짐승의 울음소리들이 엄청난 용해력을 가진 끝없는 늪 속으로 빨려 들어가고 있었다. 어디에선가 고저가 뒤범벅인 민요곡을 담은 깽깽이 소리가 들려왔다. 방안에서 지금쯤 명상에 잠겨 있을 박옹 생각이 떠올랐다.

"진리는 하나지만 그곳으로 통하는 길이 여러 갈래 있을 수 있어요. 그와 같이 백두산에 오르는 길도 여러 개 있지요. 삼지연이 아니면 안 된다는 것은 바깥 세계를 모르는 우물 안 개구리의 생각이어요. 나도 이전에는 하나밖에 없다고 생각했는데 요새 와서 생각을 고쳤어요."

논리가 변형된 박옹의 목소리가 귓전에서 맴돌았다. 이전 같으면 오직 하나밖에 없다고 말했을 텐데 여러 갈래 길을 인정하고 있었다. 견고한 성을 지키며 하나의 신념으로 살아온 분이었지만 혁명의 현장에서는 언제나 아웃사이더였다. 이념과 현실의 괴리는 그를 항상 소외된 위치에 서게 했고, 가혹할 때는 감옥에 던져져 어두운 공간 속에서 인고의 세월을 보내야 했었다. 강냉이떡으로 주린 배를 채우며 고난의 시간을 씹고 있을 때도 마음이 흔들리지 않았는데, 요새는 백두산을 오르는 길이 여러 갈래라고 말하고 있었다.

산은 모든 것을 포용해주는 어머니였다. 산 앞에서는 아집 편견 독단이 아무런 힘을 쓰지 못했다. 나는 지금 중국의 영토에서 있었지만 전혀 그렇다는 생각이 들지 않았다. 지리산이나 무등산 기슭을 거닐고 있는 기분이었다. 박옹이 만일 우리와 여길 동행했다면 어떻게 되었을까. 지금은 약간 문을 열었다지만 의지 덩어리인 그의 정신적 성곽과 나의 흐느적거림이 어떻게 조화를 이룰 수 있었을까. 아무리 그렇더라도 박옹은 나와 같은 떠돌이였다. 그렇다고 마음의 성곽을 포기한 것은 아니고, 다만 떠돌이일 뿐이었다.

"내가 살고 있는 곳이 곧 세계의 중심이야."

그의 말에는 깊은 향수가 깔려 있으면서도 현실을 수용하는 사람으로서의 체념이 있었다. 그렇다면 나같이 여행만 좋아하고 있는 사람은 민족이나 국가로부터 자유로울 수 있는 것일까. 나는 언제나 이국의 등불 아래서 자유로웠다. 그렇기 때문에 여행 중에는 민족이나 국가를 의식하지 않았다. 나를 에워싸고 있는 하늘이 있고 땅이 있고 집이 있고 방이 있을 뿐이었다. 그 속에서 나는 자유인으로서 세상의 중심이었다. 온 세계가 나의 영토이고 식읍食邑이었다. 박동철 옹도 그런 사람이었다. 그는 지금 그곳 2층의 좁은 아파트 방에서 흔들리는 백양을 바라보며 무엇을 생각하고 있을까. 석양의 노을빛을 붉게 받으며 통일이 되어 연변에 관광객 끊어질 것을 걱정하고 있을까.

어둠이 천지를 물들이고 있었다. 물소리가 들렸다. 우람한 장백의 등을 핥으며 흘러내려온 숱해 많은 물줄기들은 송화강으로 흘러 들어갔다. 그 강은 다시 북으로 흘러가다가 눈강[嫩江]을 만나고 얼마쯤 동진하다가 목단강을 흡수한 다음 러·만 국경으로 흘러내려 갔다. 거기서 곧 남에서 올라온 우수리강을 합치면서 흑룡강과 만나게 되는데 비대할 대로 비대해진 흑룡강은 거기서 방향을 바꾸어 북으로 연해주를 씻으며 시베리아 사할린 사이 타타르 해협으로 기어들어 갔다.

하필이면 왜 연해주일까. 흑룡강을 따라 연해주로 흘러 들어간 우리 동포들은 어느 누구도 그다지 행복하지 못했다. 흑하사

변으로 상잔의 비극을 겪었고 1937년에는 먼 중앙아시아로 추방되어 고난의 세월을 보내야 했다. 왜놈들에게 쫓겨간 사람들을 왜놈들과 내통한다는 혐의를 씌워 거친 황무지에 내던져버렸다. 아나토리 박은 지금 무엇을 하고 있을까. 그는 나에게 모국을 한 번 방문하고 싶다 했지만 나는 지금까지 아무 도움도 되어주지 못하고 있다. 친구여, 사람이란 자기가 현재 살고 있는 곳이 세계의 중심이고 가장 좋은 땅이라네. 그러기에 자네는 지금 그곳을 조국으로 생각하며 살고 있지 않은가. 장백산에서 근원한 송화강이 흑룡강을 따라 북해로 사라져버린 것을 막을 수 없었듯이 나는 한번 떠난 자네들을 다시 데려오기 어렵다는 것을 알았다네. 얼마나 슬펐는지 몰라. 왜 우리는 서로 헤어져야 했고 그렇게 헤어진 다음에는 합쳐질 수가 없는 것인지.

아나토리 박을 데려다가 모국을 구경시켜줄 수 없을까 해서 찾아간 법무부의 창구는 말과 뜻이 통하지 않았다. 그것은 너무나 까다롭고 복잡하여 나의 손이 미칠 수 없는 곳에 있었다. 낙타가 바늘귀 꿰어가기보다 어렵냐니까, 천당에 가기보다 어렵다는 것이었다. 아나토리 박, 정말 미안하이. 나의 이 말을 듣고 이제까지 조국으로 생각해왔던 나라는 할아버지의 조국이었을 뿐 그대의 조국이 아니라는 걸 알고 슬퍼해도 하는 수가 없다네, 안녕.

나는 지도를 펴놓고 이도백하의 흐름이 흑룡강으로 합류하여 그렇게 비운의 여로를 따라 먼 북해로 흘러 들어가 버린다는 사실을 알았을 때 가슴이 아팠다. 아나토리 박의 할아버지들이 걸어간 길도 물의 흐름과 같았지만 나중에는 그 물을 떠나 더 가혹한 유랑의 시련을 겪어야 했으니 누구의 탓이었을까……

"조선족들은 모국에서 찾아오는 손님이 있는데 우리에게는 그
것도 없어요. 우리는 팔백만이나 되지만 아무 일도 못하고 있어
요."

푸치광 선생은 그런 말을 했었다. 모국이 있음을 부러워했지
만 나는 아나토리 박에게도 아무런 일을 해주지 못하고 있지 않
는가. 아나토리 박의 설움은 처음에 나라가 없는 데서 출발했지
만 지금은 동족 속으로 돌아올 수 없다는 데에 있었다. 그들에게
있어서 나라는 있으나마나였다. 푸 선생과 오십 보 백 보였다.

"당신들에게는 희망이 있어요. 과거의 영광을 꼭 찾을 수 있을
거예요."

내가 푸 선생에게 해줄 수 있는 말은 이것뿐이었다.

3

왜 사람은 이렇게 떠돌지 않으면 안 되는 것일까. 나는 벌써
일곱 번째 중국의 하늘 밑을 헤매고 있었다. 멀리 비단길로 일컬
어지는 실크로드로부터 이백과 두보가 방황했던 서안西安, 사천
四川의 성도成都와 아미산峨嵋山, 두보의 생가가 있는 수양산 기슭
의 공현鞏縣, 양자강 유역의 백제성 악양루, 무한의 황학루에서는
최호崔顥의 시를 음미하며 눈물짓기도 했었다. 그들의 체취가 나
는 곳이면 그 어느 곳 나의 발길이 닿지 않은 곳이 없었지만 나는

언제나 미진한 마음으로 발길을 돌려야 했다. 길은 길로 이어지고 이백이 죽은 채석기采石磯, 김교각이 잠들어 있는 구화산九華山에도 올랐다. 러·만 국경 쓸쓸한 양포향楊泡鄉에 살고 있는 김홍화 아가씨, 봄이 오면 좋은 날 골라 공과기술을 공부한 청년과 결혼한다고 했지만 그리워하고 있는 것은 할아버지의 땅이었던 아득한 남국이었다. 어떻게 하면 그곳에 갈 수 있을까요? 풍요하고 넓은 대륙에 살고 있으면서도 뵤른손의 아르네처럼 남쪽에 있는 조가비 나라를 그리워하고 있었다.

"사흘 전 집 앞에서 까치가 울었어요. 그래서 오늘은 귀한 손님이 오시겠구나 하고 떡을 해놓고 기다리고 있었어요."

홍화 어머니는 우리 앞에 갓 쪄내어 김이 모락모락하는 시루떡을 내놓으며 말했었다. 닭을 잡고 게사니 알을 삶고 개를 한 마리 잡겠다는 걸 한사코 말려 못 하게 했는데 술을 마시고 있는 사이 마을에 사는 친척들이 모여들었다. 역시 63도나 되는 독한 배갈은 창자를 뜨겁게 했고 홍화 어머니의 환영사가 시작되었다.

"우리 마을에……"

그녀는 이미 울먹이고 있었고 목소리는 바이올린처럼 떨렸다.

"우리 양포향 같은 시골 마을에 리 선생같이 훌륭한 귀빈이 오셨으니 이런 경사가 없습네다. 이 마을 생긴 이래 처음입네다. …… 우리는 오늘의 기쁨을 영원히 잊지 못할 겝니다……."

어쩌면 이 세상에 그렇게 똑똑하고 진실한 분들이 살고 있는 땅이 있는 것인지, 그저 감격스러울 뿐이었다. 중국의 다른 지방에 비해서 척박한 곳이었지만 마당에는 힘들여 기르고 가꾼 가축들이 득실거리고 텃밭에는 곡식과 과일이 널려 있었다.

> 가축은 소 돼지 닭 오리 게사니 개 고양이
> 량식작물은 벼 옥수수 콩
> 남새는 배추 가지 오이 고추 무 참외 수박
> 과일은 오얏 앵두 사과 배 복숭아 포도

고등학생인 홍화의 동생 철준이가 적어준 농축산물의 종류였다. 노래가 시작되자 온 식구가 한 곡씩 불렀는데 홍화가 부른 노래는

> 별들이 조으는 깊은 밤에
> 꺼질 줄 모르는 발간 저 불빛
> 선생님의 들창가 지날 때마다
> 내 가슴 언제나 뜨겁습니다.
> 아아, 선생님 존경하는 선생님
> 내 가슴 언제나 뜨겁습니다

"오늘은 홍화가 노래를 더 잘 부르는구나."
그녀 아버지의 칭찬에,

"워낙 기쁜 날이어서 그럽니다."
눈물 글썽한 홍화의 대답이었다.

양포향 생각을 하고 있는 사이 우리는 어느덧 조선족이 관리하는 한 여관으로 들어서고 있었다. 안으로 들어가자 아늑한 방에 불기운이 따뜻했다. 깽깽이 소리가 이 근처였는데, 그러나 그 소리는 어디론가 잠겨버리고 태양이 떠나버린 밀림에는 그윽하고 조용한 밤이 찾아들었다. 여기서도 백두산 천지는 55킬로 달려야 한다. 술이 나왔지만 푸 선생은 근접하지도 않는 체질이라 나의 차지가 되었다. 배갈도 들어오고 들쭉술을 불렀다. 삼지연을 통해서 오르거나 이도백하로 오르거나 백두산은 백두산일 뿐 나는 술을 마셨다.

"오늘은 나도 한잔 하겠소."

평소에는 술을 하지 않던 푸 선생이 잔을 들고 달려들었다.

"그러시오."

나는 그의 잔에 도수가 낮은 들쭉술을 채웠다.

"오늘은 마시지 않고 배기지 못하겠어요. 장백산은 우리 만주 사람 산이니까요."

"그래요. 어서 마시기나 하세요."

나는 백두산을 가지고 따지지 않기로 했기 때문에 그의 말이 거슬리지 않았다. 훌쩍훌쩍 뒤 잔 걸친 푸 선생이 벌써 취하여 흔들거리기 시작했다.

"나는 도대체 뭐요?"

느닷없이 푸 선생이 소릴 질렀다. 얼굴에 실룩실룩 경련이 일고 눈에는 섬뜩한 광채가 서렸다. 화난 것도 아니고 우는 것도 아니었지만 그렇다고 평온한 표정은 아니었다. 사람에게는 슬픔보다 더한 아픔이 있을 수 있었다. 그것을 울음으로 지우려 하지만 그럴 수 없을 때는 증오와 적개심으로 키워 가슴 속에 담았다. 푸 선생도 그런 사람이었다. 그래서 그의 표정은 항상 우울하고 섬 뜩했다. 북간도에 들어와 신산을 씹으며 살아온 우리 동포들이 그런 것처럼 그의 눈에는 증오와 적의가 잠겨 있었다. 어느 누구 도 풀어줄 수 없는 응어리를 간직하고 있었다. 누가 저들을 그렇 게 만들었을까? 중국인 한국인 일본인 몽고인, 아무도 아니었다. 그들 스스로가 거친 역사와 탁류 속을 표류하다 보니 그렇게 된 것이었다.

"나는 뭡니까? 리 선생, 말 좀 해주시라니까요."

"……"

그래도 나는 대답하지 않았다. 운명이란 걸 생각했다. 나는 명 색이 역사를 공부한 사람이었지만 나의 해법으로는 푸 선생의 실 체를 조명할 수가 없었다. 나에게는 그럴 만한 지혜가 없었다. 미 스터리로 가득 찬 판도라의 상자였다. 역사적 기록이란 빙산의 일각과 같은 것이었다. 밖으로 불거지는 것은 극히 일부분일 뿐, 그것도 허위와 조작 왜곡 따위가 거지반이고 진실은 암흑의 몫이 었다. 푸 선생의 인생 역시 그런 역사의 축소판이었다. 그렇다면 그의 정체는 무엇일까. 민족을 잃은 중국인일까. 아니면 인종을 초월한 국제인일까. 그 중 어느 것도 아니었다. 그것을 증명하고 있는 것은 섬뜩하게 반짝이고 있는 그의 눈빛이었다. 사라질 운 명에 놓인 존재가 아니고는 지닐 수 없는 눈, 사냥꾼에게 쫓겨 떠 돌고 있는 짐승이 갖는 표정이었다. 그렇다면 나는 또 무언가?

"푸 선생! 당신은 자꾸 자신이 무어냐고 물었는데 나는 도무지 대답할 수가 없어요. 그러니까 반대로 묻겠어요. 나는 도대체 뭐요?"

역공을 가했다.

"왜 내 말에는 대답이 없이 반문이오. 분명히 말하겠는데 나는 리 선생과는 달라요."

"무엇이 다릅니까?"

"다르니까 다르지요."

도전적이었다.

"물론 다르긴 하지요."

나는 다름을 시인했다. 암, 다르고 말고요. 다른 점이 있다는 걸 나도 알아요. 하지만 무엇이 확실하게 다를까요? 푸 선생이 돌아갈 집을 잃고 방황하고 있는 양이라면 나 역시 이렇게 떠돌고 있는 나그네요. 동가식 서가숙東家食 西家宿 하다 보면 여장을 푸는 곳이 모두 내 나라 내 집이에요. 다른 점이 있다고요? 물론 있지요. 독립된 정부, 문화, 언어, 교육, 출판 등등 그러나 그런 것들은 아무런 뜻이 없어요. 옷을 벗고 목욕탕엘 가봅시다. 벗은 채 거울 앞에 서봅시다.

나는 거울 앞에 섰다. 거울은 북쪽 벽의 중간에 걸려 있고 나는 거울로부터 약 2미터의 거리를 두고 서 있었다. 박동철 옹은 높은 의자에 걸터앉아 오른편이었고 푸 선생은 왼편 의자였다. 때꼽재기에 절은 후줄한 나의 차림은 너무나 초라했고, 그런데 그때 나는 희한한 현상을 보고 깜짝 놀랐었다. 거울 속의 내가 박옹의 모습과 너무나 흡사하다는 점을 발견했기 때문이었다. 생김새나 의복이 아니라 온몸을 감싸고 있는 분위기였다. 고독과 회한의 그림자였다. 이방인만이 지닐 수 있는 표정, 푸 선생 역시 마찬가지였다. 적의와 슬픔이 범벅된 얼굴, 싸워야 할 대상을 찾지 못하면서 누군가를 증오하는 눈. 나는 나였다. 그리고 나는 박동철이었고 푸치광이었다. 푸치광이 박동철이라는 논리도 가능했다. 등가부호로 이을 수는 없지만 공통분모를 가지고 있었다. 우리는 분모를 같이함으로써 거울 앞에 설 수 있었다. 어둡고 비참했지만 우리 사이에만은 증오와 적의가 없었다. 그러나 우리는 밤이 되어도 귀소할 곳을 잃은 채 떨고 있는 새들이었다.

자작나무 잣나무 개암 홍송 흑송 누비고 지나 장백산 관리국을 출발했을 때 눈발이 비쳤었다. 오랜 시간 달려야 도착한다는 천지는 아득하고 여기가 과연 장백산이라는 것을 알려줄 만한 봉우리는 보이지 않았다. 중국을 비롯해서 유네스코에서 생물보호구로 지정한 장백산의 원시림은 망망한 숲의 바다였다. 함경도 쪽에서 올라오면 천평天坪이 그렇다고 했는데, 들판이지 산이 아니었다. 가도가도 숲은 끝나지 않고 황송임장黃松林場 백산보호참白山保護站을 지날 때는 눈이 내리기 시작했다. 그러다가 삼도백하三道白河의 지류들을 거쳐 이도백하二道白河를 지날 때는 날씨가 바뀌어 구름 한 점 보이지 않았다. 하늘이 우리를 돕는 거라고 생각했다. 그러나 사태는 그대로가 아니었다. 온천이 있는 악화빈관岳樺賓館 앞에 이르렀을 때는 발이 빠질 정도로 눈이 쌓여 있었다. 눈을 들어 올려다보니 폭포를 에돌아 천지로 올라가는 너덜경이 하얀 눈으로 덮여 있었다. 눈을 머리에 인 자작의 하얀 가지들은 아득한 등성이에 비스듬하고 산허리를 돌아온 옅은 햇볕이 계곡에 쌓이고 있는 정경이 먼 히말라야의 산속으로 들어온 것 같은 싸늘함이었다.

나는 못 박히듯 서서 깎아지른 듯한 단애들을 올려다보았다. 64미터의 높이라는 폭포는 험한 단애 사이에서 몇 가닥 긴 베 자락이 되어 계곡으로 걸쳐지고, 그 너머로는 깊고 푸른 공동이 아득하게 뚫려 있었다. 함경도 황해도 경기도를 지나 충청 전라 경상 제주로 이어지는 하늘은 짙은 푸르름 때문에 더욱 깊어 보이고 국경이 없어서 하늘은 시원했다. 더구나 휴전선 따위가 그어졌을 리 없고, 그런데 우리는 길을 찾지 못하고 있었다. 천지기상참天池氣象站과 종덕사宗德寺 쪽으로 오르는 길은 이미 폐쇄되었고 내가 오르려 하고 있는 너덜겅 쪽 코스는 눈이 쌓여 오를 염을 낼 수가 없었다. 우리에 앞서 만용을 부리며 올라갔던 남녀들이 중도에 포기하고 되돌아오고 있었다. 초입에 커다랗게 세워놓은 〈入山禁止〉 푯말 때문이 아니었다. 푯말은 경고, 금기적 효과를 노린 것이었지만 제지력을 갖지 못하고 있었다. 그것은 다만 사고가 났을 때 책임을 회피하기 위한 언턱거리에 불과했다.

"그 길은 좁기가 허리띠만 하고 경사가 심해서 눈이 쌓이면 오르지 못합니다요."

중도에서 포기하고 내려온 사내의 말이었다.

"날씨도 안 좋은데 그렇다면 선생은 어째서 오르려고 했었어요?"

146

나의 물음에,

"만병초가 좋다기에 갔었어요. 애인이 바람을 맞았는데 용왕
담에서 내리는 물을 받아 마시고 자생하는 만병초를 먹으면 낫는
다고 해서……"

설악산 어귀에서 만병초를 팔고 있는 여자들을 보고는 나무란
적이 있었지만 여기서는 책망할 권리가 없었다. 이국땅은 나의
권위가 미치지 못하는 곳이었다. 나의 관심은 오직 눈에 막힌 등
산로에 있었다.

"여기까지 왔다가 천지도 못 보고 돌아간다는 것은 말도 안 돼
요."

나는 포기할 수가 없었다.

"그렇다면 아래 있는 악화빈관에서 며칠쯤 묵고 있다가 기회
를 보는 것이 좋겠어요."

푸 선생 말에,

"그렇게라도 해서 올라야지. 이번에 실패하면 내년 여름까지
기다려야 하니까요."

"하지만 이런 상태에선 아무래도…… 오 참, 저 아래 있는 훈
련기지 군인들한테 부탁해볼까요?"

"군인들요?"

"그들은 훈련 장비를 가지고 있으니까, 종덕사 쪽으로 인도해
줄 겁니다. 눈길을 타는 데는 선수들입니다. 수고료 좀 주고 부탁
하면 될 겁니다."

"그렇게라도 해보지요 뭐."

그렇게 대답하며 나는 안타까운 마음에 폭포 쪽을 다시 올려다보았다. 환한 햇볕이 금속성을 울리며 너덜겅을 훑어 내려오고, 그 빛을 받은 골짜기는 눈부신 은빛이었다. 그때 한 청년이 폭포 위 낭떠러지 아래로 뚫린 좁은 경사로를 뛰어 올라가는 것이 보였다. 나와의 거리는 족히 1킬로가 넘을 터이지만 항아리 속 같은 공간이 주는 압축감 때문에 거리감이 흐려져 측량할 수가 없었다. 우람한 산을 배경으로 깊이 뚫린 공동 속을 걸어가고 있는 사람의 형태는 생쥐처럼 작아 보였다. 어마어마하게 큰 덩치 앞에 내놓으면 제법 큰 물체도 부피를 잃고 왜소해져 버린다. 나는 청년의 거취를 뚫어져라 응시하며 마음을 조였다. 청년은 눈에 덮인 비탈길을 껑충껑충 뛰어넘어 더욱 깊숙이 진입하고 있었다. 노루라도 되는 것처럼 몸놀림이 민첩했다. 또 한 사람, 빨간 스포츠복을 입은 여학생이 뒤를 따랐다. 그들은 함께 2,700미터가 넘는 봉우리들이 좌우에서 옹위하고 있는 분화구 안으로 빨려 들어가고 있었다.

"위험한데……?"

내 옆에서 그들을 바라보고 있던 사내가 조마조마한 심정으로 말했다.

"오바한다. 저것들 재주 자랑하다가 떨어져 죽지비."

우리 속에 끼어있던 함경도 어투의 조선족 사내가 저들의 말을 받았다.

"여자 아니면 살인 없다더니 저놈은 여자 보라고 만용을 부리고 있는 거여."

148

"가시내도 미쳤구만."

"두 사람 다 같은 것들이지 뭐."

빈정거리기까지 했다. 그러나 그런 빈정거림과 염려에도 불구하고 그들은 가장 어렵다는 고빗길을 지나 서일봉 기슭 황초령을 향해 걸어 들어가고 있었다. 거기에서 천지는 고작이었다. 나는 가슴이 설레기 시작했다. 올라가야 한다. 강력한 유혹이 가슴에 불을 당겼다. 정오의 태양은 중공에 떠 있고 폭포에서 떨어진 물은 포말을 일으키며 차갑게 흘러오고 있었다. 잎이 져버린 관목들이 눈을 둘러쓴 채 옹기종기 무리져 있고 나는 몹시 초조해졌다. 저들을 따라가지 않으면 안 된다. 남녀의 모습은 가물가물 폭포 너머로 사라져버리고 망설임은 고통의 연장일 뿐이었다. 입술에 침을 축이며 나는 푸 선생을 돌아보았다.

"갑시다."

단호하게 입을 열었다.

"저 눈 속을요?"

"저들이 올라갔는데 우리라고 못 오를 게 뭡니까?"

"하지만 저들은 젊은 학생들이어요."

"학생들이 해내는 일을 우리가 왜 못해냅니까? 어서 갑시다."

푸 선생의 반응에는 아랑곳하지 않고 나는 성큼성큼 발을 옮기기 시작했다. 그도 어쩌지 못해 뒤를 따랐다. 돌덩이가 질펀한 너덜경은 길이 아니었다. 그동안에 수많은 사람들이 지나갔기 때문에 이미 뻔질나게 길이 나 있을 법도 한데 비바람에 씻기면 다시 원상으로 돌아오게 되고, 더구나 지금은 눈이 덮여 있었다. 우리에 앞서 방금 올라갔거나 되돌아온 사람들, 짐승의 발자국이 여기저기 흩어져 있었다. 길은 없어지고 무한한 선택의 가능성이 열려 있을 뿐이었다. 그래서 여길 오르는 사람들은 여느 등산의 경우와 달리 종대 아닌 횡대를 이루었다.

한참을 올라가다 보니 푸 선생이 보이지 않았다. 이분이 뒤떨어져 버렸나, 하고 주위를 살펴보니 30미터나 떨어진 커다란 바위 뒤에서 그곳을 빠져나오느라 안간힘을 쓰고 있었다. 큰 바위를 넘지 못해 물러섰다가 아예 포기하고 방향을 바꾸어 올라오고 있었다.

"여기여요. 푸 선생!"

외치자,

"알았어요. 이 길이 훨씬 수월해요."

대답하면서 껑충껑충 널따란 바위를 뛰어넘었다.

"역시 빨치산의 아들은 다르군요."

"내가 아버지의 체질을 받았다면 얼마나 좋겠어요."

지그재그, 있지도 않고 없지도 않는 길을 오르다 보니 골짜기가 저 밑으로 내려다보이는 경사진 소롯길에 이르렀다. 머리 위로는 금방이라도 무너져내릴 듯한 단애가 솟아 있고 그 밑은 아슬아슬한 낭떠러지였다. 등이 오싹했다. 여기서부터는 듬성듬성 얼룩으로 눈이 녹아있는 대목도 있어서 한결 통과하기가 쉬울 것 같았다. 젊은 남녀가 남긴 발자국이 또렷하게 찍혀 있고 짐승의 발자국은 위태롭게 언덕을 타고 저 아래로 사라져갔다. 골짜기를 훑어 올라온 써늘한 바람이 땀으로 범벅이 된 몸을 식혀주었다.

4

천지天池란 이런 곳이구나. 사진으로야 곤백 번 보았지만 이게
천지라니 감격적이었다. 하늘은 맑고 물은 무수한 은빛 곡선을
그리며 남실댔다. 자갈밭을 뛰어다니다가 손으로 물을 떠서 한
모금 마시고 가벼운 부석 한 개 집어 들고 춤을 추기도 했다. 사
진을 찍고 노래를 부르다가 건너편을 향해 야호를 외치면 야호,
하고 되돌아오는 메아리는 이미 내 소리가 아니고 연봉들의 합창
이었다.

전설과 신화는 재현되지 않았지만 나는 기묘하고 시원한 풍광
에 도취되어 있었다. 서일봉 충암산 마천우 병사봉 비루봉 백암
산, 지도를 놓고 세어가다가 눈이 부셔 그만두었다. 2257미터 높
이에 이런 호수란 경이요 기적이었다. 육당은 그렇게 많은 어려
움을 겪고도 운무 때문에 이렇게 개인 호수를 보지 못하고 돌아
갔다고 했지만, 그의 애미너티즘은 이런 장엄한 자연이 주는 감
동에서 비롯되었을 것이고 숭엄한 자연은 종교에 앞서는 찬란한
체험이었다. 이전에는 불을 뿜었던 분화구 속에 담긴 물이라고
생각하니 아무래도 사실 같지 않은데 푸 선생은 만주의 샤먼들처
럼 덩실덩실 춤을 추기 시작했다. 덩실 솟았다가 빙그르르 돌고
훨훨 날듯 팔을 벌리는 몸의 율동이 영락없는 샤먼이었다.

"푸 선생의 조상들 샤먼 아니었어요?"

"샤먼이고 말고요. 샤먼이 아니고서 어떻게 제왕이 됩니까? 애친각라가 샤먼이었고 따져놓고 보면 누루하치도 샤먼이었지요."

신들린 듯 추고 있는 푸 선생을 따라 나도 한바탕 보릿대춤을 놀았다.

"난 떠나지 않고 여기 살겠소."

지쳐 주저앉으며 푸 선생이 소리를 질렀다.

"얼어 죽고 말 거요."

"상관없어요. 얼어 죽으면 어떻습니까."

조상인 애친각라의 탄생지이고 아버지의 혼이 살고 있대서 그렇다는 것이었다. 푸둥민은 지금 어디쯤에 있을까. 만일 여기서 죽었다면 육신은 독수리의 밥이 되었을지라도 뼈만은 어디엔가 남아 있을 텐데…….

그러나 지금까지 열 번 올랐지만 유골은커녕 흔적조차 찾지 못했다. 기대 같은 것 다 팽개쳐 버렸지만 시절만 되면 올라와 찾아 헤매는 것이다.

질세라 나도 뛰어다녔다. 서일봉을 오르리라. 장비는 없지만 암벽 타고 오르리라. 우둘투둘한 용암 밟고 하늘 닿게 오르리라. 나는 대담하게 도전했지만 번번이 실패였다. 송곳 같은 봉우리들은 한사코 나를 밀어 내렸다. 오르지 말아요. 귀찮아요. 당신의 생명을 생각해요. 산은 높고 나는 낮았다.

한참 허덕이다 보니 어떻게 된 셈인지 혼자가 되어 있었다.

"푸 선생!"

불러도 대답이 없었다. 노란 부석만 굴러다니고 푸 선생은 보이지 않았다. 철썩철썩 자잘한 파도가 발 아래서 부서졌다.

"이 친구가 어디 갔나?"

나는 달문을 향해 달려갔다. 첨벙첨벙 물살을 헤치며 백암산 쪽으로 건너갔다. 절벽이 앞을 가로막았다. 죽어라, 몇 차례 시도했지만 오를 수 있긴커녕 가장자리에도 붙을 수 없었다.

"푸 선생!"

나는 절망하고 있었다.

"리 선생, 여기여요."

바위 위에서 대답이 돌아왔다.

"아니 푸 선생, 거길 어떻게 올라갔어요."

"이전에도 자주 왔던 곳이니까요."

"그러지 말고 어서 내려오세요."

푸 선생이 내려오자 우리는 손을 잡고 달문을 건넜다. 떨어져 나가는 듯 발이 시렸다. 양말을 꿰어 신고 얼마나 많이 춤을 추고 노래했는지 모른다. 승사하 뗏목 타고 용왕담 선녀들아, 그런 노래를 부르다가 산신을 우러러 경배를 올렸다.

그때 요란스런 한 가닥 바람이 휘파람소리를 내며 물을 건너왔다. 갑자기 수면이 술렁거리기 시작했다. 호응하듯 산 그림자가 넘실댔고 검은 포장이 덮여오듯 온 누리가 어두워지기 시작했다. 어둠은 곧 눈보라를 몰고 오고 눈은 구멍이 뚫린 듯 하늘에서 쏟아져 내렸다. 펑펑, 정신을 차릴 수 없었다. 산행을 즐기면서 산악의 기상이 어떻다는 것을 경험했었지만 이런 일은 처음이었다. 정신이 아찔하여 어리둥절 서 있는 동안 눈앞에 있는 모든 존재들이 하나하나 자취를 감추어갔다. 퍼붓는 눈이 삼라만상을 삼키고 있었다. 보이는 것은 어지럽게 난무하는 꽃잎들뿐이었다. 푸 선생의 모습이 유령처럼 희미했다.

황홀했다. 백두산이 나를 환영하는 축제를 벌이고 있었다. 비할 데 없이 기쁘고 평화로웠다. 소리 없이 몸 위에 내려앉는 눈발은 솜처럼 포근했고 시골집 아랫목에 돌아온 기분이었다. 술에 취한 듯 비쩍거렸다. 몸을 눕히면 금방 달콤한 잠속으로 빠져들어 갈 것 같았다. 누워라, 어서 누워라. 이곳이 네가 편안하게 쉬어야 할 보금자리이니라……. 누우라는데 어째서 눕지 않고………? 누군가가 나를 유혹하고 있었다. 나는 현기증으로 휘청거렸다.

"어서 떠납시다. 길이 막히면 끝장입니다."

푸 선생의 겁에 질린 목소리가 꿈속에서처럼 아스라하게 들렸다. 지척이었지만 아득하고 멀었다. 나는 한사코 흔들리는 몸을 가누어 잡느라 안간힘을 썼다.

"눈에 덮여버리면 끝장입니다."

두 번째 소리 역시 가깝지 않았다.

"길은 사라져버릴 것이고 빙판이 되면 빠져나갈 수 없이 됩니다. 그렇게 되면 종말입니다."

아직도 멀긴 하지만 아까보다는 분명했다. '종말입니다.' 별로 힘차지도 않은 소리였지만 그 말에 나는 번뜩 정신이 들었다. 끝장이라는 의미의 '완리아오[完了]'라 하지 않고 분명히 '종지우[終

局]'라는 말이 강력한 메시지로 건너왔다. 세상의 종말이라는 성서적 말세론이야 만날 들어온 바이지만, 푸 선생의 한마디는 현실을 일깨워주었다. 산과 호수가 베풀어준 것은 포근한 안정감이었지만 푸 선생은 그것을 종말로 받아들였다. 내가 빠져 있는 세계는 아름다운 환상의 세계였고 푸 선생이 느낀 것은 죽음의 공포였다. 우리는 같은 자리에서 상반된 정신적 체험을 하고 있었다. 푸 선생의 한마디는 나에게서 환상의 장막을 거두어내버렸다. 꿈속에서 현실로 되돌아온 것이다. 소름끼치는 공포와 불안이 차갑게 엄습해왔다.

약속이나 한 듯 우리는 자리를 박차고 뛰기 시작했다. 불질에 놀란 노루처럼 후다닥 폭포 쪽을 향해 달려 나갔다. 뛰다가 넘어지고 넘어졌다가는 일어서고 그러다 보니 어느 사이 황초령이었다.

이런 위험을 짐작이라도 한 듯 나는 집을 나오면서 유언장을 썼었다. 아내여!

"이 문서를 뜯어보지 말고 간수하고 있다가……"

쓰기를 마치고 아내한테 내밀며 한 말이었다. 아무리 억제하려 해도 손이 떨렸다. 공연히 흥분해 있었다. 진짜 죽음을 앞둔 사람처럼 긴장했었다.

"그게 무엇이어요?"

아내는 뜨악한 눈빛으로 나를 쳐다보았다.

"내가 이 세상에서 보이지 않게 되었을 때 뜯어보면 알아요."

"뭐라구요? 그럼 유서란 말이어요?"

"맞아요. 그런 종류의 문서여요. 옛날부터 그런 걸 미리 써놓으면 장수한다는 말이 있어요. 그래서 썼어요. 놀라지 말고 간수하고 있어요."

그럴듯하게 변명했지만 아내는 놀란 눈을 하고 서서 손을 내밀지 않았다. 그걸 받아버리면 사형선고처럼 남편이 피할 수 없는 운명의 덫에 걸려버릴지도 모른다고 생각하는 것 같았다.

"염려 말아요. 이건 유서가 아니고 부적이라니까. 장수를 보장하는 보증서여요."

그 소리를 듣고 나서야 아내는 떨리는 손으로 봉투를 받아들었다. 내가 죽으면 따라 죽겠다고 입버릇처럼 말하고 있는 아내였다. 열일곱 순정을 한 점도 흐트리지 않은 채 간직하고 있는 그런 사람에게 유언장이란 지나친 장난이었지만 어쩐지 비장한 생각이 들어 그런 글을 썼었다.

······ 내일을 예측할 수 없는 것이 인간사일진대 사후의 일을 복잡하지 않고 평화롭게 처리할 수 있도록 하기 위해서 이글을 쓴다. 우리가 만일 하늘의 정도를 벗어난 생활을 하게된다면 일시적으로는 성공하는 수가 있을지 몰라도 종국에가서는 파멸하고 만다는 것을 알아야 한다. 죽음은 다만······

유언장은 이렇게 시작되었는데, 실상은 아내에게가 아니라 아들 동석이에게 쓴 것이었다. 아내는 다만 보관자인 셈이었다. 유언장이라면 으레 재산에 대한 것이 대부분을 차지하게 마련이지만 나의 유언은 주로 가정의 평화와 인간의 사랑에 관한 것이었다. 나는 그것이 국민교육헌장이나 명심보감에 있는 말과 중복이 되지 않도록 신경을 썼다. 이 세상에 너절한 것이 교훈과 격언이어서 그중에는 좋은 말이 수두룩한데도 막상 취하려고 하니 잡히지 않았다.

성인들이나 위인들의 명구를 몇 자 빌려 늘어놓으면 될 것을 가지고 끙끙거리다가 여러 날을 보내버렸다. 몇 번이나 지우고 다시 쓰다가 출발할 날이 박두해서야 시험지를 제출하듯 아내 손에 쥐어주고 나와버렸다. 상투적인 문구의 나열이었지만 그건 나의 소중한 분신이었다. 단순한 문서가 아니라 나를 대신하여, 내가 죽은 다음에 살아남은 사람들에게 빛을 주고 삶의 방향을 제시해줄 소중한 지침서였다.

궁금증을 못 이겨 지금쯤 아내는 그것을 뜯어보았을까. 아닐 것이다. 생각건대 아마 그대로 봉함이 된 채 장롱 깊숙이 간직되어 있을 것이다. 내가 알기로는 이제까지 남편 몰래 호주머니 한 번 뒤지지 않았던 여자였으니까…….

황초령에 깔려 있는 만병초를 질근질근 밟고 달리면서 생각했다. 눈이 내리지 않으면 밟지 않고 조심해서 지나갈 텐데 라고. 하지만 워낙 다급하다 보니 그런 걸 생각할 마음의 여유가 없었다. 만병초가 지르는 비명소리 따위는 들리지도 않았다. 눈이 쌓여 길이 막히거나 빙판이 되기 전에 이곳을 빠져나가야 할 절박한 상황이었기 때문이었다. 천지에서 발원한 물이 거일봉과 백암산 사이 달문으로 흘러 떨어지는 장백폭포를 오른편으로 내려다

보며 통과해야 하는 좁은 비탈길은 위태롭기가 줄타기였다. 우물
쭈물하다가 그곳을 통과하지 못하면 밤사이 영하 이삼십 도로 내
려가는 천지 언저리 돌무더기 속에서 동태가 되어 숨을 거둘 길
밖에 없었다. 007은 아니지만 007을 연상케 하는 필사적인 탈출
이었다.

　그렇게 온도가 내려가는 2천 미터가 넘는 고원지대에서 만병
초는 얼어 죽지 않고 살아가고 있었다. 소중한 풀, 진달래과에 딸
린 늘푸른 관목으로 길고 둥근 잎과 분홍빛 우산 같은 꽃이 피는
그 나무를 사람들은 만병초라 불렀다. 이 세상 모든 병을 낫게 해
줄 것 같대서 붙여진 이름이었지만, 좋으면서 좋지 않은 이름이
었다. 그렇다는 것은 이기적인 사람들이 욕심을 낼까 싶어서였
다. 몸에만 좋다면 뱀이건 쇠토막이건 먹어 치우는 사람들이 만
병을 낫게 한다는 약초를 온전히 놓아둘 리 없었다. 연변의 곳곳
에서는 장백산에서 채취한 만병초를 비롯한 갖가지 푸나무를 팔
고 있는 사람들이 있었고 며칠 전에도 개구리를 잡으러 올라오는
사람들을 보았었다. 이대로 가다가는 만병초는 물론 장백산에서
살고 있는 모든 동식물들이 멸종될 게 뻔한 일이었다. 한 가닥,
한 가닥씩 옷이 찢기고 살점이 떨어져 나가는 장백산을 생각하는
일은 끔찍한 일이었다. 그러기에 만병초를 밟고 달리는 일도 무
심찮게 고통스러웠다.

　"나를 버리고 어서 가세요."

　그렇게 말한 것은 만병초가 아니라 푸치광 선생이었다. 천지
까지는 무난하게 올라온 친구가 이제 보니 기름 떨어진 고물 자

동차였다. 눈이 쌓이기 전에 당장 이곳을 탈출해야 하는 극한상
황에서 숨을 헐떡거리며 뒤로 처지기 시작했다. 허우대는 건장
한 사람이 겉모습과는 딴판으로 어쩌면 저렇게 헐떡거릴 수가 있
을까. 도무지 힘을 쓰지 못했다. 십 미터쯤 달리다가는 헉헉 병든
병아리처럼 어깨로 숨을 내쉬며 주저앉았다.

"여기만 빠져나가면 돼요, 힘내세요."

달려가 격려를 하면 놀란 듯 엉덩이를 들고 일어서서 움직이
기 시작했지만 몇 걸음 걷지 못하고 선복에 구멍이 뚫린 함정처
럼 주저앉고 말았다. 저 사람의 아버지는 어떻게 싸웠을까? 체력
이 유전된다는 법칙을 생각하면 고개가 갸우뚱해졌다. 대황구 전
투를 비롯해서 천보산 대사하 목단령 올가강 류커숭 자신주 할
것 없이 동북에서의 치열했던 항일전투장에는 거의 빠지지 않고
참전했다는 푸 선생의 아버지가 만일 아들과 닮은 병골이었다면
유격전은 고사하고 고작 비워둔 밀영을 지키는 구실도 해내지 못
할 것 같았다. 굶기를 밥 먹듯이 하고 눈비 맞으며 뛰어다녀야 하
는 빨치산 생활을 어떻게 견뎌낼 수 있겠는가. 그것은 항일연군
뿐 아니라 청산리 봉오동 전투를 치렀던 독립군의 경우도 마찬가
지일 터였다.

그런데 나는 만주에 들어서기만 하면 가끔 혼란이 왔다. 청산
리 봉오동을 거쳐 항일의 핏자국이 얼룩진 곳이면 멀고 험함을
가리지 않고 찾아다니다 보니 감각이 무디어지고 의식에 혼란이
와버린 것이었다. 요새 와서는 독립군이 싸웠던 곳과 항일연군이
싸웠던 곳을 혼동하다가 독립군은 무엇이고 항일연군은 무엇일

까, 하는 것까지 헷갈려 구별하지 못하는 경우까지 생기게 되었다. 저것이 이것이고 이것이 저것이 되는 혼란이었다. 예전에야 그런 시시콜콜한 문제를 놓고 혼동하는 사람을 보면 어쩌면 저렇게 분별력이 어두울까 하고 내심 비웃었고, 답답하다 싶으면 눈치코치 보지 않고 상대방이야 듣건 말건 설명해주느라 열을 올리기도 했었다. 실례인지는 모르겠습니다만 그건 이렇고 이건 저렇습니다, 하고 아는 체를 하다 보면 심한 오해를 받은 일도 있었고 학생 시절에는 교수가 의병과 독립군, 독립군과 혁명군을 구별하지 못하고 횡설수설하는 것을 보고 따졌다가 사이가 벌어져 학과를 바꾸어버린 일까지 있었다.

당시 나는 역사에 대한 심오한 지식이라도 있는 것처럼 독립군과 의병, 혁명군을 그럴싸하게 설명하곤 했었다. 의병은 근왕병이고 독립군은 민족의 독립, 혁명군은 낡은 사회제도를 바꾸기 위해 싸우는 사람들이라고. 하지만 나는 나중에 교수의 그런 횡설수설이 그때의 많은 지식인들이 그랬던 것처럼 보신을 지나치게 의식하다가 빠져들어간 무지였음을 알고는 그들의 연골성 무소신에 절망을 하기까지 했었다. 살기 위해서 양심과 진리는 헌신짝이었다.

"너의 주장도 옳고 나의 주장도 타당성이 있는 거야. 이 세상에서는 옳은 것 같으면서도 그른 것이 있고 그른 것 같으면서도 옳은 것이 있어. 옳고 그른 것을 지나치게 따지는 것은 어리석은 일이야. 몸에 해롭고 살아가는 데도 도움이 되지 않아. 옳은 지식과 정당한 말은 살아가는 데 있어서 도리어 걸림돌이 되는 수도 있어."

그러나 나는 그의 말에 동조하지 않았다. 무정견한 교수의 강의가 듣기 싫었다. 한 학년 동안 휴학을 한 다음 수강과목을 바꾸어버렸다.

5

"아니어요. 나는 더 이상 못 달리겠어요. 길이 막히기 전에 리 선생이나 어서 빠져나가세요."

푸 선생은 이렇게 자포자기를 하고 있었지만 나는 그를 혼자 버려두고 떠날 수는 없었다.

"그러지 말고 힘을 내세요. 선생이 죽으면 불쌍한 민족들은 어떻게 되겠어요. 오래 살면서 그들의 앞날을 밝혀주어야 해요."

그 소리에 고무되어 푸 선생은 나의 팔을 붙들고 가까스로 일어섰다. 그에게는 입버릇처럼 되풀이하는 말이 있었다. 만주어를 살려야 합니다. 만주어는 지구상의 어느 언어보다도 우수합니다. 나는 만주어로 공부하는 학교를 만들어 멸망해가는 민족을 되살리겠습니다. 언어가 살아야 민족이 삽니다. 그래서 나는 지금도 만주어를 꽉 붙들고 놓지 않고 있습니다.

"하지만 우리는 이제 언어를 다 잊어가고 있어요."

푸 선생의 말은 침통했었다.

"지키면 되지요."

"아니어요. 이제 가질 사람이 없어요. 주인이 없으면 아무리 좋은 보배도 소용이 없어요. 아름다운 언어인데 끝장이어요."

"그래도 보살피고 살려야지요."

푸 선생은 말이 없었다. 태초에 말씀이 있었느니라. 이 말씀이 하나님과 함께 있었으니 말씀은 곧 하나님이니라. 태초에 있었고 신과 함께 있었고 곧 신 자체인 말, 성경의 한 구절을 외우며 언어를 잃어가고 있는 만주인들을 생각했다. 성경을 인용하지 않더라도 푸 선생의 말은 너무나 당연했다. 그것은 만주의 현실이었다. 청나라는 중국을 얻었지만 언어를 잃었다. 얻음으로써 잃는다는 사실을 체험한 것이다. 그래서 푸 선생은 언어를 찾자는 것이었지만 그게 마음대로 되지 않는다.

나의 격려에 그는 힘을 얻은 듯 아까보다는 활기 있게 걷기 시작했다. 그러나 그는 몇 걸음 걷지 못하고 다시 주저앉고 말았다. 중국어의 홍수 속에서 가물가물 사라져가는 만주어를 살리겠노라고 그렇게 부지런히 뛰고 있는 사람이 저렇게 맥을 추지 못하고 있는 것은 좋은 징조가 아니었다. 만주어의 운명을 상징하는 것 같아서 안타까웠다. 온 민족이 성스러운 산으로 우러르고 있는 장백산에 왔으니까 힘을 내야 할 텐데, 그게 아니고 더욱 힘이 빠지고 있으니 큰일이었다. 장춘이나 연길에서는 볼 수 없었던 꼬락서니였다.

"이미 시월달인데 장백산은 무리였어요. 박동철 선생이 아니었으면 오르지 않았을 텐데……."

"그런 말씀 마세요. 살아서 이곳만 빠져나가면 좋은 경험이 될 겁니다."

　박옹을 원망하는 푸 선생을 위로하면서 한사코 걸음을 재촉했다. 금방이라도 머리 위를 덮칠 듯 위압적으로 내려다보고 있는 절벽을 앞으로 끌어당기듯 뛰어가려 했지만 나 역시 힘이 탕진되어 발길이 나아가지지 않았다. 녹아내린 눈물이 눈 안으로 스며들어 앞이 더욱 몽롱했다. 쓱 손을 올려 닦아내자 질퍽 손등이 차가웠다. 젠장 나를 안내하도록 부탁은 했지만 강제로 가라한 것도 아닌데 박옹을 원망하고 있다니…… 빨치산의 아들답지 않구나. 눈은 더욱 기승을 부려 얼레미를 빠져나오는 알갱이처럼 쏟아져 내렸다. 눈 오는 밤 한데서 밤을 샌 장독처럼 온몸에 눈을 뒤집어썼다. 모자 저고리 바지까지 진눈깨비가 엉겨 붙었다. 만병초도 이제는 어디가 그건지 구분되지 않았다.

　올라갈 때 한 잎 뜯고 싶어도 차마 손을 대지 않았는데 이제는 눈 속에 묻혀 형체가 보이지 않았다. 만병초가 만병초임을 알게 하는 것은 이제 시각이 아니라 촉감이었다. 발바닥은 부드러운 양말과 견고한 구두의 밑창을 거쳐서 그것들을 감지해냈다. 딱딱하면 돌덩이고 부드러우면 만병초였다. 돌덩이도 소중하고 만병초도 소중하긴 마찬가지였지만, 사람들이 만병초에 대해서 더 많은 애착을 느끼는 것은 만병초가 갖고 있는 연약한 속성 때문이었다. 연약한 것이 강하다는 말이 있지만 실상은 그렇지 못했다. 이곳에 널려 있는 돌덩이는 아득한 옛날부터 사람들이 귀찮게 굴더라도 그 자리에서 형체를 버리지 않고 남아 있을 수 있었지만 만병초는 한번 고약한 인간들의 관심 대상이 되면 살아남기

어려웠다. 그래서 사람들은 연약한 것, 곧 사라질지도 모르는 것에 대해서 애착을 갖는 것이었다. 눈은 한결 기세가 꺾여 있었다. 한치 앞을 볼 수 없게 했던 장막은 벗겨지고 저 멀리 깊숙한 계곡이 완연하게 시야에 들어왔다.

"어이쿠!"

푸 선생이 발을 헛디뎌 비명을 질렀다. 손을 짚어 계곡으로 굴러떨어지는 것은 모면했지만 아슬아슬한 순간이었다. 건너편에 솟아 있는 산봉우리들이 나타나고 멀지 않은 곳에서 폭포수 떨어지는 소리가 들렸다. 이런 엄숙한 분위기 안에 들어오면 인간은 스스로의 덧없음과 왜소함 때문에 비장감을 느끼게 된다. 아내에게 주고 온 유언장 생각이 되살아났다. 나는 예언자일까? 아니야 만일 내가 예언자라면 유언장대로 지금 여기서 굴러떨어져 죽어야 하는데 그러지 않고 돌아갈 테니까 예언자일 수는 없고, 나는 앞날을 두려워하는 겁쟁이일 뿐이야. 삼 년 고개를 한 번 구르면 삼 년을 더 산다는 말에 몇 번이고 굴러댔던 놈팡이의 어리석음을 본받은 주술놀이였어.

그렇다고 내가 그렇게 죽음을 두려워하고 있는 것은 아니었다. 유언장은 내 광활한 삶의 바다 속에서 튀어나온 한 방울의 포말들이었다. 파도에서 튕겨 나온 그런 포말들을 퍼담으면 몽테뉴나 파스칼의 인생론과 방불한 세계에 접근할 수 있을까. 그것보다도 지금은 사태가 너무 절박했다.

"여길 짚으세요."

지쳐 버린 푸 선생은 곡마단의 사자처럼 무력해져서 내가 시키는 대로였다.

"그냥 허리 펴지 말고 그렇게 기세요."

계속되는 나의 지시에 푸 선생은 말없이 순종했다. 부자연스럽기는 하겠지만 아까처럼 달리지 않아서 한결 수월한지 숨을 헐떡거리지 않았다. 짐승처럼 기어 다니면 심장병이 생기지 않을 텐데………. 네 발로 기어 다니는 짐승은 심장병이 없다는 말이 있었다. 사람은 짐승만도 못한 대목이 많았다. 자연을 벗어난 생활을 함으로써 수명을 다하지 못해 요절하고 전쟁을 통해 살상을 일삼고 있었다. 개만도 못한 인간, 환생을 믿는 불교나 샤머니즘에서는 짐승과 사람이 별반 다르지 않았다. 푸 선생은 지금 자기들의 조상인 애친각라에게 기도를 하고 있었다.

"애친각라님! 나는 지금 당신 곁에 왔습니다. 아버님! 제가 왔습니다……"

애친각라와 아버지를 함께 부르고 있었다. 애친각라는 온 종족이 받들고 있는 조상신이지만 아버지는 자기를 낳아준 사람이었다. 두 분 중 누구를 앞세운다기보다는 동격으로 놓고 기도를 드리고 있었다.

"애친각라님, 아버님, 도와주소서 우리를 도와주소서."

누구를 도와달라는 말을 확연하게 하지는 않았지만 그의 기도 내용에는 자신의 위난보다도 겨레에 대한 간절한 소망이 담겨 있었다.

어려움에 부딪힐 때마다 만주 사람들은 장백산을 찾아와 애친각라와 산신에게 기도를 했다. 누루하치가 그러했고 뒤를 이은

황제들, 그리고 아버지도 그들의 본을 받았다. 만주 사람들에게 있어서 장백산은 이렇게 신성한 곳이었다. 그래서 청나라는 20만 평방 킬로가 넘는 광활한 지역을 신성불가침의 성역으로 설정해놓고 외인들의 접근을 막았다. 만일 함부로 침범했다가는 관헌들로부터 엄중한 처벌을 받았다.

"할아버지, 아버지! 막상 떠나려 하니 이렇게 맥이 풀립니다. 어찌하오리까?"

그러고 보니 푸 선생의 탈진은 체력이나 피로 때문이 아니라 할아버지 아버지 때문이었던 모양이었다. 그렇지 않다면 장춘이나 연길에서는 팔팔하던 사람이 저런 얼병아리가 되어버릴 까닭이 없었다. 진짜 샤먼일까? 조상인 애친각라가 샤먼이었을 테니까, 그럴 수도 있겠지만 그것보다도 그는 샤머니즘을 연구하다가 감염되어 그렇게 되어버렸을 것이다. 천지가에서의 노래와 춤, 그것은 샤먼이 아니고서는 흉내낼 수 없는 경지였지만 그는 설령 샤먼이 아닐지라도 샤먼이기를 희구하고 있는 사람이었다.

어느덧 눈이 멈춰 있었다. 이제는 이깔나무 숲이 보다 확연하게 내려다보였다. 삼라만상은 저항이나 두려움 없이 자연의 조화 속에 내던져진 채 불만이 없었다. 고뇌하고 저항하고 몸부림치고 욕심을 부리고 있는 것은 인간들뿐이었다.

"푸 선생!"

뒤를 돌아보았다. 그는 솟아 나온 푸석한 바위 모서리를 붙잡고 깊은 숨을 내쉬고 있었다.

"조금이면 되어요."

"됐습니다. 이제 힘이 살아납니다."

푸 선생은 큰 바윗덩이를 훌쩍 뛰어넘었다.

"이젠 박동철 옹을 나무라지 않아도 되겠네요."

안심할 만하여 조크를 하자 푸 선생은 겸연쩍은지 빙그레 웃음을 지었다. 황초령은 보이지 않았다. 만병초는 눈 속에 묻혀 잠을 청하고 있겠지만 천지 안에서는 어떤 변화가 일어나고 있는지 예측할 수가 없었다. 머리 위에서 몇 덩이의 낙석이 데굴데굴 떨어져 내렸다. 요행이 몇 발 앞이어서 머리는 다치지 않았지만 이런 길을 어째서 봉쇄하지 않고 방관하고 있는 것일까. 오르막에 세워놓은 붉은 글씨로 된 〈入山禁止〉 푯말이 아스라이 내려다보였다.

힘을 얻은 푸 선생은 나를 앞질러 나아가고 있었다.

"오길 잘했어요."

푸 선생이 나를 돌아보며 말했다.

"그땐 너무 다급해서 그랬지만 사실은 남고 싶었는데……"

"시기가 늦었어요. 그때 주저앉았어야 할 일이었지요. 하지만 살아났으니 좋지요?"

"그렇지 않아요. 진짜 남았어야 하는데……"

"농담이겠지요."

우리는 눈이 덮인 너덜겅을 위태롭게 걸어 내려갔다. 호텔 위에 있는 노천온천에서는 하얀 김이 연기처럼 솟아오르고 산등성이에는 하오의 햇볕이 젖어 있었다.

6

그쳤던 눈이 다시 내리기 시작했다. 기다리고 있어야 할 버스는 어디로 갔는지 보이지 않았다. 김이 모락모락 올라오는 노천 온천을 지나 악화빈관 앞에 발을 멈추었다.

"이럴 수가 있습니까?"

나는 복무원에게 손님을 버려두고 떠나버린 버스를 두고 항의하였다.

"눈이 쌓이면 나가지 못하니까, 뒤에 처진 사람들을 기다릴 수가 없었어요."

"그럼 다음 차는 언제 들어옵니까?"

"그런 건 나는 모릅니다."

"복무원이 그걸 모르면 누가 압니까?"

"나는 다섯 시까지만 복무합니다. 그다음 일은 알지 못합니다."

냉랭하게 내뱉고 사라져버렸다.

"시러베아들놈들이구만."

중얼거리며 빈관 안으로 들어섰다. 며칠 동안 땀에 절고 눈에 젖어 군실거리는 몸을 더운 온천물로 닦고 싶었다.

"눈이 또 내린답니다."

라디오에 귀를 기울이고 있던 푸 선생이 점퍼를 벗어 걸며 말했다.

"교통이 끊기면 어떻게 하지요?"

푸 선생은 모레 열리기로 되어 있는 학과 회의를 걱정하고 있었다. 용돈이나 좀 벌어보자고 과에서 벌이고 있는 자습대학문화제로 회의를 주재하게 되어 있었다. 창밖을 내다보니 어느새 눈발이 촘촘해지고 있었다.

"푸 선생 일만 아니면 길닿게 눈이나 왔으면 좋겠어요."

몸을 맡길 여관에 들어온 탓인지 나는 마음이 차분했다. 집을 나온 이후 처음으로 맛보는 안정감이었다.

"나도 걱정 안 합니다. 모레 하지 못하면 다음으로 미루면 되지요. 다만 전화도 없는 교수들이 나왔다가 헛걸음하는 게 미안하긴 하지만, 상관없습니다. 하기야 나도 전화가 없긴 하지만………"

부릉부릉부릉……

바깥에서 갑자기 요란한 소리가 들려왔다.

"버스가 왔을까요?"

목욕을 끝내고 잠깐 잠이 들었던 나는 놀라 일어나며 물었다.

"트럭 엔진 소립니다."

스탠드를 켜놓고 일기를 쓰고 있던 푸 선생이 노트에 눈을 머문 채 건성으로 대답했다.

미끄러지며 넘어지며 가까스로 올라가 보니 산정이었다. 병사봉이었다. 조·중 국경을 넘어 2,744미터의 우리 땅 정상에 오른 것이었다. 만주벌을 비롯한 아름다운 한반도가 바다 건너 제주도 한라산까지 눈 아래 내려다보였다. 거기에는 국경도 휴전선도 그어져 있지 않았다. 나는 꿈속에서 꿈을 이룬 것이었다. 꿈은

꿈으로 실현되고 나는 잠시의 수면을 통해서 꿈과 현실을 드나들었다. 그래서 꿈은 소중한 것이었다. 그때 우리 방을 맡은 복무원 아가씨가 끓인 물을 담은 보틀을 들고 들어왔다.

"웬 차소리요?"

"스키부대의 야간 훈련입니다. 오늘 밤 기상대를 거쳐 내일 아침 천지로 돌아올 모양입니다."

"나도 스키부대에 들어갔으면 노상 장백산을 오를 수 있었을 텐데……"

푸 선생은 펜을 달리며 중얼거리듯 말했다. 복무원이 나간 다음 곧 엔진소리는 멀어지고 호텔은 조용해졌다. 커튼을 걷고 내다보니 어둠 속에는 눈이 펑펑 쏟아지고 있었다. 산울음소리가 들렸다. 천지를 맴돌고 있는 바람일 터이지만 바람 때문에 산은 울었다. 바람은 폭포의 계곡을 스쳐 지금은 천지 쪽으로 불어 넘어가고 있을 것이다. 호수를 거쳐 옹기종기한 봉우리를 넘어 먼 남녘을 향해 치달아갈 것이다. 가을이 깊었음을 알리고 겨울이 다가오고 있음을 알려주게 될 것이다. 모두가 바람 탓이었다. 바람이 아니면 백양잎도 지지 않고 눈도 오지 않을 터이고 내가 이런 곳에 오지도 않았을 것이다. 밤이 깊어가고 있었다.

푸 선생은 쓰기를 계속하고 있었다. 연구 행차는 아니지만 그에게는 남기고 싶은 기록이 있을 것이다. 모든 연구와 체험은 글을 통해서 생명을 얻게 되는 것이니까. 방안은 바닷속에 잠긴 듯 은밀하고 조용했다. 눈이 더욱 많이 내릴 모양이다. 푸 선생은 자지 않고 여전히 자리에 앉아 있었다. 이따금 볼펜의 흐름을 막는 잉크 찌꺼기를 닦아내며 펜을 달리고 있었다. 생키비치처럼 민족의 영웅을 창조하는 소설을 쓰고 있는 것은 아닐 것이고 교감을 통해 천지에서 애친각라와 아버지로부터 얻는 감동을 기록하고 있을 것이다. 나는 그대로 깊은 잠속을 빠져들어 갔다.

"버스가 오는 거요, 안 오는 거요?"

밖에서 어떤 손님이 복무원에게 따지는 소리가 들렸다. 그 역시 지금 떠나야 할 사람인 모양이다. 그러고 보니 날이 훤이 밝아 있었다.

"알지 못합니다."

"왜 그렇소?"

"그건 나의 소관이 아닙니다."

"그럼 책임자는 어디 있소?"

"시간이 되면 나올 겁니다."

그들의 대화는 그렇게 끝나고 다시 복도는 조용해졌다. 머리 맡 탁자 위에 놓인 시계를 내려보니 아침 아홉 시였다. 변의를 느껴 일어섰는데 푸 선생의 모습이 보이지 않았다. 화장실로 들어가 노크를 했다. 반응이 없었다.

"푸 선생!"

불러도 대답이 없다. 바람을 쐬러 나갔나? 주섬주섬 옷을 걸치고 밖으로 나왔다. 복무대는 침실과 10여 미터의 거리, 거기 담당 복무원이 앉아 있었다.

"우리 방 손님 보았어요?"

"손님이라구요? 그 손님 이른 새벽에 나갔는데 아직 안 들어

왔군요."

나는 밖으로 나가 노천탕 쪽을 바라보았다. 온 누리에 눈이 쌓여 있는데 김이 모락모락 오르고 있는 노천탕 언저리만이 검게 눈이 녹아 있고 폭포 쪽을 향해서 발자국 하나가 이어지고 있었다. 이런 눈 속을 누가 어디를 갔을까. 뒤를 밟아가자 발자국은 너덜겅 속으로 사라지고 있었다. 폭포 위에 솟은 봉우리에는 한 덩이 흰 구름이 걸쳐 있고 그 너머로는 어제와 다름없이 파란 하늘이 펼쳐져 있었다. 어제 올랐던 가파른 협로에는 더욱 많은 눈이 쌓이고 사람의 그림자는 찾을 수가 없었다.

"이 사람이 도대체 어디를 갔을까?"

투덜거리며 돌아서려는데

"그분은 용왕담으로 올라가셨습니다."

뒤에서 누군가가 알려주었다. 악화빈관의 총경리였다.

"누가 올라갔단 말이오?"

"한 방에 들었던 교수 선생 말입니다. 그 손님이 물가를 거닐고 있는 것을 훈련 나간 군인들이 보고 내려가자고 해도 거절을 했답니다. 눈이 쌓인 호숫가에······"

"그럼, 내가 올라가서 데려와야겠소."

나는 황급히 폭포 쪽을 향해서 발을 내디뎠다.

"안 됩니다. 그 길은 장비가 있는 군인들도 어려운 길입니다. 함부로 올라가다가는 참변을 당합니다."

"그럼 그 손님은 어떻게 올라갔단 말이오?"

"그건 아무도 알지 못합니다. 부대장님도 혀를 내둘렀습니

다."

총경리는 놀랍다는 뜻을 몸통으로 흔들어 표현하고는 빈관을
향해 총총히 사라졌다. 방안에는 푸 선생의 간단한 여장과 일기
장이 그대로 놓여 있었다.

애친각라 포고리옹순 할아버지, 그리고 우리 아버지!
오늘 당신들을 찾아 장백산에 왔습니다. 의탁할 곳 없는
몸이 당신 곁으로 왔습니다. 바라옵건대 영광스러운 제국의
후손들, 만주 민족을 보살펴주소서……

일기장에는 그 외에도 많은 글들이 씌어져 있었는데, 그중에
는 나에 대한 것, 박동철 옹에 대한 것, 만주어로 된 것은 아마도
같은 만주족 동료에게 준 글인 것 같은데 그쪽 언어에 어두운 나
는 해독할 수가 없었다. 사흘을 기다려도 푸 선생은 내려오지 않
았다. 자고 나면 눈, 또 눈은 내려 쌓이고 온 장백산이 하얗게 덮
여버렸다.

사흘 만에 나는 이도진으로 나가는 해방군들의 군용차에 몸을
실었다. 푸치광은 용왕담으로 할아버지 아버지를 찾아 올라갔지
만 문화혁명 때 죽은 그의 아내 왕야오민은 지금 어느 두메 어느
하늘을 헤매고 있을까. 지처잔에서 흔들어대던 만국이의 백양잎
같이 작고 하얀 손이 차창에 아른거렸다.

황홀한 귀향

무엇인가 문득 앞길을 가로막는 것이 있었다. 한길에서 마을로 접어드는 좁은 도로의 입구에서였다.

"차를 세우게."

위험을 느끼고 소리를 지르자 운전사는 황급히 브레이크를 밟았다. 상수는 번쩍번쩍 광택이 나는 검은 승용차의 문을 열고 밖으로 나와 주변을 둘러보았다. 방금 앞을 막았던 물체는 어디론가 사라져버리고 황막한 대지가 파란 하늘을 머리 위에 두고 잠들어 있을 뿐이었다. 왼켠 언덕 위의 무성한 나무들, 마을 속으로 기어들어간 하얀 시멘트 길, 그 너머로는 짙은 초록의 수목에 덮인 산들이 완만한 곡선을 그으며 남쪽으로 굽이치고 있었다.

"무엇이었을까?"

그는 외부세계를 훑고 있던 시선의 방향을 가슴 속으로 돌렸다. 가슴 속에는 밖으로 표출되지 않은 의식의 나무가 있었다.

"환영이었구나."

환영은 자신의 내면에 존재하는 나무로부터 피어난 꽃이었다. 그에게는 안팎으로 각각 형태가 다른 양갈래의 '나'가 있었지만 외부적 존재는 모두 내재적 '나'에게서 파생된 존재들이었다. 부모와 친척, 잊을 수 없는 친구, 소년 시절 애틋하게 사모했던 소녀, 아름드리 나무를 우지끈 부러뜨리는 폭풍, 거리를 메운 시위 군중, 자신의 판결에 의해서 수감된 수인 등 헤아릴 수 없이 많았다.

그런데 방금 앞을 막은 그림자의 정체는 무엇이었을까? 그것을 알아내는 데는 마을의 입구라는 장소의 의미가 중요했다. 마을에는 오촌당숙과 칠촌 팔촌 그리고 많은 사람들이 살고 있었다. 상수는 나름 대로의 추리를 통해 그들 중의 누군가가 텔레파시를 통해 이쪽 가슴으로 거부감을 전달했다고 생각했다. 그리하여 그 거부감은 환영의 형태로 유리창에 그려지고……. 그러나 그는 그런 환영이 밖으로부터 뿐 아니라 스스로가 지니고 있는 분노 망상 콤플렉스 등에 의해서도 만들어질 수도 있다고 생각했다.

마음이 무거웠다. 마을로 들어가는 일이 부담스러웠다. 그는 차를 길가에 버려놓고 아무 말 없이 완만한 경사를 이루고 있는 언덕을 오르기 시작했다.

마을 쪽에서 채소를 가득 실은 트럭 한 대가 비틀비틀 기우뚱거리며 내려오고 있었다. 차는 길가에 붙여놓은 승용차를 스칠 듯 간신히 비껴 빠져나갔다. 그 속에는 운전사 말고 중년의 사내가 한 사람 타고 있었지만 기억에 없는 얼굴이었다. 고향 땅에서 첫 번째로 만난 사람이 낯설다는 사실이 마음을 더욱 우울하게 했다. 그러고 보니 나는 이방인이었다. 객지가 고향이고 고향은 낯선 타향이었다.

"고향이 나를 거부하고 있어."

그는 참담한 마음으로 부릉부릉 배기가스를 내뿜으며 달려가는 트럭의 꽁무니를 바라보고 있다가 다시 발을 옮겼다. 아름드리 이깔나무 몇 그루와 히말라야 삼나무가 차일을 치고 있는 언덕을 오르자 길게 늘어선 우중충한 건물이 나타났다. 어렸을 적 6년 동안 공부를 했던 학교였다. 궤짝처럼 허름한 교실들이 교무실을 중심으로 동서로 이어져 있었다.

〈나주시동평초등학교〉. 시멘트에 잔돌을 섞어 세운 문기둥 중앙에는 동판에 부조된 조명이 선명했다. 그런데 그에게는 그것이 어쩐지 익숙하게 받아들여지지 않았다. 국민학교에서 초등학교로 바뀌어버린 일은 너무나 마땅한 일이고 해방과 더불어 도태되어 버렸어야 할 것이 지워지고 괜찮다 싶은 명칭이 붙은 것이었다. 그런데 어쩐지 친근감이 가지 않았다.

상수는 손을 들어 교문을 만져 보았다. 다섯 개의 손가락이 다섯 마리의 벌레가 되어 까칠한 기둥의 평면을 기어 올라갔다. 힘주어 문지르면 금방 살갗이 터져 선혈이 솟아오를 것같이 따끔거렸다. 느릿느릿 올라가던 손은 기둥의 꼭대기를 넘어 손목 부분이 모서리에 걸쳐짐으로써 진행을 멈추었다. 요게 진짜 그때의 교문일까? 그때는 손끝이 닿기는커녕 우러러 보였었는데…… 희한한 일이었다. 뒤로 한발 물러서서 관찰해보았다. 뒷동산 김참봉네 선산 가에 서 있는 난쟁이 비석처럼 꾀죄죄하게 느껴졌다. 비바람에 씻겨 닳아져 버린 탓일까. 아니면 도시 생활을 하면서 엄청나게 큰 건물들만 보아온 탓일까. 어쨌건 현실 속의 기둥은 가엾을 정도로 초라하고 보잘 것 없었다.

기둥 사이를 뚫고 운동장으로 들어섰다. 분지처럼 아늑한 운동장의 남쪽 가장자리를 울창한 나무들이 병풍처럼 막고 그 위로는 외래종의 여러 나무들이 늘어서 있었다. 그런데 왜 그런지 그 나무들 역시 이전 같지 않게 작아져 있었다. 삼십 년의 세월이 흐르는 동안 하늘 닿게 자랐을 나무들이 도리어 낮아져 있었다. 저렇게 작은 나무들이 어째서 그때는 그렇게 웅장하게 보였을까. 마음속에 살고 있는 나무와는 많은 거리가 있었다. 의식과 현실의 괴리에서 오는 위화감 속에서 상수의 마음은 기준을 잃고 흔들렸다.

운동장은 조용했다. 수업시간이었다. 선생님의 선창에 따라 글을 읽는 아이들의 목소리가 바람을 타고 건너왔다. 은희의 얼굴이 떠올랐다. 어렸을 적에는 허물없이 어울려 놀다가 오학년이 되면서 갑자기 떠나게 되었고 중학교로 올라간 후로는 감히 말을 붙이지도 못하고 가슴만 태웠었다. 그녀 역시 이쪽이 싫지 않은 것 같았지만 서로가 마음을 열어 보일 기회가 없었다. 몇번이나 고백을 하려고 결심했지만 끝내 실현하지 못하고 말았다.

상수는 끌리듯 운동장을 가로질러 교실 쪽으로 다가갔다. 패랭이꽃 다알리아 채송화 같은 것이 관목 속에 어우러진 화단을

에돌아 교실로 바짝 달라붙었다. 3학년 때 공부를 했던 교실이었다. 유리창 안에서는 스무 명이나 되어 보이는 아이들이 성기게 앉아 선생님의 설명을 듣고 있었다. 방해가 될세라 조심했는데 어느결에 이쪽을 알아차린 한 학생이 무어라 새 울음 같은 소리를 지르자 아이들의 눈빛이 일제히 창밖으로 쏟아져 나왔다. 말똥거리는 눈동자로부터 집중된 사격을 받은 얼굴이 따가웠다. 칠판에 글씨를 쓰며 열심히 설명을 하고 있던 선생님도 손에 분필을 쥔 채 이쪽으로 몸을 돌렸다. 따가움을 이기지 못해 다음 교실 앞으로 몸을 옮겼다. 그런데 어찌 된 일인지 그 교실은 아이들이 없이 텅 비어 있었다. 그때는 학생들이 넘치는 통에 오전과 오후반으로 갈라 수업을 했었는데 고향을 등진 사람들이 많아짐으로써 학생 수가 줄어져 이렇게 빈칸이 생긴 모양이었다.

주인 없는 교실이었지만 교실 안은 깨끗하게 정리되어 있었다. 당장이라도 학생들을 맞이할 수 있을 정도로 책상은 정돈되어 있고 게시판에는 아이들의 작품인 붓글씨와 그림들이 울긋불긋 아롱다롱 붙여져 있었다. 떠나버린 학생들의 솜씨들을 그대로 보존함으로써 옛날의 기억을 살리고자 하는 것일까. 아니면 다시 아이들이 모여들기를 기다리고 있는 것일까. 상수는 넋을 놓고 우두커니 서서 교실 안의 그림들을 바라보고 있었다.

그는 유독 미술을 좋아했었다. 그의 그림은 항상 게시판에서 떠나지 않았고 군내에서 열린 대회에 나가 우수상을 받곤 했었다. 선생님은 장차 미술가가 되라고 권장했고 아이들 역시 부러워했었는데 가장 기뻤던 일은 은희가 그림을 칭찬해주었을 때였

다. 화단의 꽃나무와 돌을 그린 것이었는데,

"야, 상수 그림이 제일이다."

하고 그녀는 감탄의 소리를 지르고 나서 그림을 뚫어지게 바라보며 오랫동안 떠나지 않았었다. 그런 일이 있은 다음 그는 더욱 열심히 그림을 그렸고 장차 화가가 되려는 결심을 굳혔었다. 그런데 여름방학이 끝나고 등교를 해보니 은희의 모습이 보이지 않았다. 2년 후에 돌아오긴 했지만 그녀는 아버지를 따라 이웃 고을로 이사를 갔던 것이다. 그녀가 떠난 다음 붉은 저녁놀에 감싸인 은희네 동네를 바라보며 얼마나 가슴앓이를 했는지 모른다. 미술에 대한 흥미도 차차 잃게 되고 중학교로 올라가서는 학교에서도 별로 챙기지 않는 통에 미술공부는 흐지부지되고 말았다.

"어디서 오셨습니까요?"

놀라 돌아보니 숨소리가 들릴 만큼 가까운 등 뒤에 한 사내가 서 있었다.

"예, 저어…… 서울에서 왔는데요, 이곳이 고향이어서요."

"아, 그럼 모교가 보고 싶어 들르셨구만요. 저는 이 학교 교감 서종국이구만요. 안에 마침 교장선생님도 기십니다."

"아 예. 오늘은 좀 바빠서요."

상수는 명함을 내놓을까 하다가 괜히 변호사라는 자신의 신분이 노출되는 것이 두려워 주머니로 들어가던 손을 멈춰버렸다.

"그래도 좀 들렀다가 가셔야지요. 모처럼 고향을 오셨는데……, 실례입니다만 교문 밖에 기다리고 있는 벤츠 차 혹시 선생님 것인가요?"

"아, 예. 그렇습니다만……."

"그렇습니까요. 어서 안으로 드십시다."

교감은 뜻밖의 침입자가 교문 밖에 세워진 벤츠의 주인이라는 것을 알고 더욱 친절하게 허리를 굽혔다.

"말씀은 고맙습니다만 오늘은 마을에만 들렀다가 곧 돌아가야 할 처지니까요."

직업의 꼬리는 벽촌으로까지 끊어지지 않고 따라와 있었다. 오늘은 틈을 만들어 내려오긴 했지만 내일은 오전과 오후에 걸쳐 자그만치 세 건의 재판이 있었다. 그러자면 속히 당숙을 만나 아버지의 묘소에 대한 일을 의논한 다음 곧바로 올라가야 할 입장이었다.

"그런 말씀 마시고 들어가 잠시 쉬어가십시오."

송아지 끌듯 팔을 잡아당기었다. 마음은 조급했지만 그는 어쩔 수 없이 뒤를 따라 교무실로 들어갔다.

"교장선생님을 뵙고 가시지요."

교감은 그를 교무실 다음 칸에 있는 교장실로 무작정 데리고 들어갔다.

"교장선생님, 손님 오셨습니다."

"엉?"

탁자 위에 한 발을 올려놓은 채 신문으로 얼굴을 가리고 잠들어 있던 교장이 화들짝 놀라 몸을 일으켰다. 육십 대 전후로 보이는 교장의 얼굴에는 상기 지워지지 않은 졸음기가 서려 있었다.

"주무시는 것 같은데 방해가 되었습니다."

"아니요. 잔 것이 아니라, 신문을 본다는 것이······."

교장은 어색한 웃음을 지으며 얼버무렸다.

"이웃 동평마을 출신이신데 서울로 올라가 출세를 하신 유지십니다."

교감은 상수의 신분을 알지도 못하면서 그저 벤츠의 주인이라는 사실만을 가지고 그렇게 소개했다. 판사를 역임한 변호사니까 출세한 사람이라고 할 수야 있겠지만 승용차만을 보고 그렇게 인정해버리는 데는 이쪽이 도리어 민망스러웠다.

"아, 그러십니껴. 이 지방은 명당이 많아서 줄줄이 사탕으로 인물들이 많지요. 광주 서울로 올라가 성공한 분만 해도 여러 명입니다. 부자도 많지만 아, 동평 마을에서는 부장판사까지 나오지 않았습니까요."

"참, 그런 분이 있었던가요."

상수는 자신에 대한 언급에 가슴이 뜨끔했으나 애써 평온을 가장하고 딴전을 부렸다.

"그분들은 모두 고향에 내려오시면 반드시 우리 학교엘 들르십니다. 장학금을 내놓기도 하고 아이들을 위해서 운동시설이나 실험기구를 마련해주고 도서 구입비도 내놓으셨습니다. 저 시계에 책상 참, 컴퓨터도 세 대나 사주었구요. 아마도 오 판사님이 오시면 무언가 큰 것 하나 표적을 남기실 것입니다마는 그 영감님은 워낙 바쁘셔서 아직 못 오신다고 하드구만요."

"그렇군요. 그럼 이만 실례하겠습니다."

상수는 얼굴이 화끈거려 더 이상 버티고 있을 수가 없었다. 눈

앞에 있는 인물이 오상수라는 사실을 몰라서 망정이지 만일 그걸 알았더라면 얼마나 난처했을지 등이 근질근질했다. 웬만한 돈쯤 당장에라도 내놓지 못할 형편은 아니지만 너절한 칭찬을 들은 다음에야 다른 사람들의 뒤를 따른다는 것도 쑥스러운 일이었다.

금의환향錦衣還鄕일까? 그는 학교를 나와 차에 오르면서 스스로를 생각했다. 추운 겨울날 잉크가 얼어버리는 냉동 방에서 화려한 귀향을 꿈꾸며 글줄 밑에 언더라인을 치고 몇십 권의 노트가 까만 글씨로 덮여버리도록까지 밤을 새우기도 했었다.

그러나 그는 시험에 합격하고는 고향 땅을 밟지 않았다. 부모들은 벌써 돌아가신 뒤였고, 집안 어른들이 있었지만 이미 마음속으로 인연을 끊어버린 사람들이었다. 어려움을 겪으며 공부를 하는 동안 그들은 도움을 주기는커녕, 땅 한 뙈기 없는 주제에 뱁새가 황새 걸음 하면 가랑이가 찢어진다는데 가당치도 않은 일이라며 야단만 쳤었다.

"고등 문관시험은 옛날로 치면 과거와 같은 것인디, 그런 일이 그리 쉽간디. 하늘이 돕거나 선산 한 자리 쓴 사람이 아니면 절대 안 되는 법이여. 오급 공무원이라도 쳐서 식구들 벌어먹여야 해. 명색이 법대를 나온 놈이 그렇게 방구석에만 들어앉아 있으면 어쩔 것이여. 분수를 몰라도 유만부동이지, 올라가지 못할 나무는 쳐다보지도 말랬어."

행여나 도움을 얻을까 하고 찾아간 아버지에게 들려준 것은 이런 비아냥뿐이었다. 그러다가 시험에 합격했다는 소식을 듣고는 문중에 경사 났다며 축하 잔치를 베풀어준다는 둥 법석을 떨었다. 그러나 그때 이미 심사가 토라진 그는 내려갈 수 없다는 기별을 보내고 말았었다. 세를 따라 여반장하는 형태가 역겨웠기 때문이다.

그런 일이 있은 후로 많은 세월이 흘러 있었다. 사람의 마음이란 강물처럼 자정작용을 하는 법이라 아무리 원통하고 슬프고 괘씸한 일이라도 나중에 가서는 봄바람에 눈 녹듯 하는 법인데 하물며 친척 간에 있었던 그런 정도의 일로 어느 때까지고 노여움을 간직하고 있을 수는 없는 일이었다. 일상사가 바빠서 그랬건 호사스러워서 그랬건 비록 왕래는 없었지만 벌써 망각해버린 과거사였다. 그런데 그것이 마을 길로 들어서면서 문득 환영을 통해 되살아난 것은 그 일들이 아직까지 앙금으로 깔려 있다는 증거였다. 하기야 사람의 머릿속에 잠겨 있는 잠재의식은 언제라도 기회와 장소만 얻으면 표출될 수 있는 것이지만 지워버렸어야 할 기억들이었다.

상수는 골목 어귀에 차를 멈추어놓고 당숙집으로 발길을 옮겼다.

"바쁠 것인디, 어떻게 틈을 내었는가?"

당숙의 말씨는 은근하고 다정했다. 아무리 손아래 젊은 놈이라곤 하지만 판사에 대한 예우라서 말씨도 '하게'였다.

"이제사 뵙게 되어 면구스럽구만요. 어제도 전화로 말씀 올렸지만 아버님 묘소가 아무래도 이장을 해야 할 것 같아서요."

"암, 그래야 하고말고. 허지만 그런 일이 아니라도 이미 다녀갔어야 할 일이지. 고향 버리고 잘 된 사람 없는 법이여."

"정말 드릴 말씀 없구만요. 집안 분들이나 온 동네 모두 무고하신가요?"

"그동안 죽고 병든 사람 빼놓고는 남은 사람들이야 그런대로 잘살고 있어."

"많이들 변했지요?"

"그래. 젊은 놈들은 다 대처로 나가버리고 우리 같은 폐물들만 남았어."

"별 말씀을 다하십니다. 왜 폐물입니까요."

"폐물이 아니고 뭔가? 젊은이들처럼 센 일을 할 수가 있나, 어디 가서 사람 대접을 받는가. 지금은 옛날과 달라서 어른들 세상이 아니라 맨 판 젊은 사람들 세상이여."

"그래도 어르신들이 고향을 지키고 계시니까 선산이 온전하고 저 같은 놈도 이렇게 찾아오는 것 아닙니까요."

"그건 그렇다 하고 요새같이 시끄러운 세상에서는 판사 노릇하기도 힘들제?"

"그렇습니다. 그런데 당숙, 지금은 판사가 아니고 변호사입니다요."

"그럼 그 좋은 자리를 내놓고 변호사가 되었단 말인가?"

"예, 여러 해를 하다 보니 이제는 좀 자유롭고 싶어서요."

"돈은 변호사가 더 잘 번다데만은……, 그래도……."

당숙은 갑자기 섭섭하다는 듯 말을 얼버무렸다. 아무리 예절 없고 버릇이 없어 고시에 합격한 뒤로 인사 한번 오지 않은 놈이긴 하지만 조카 놈이 판사라는 것을 자랑으로 삼고 살아온 동규씨였다. 그랬는데 그런 조카가 현직을 물러났다는 말에 떡심이 풀리는 모양이었다.

"어디, 판사님 얼굴이 어떻게 생겼는가 보세."

아직 은밀히 할 이야기가 시작되지도 않았는데 마을의 어른인 방촌 양반과 칠촌 아저씨인 동수 씨가 마당으로 들어섰다.

"그동안 안녕하셨습니까?"

"귀한 사람 오셨구만. 잔치를 베풀어준대도 오지 않던 사람이 오늘은 웬일일까? 그려 그려, 남의 것 먹지 않는 깨끗한 판사가 될라면 잔치 자리부터 피해야 할 것이여."

방촌양반은 그때의 불경을 미화해 주었다.

"옛날로 치면 원님이란가, 옥당교리란가?"

"원님도 되고 교리도 되고 과거에 급제한 사람이 못하는 일 있었간디. 천하에 무서울 것 없제."

동수 씨가 의기양양 대꾸해 주었다.

"원님이라면 얼매나 권리 좋고 서슬이 시퍼런 자리였는가."

"그렇고말고, 말로는 할 수가 없제."

다른 때 같으면 거드름 피우는 동수씨에게 핀잔 한 마디 주었을 법도 한데 방촌양반은 상수에 대한 존경심 때문에 같이 맞장구를 치고 있었다.

분에 넘치는 평가를 받고 있자니 좀이 쑤시고 마음이 혼란스러웠다. 당장 판사가 아니고 변호사라고 외치고 싶었지만 시기를 놓치고 보니 밝히기가 거북했다. 아무리 그렇지만 차라리 사실대로 털어놓으려고 입을 열려는데,

"자네들은 대과 급제한 고관 앞에서 웬 사설이 그리 많은가? 입들 다물게."

조카의 입장을 눈치챈 당숙이 한 마디로 진정시키려 하자,

"우리가 뭐 못할 소리 했간디요? 형님도 그런 말씀 마시오."

동수 씨의 말에,

"판사란 것이 잘만 하면 좋은 일 할 수 있는 벼슬이여. 죽을 사람도 살리고 못된 놈들한테는 혼을 내주는 자리니까. 억울한 사람을 만들면 안 되지만……"

방촌양반의 말이었다.

"거 뭔 소리, 우리 상수가 억울한 사람 만든 일 있간디. 행여라도 그런 소리 하면 못써."

터럭이라도 다칠세라 당숙이 나서서 옹호해 주었다. 이런 분들한테 거부당할지도 모른다고 상상했던 일이 부끄러웠다. 차창에 나타난 그림자 따위는 자신의 소심성에서 우러난 허깨비였구나. 그렇게 생각하니 마음이 홀가분해졌다.

"저어……"

방촌양반과 칠촌아저씨가 앞에 있긴 하지만 할 말을 털어놓아야 하겠다고 생각하고 서두를 꺼내며 당숙의 얼굴을 쳐다보았다.

"왜 그런가 조카."

"전화로 어젯밤 말씀드린 그 일입니다."

"무엇이 그리 다급해서 그래. 그런 일이라면 나중에 사람들 돌아간 다음에 해."

당숙은 상수의 입을 아예 봉쇄해버렸다. 자리가 이런데 꺽꺽

우기며 달려들 수도 없고 그렇다고 모처럼의 행차니까 며칠 묵고 가라는 듯 여유작작한 장단에 맞출 수도 없어 가슴만 조였다. 어떻게 하지? 이럴 줄 알았으면 한 이틀 재판 날짜를 밀치고 오는 건데…… 그는 손을 조여 비비며 안절부절 못했다.

그때 대문이 열리며 초로의 한 사내가 마당으로 들어섰다. 검기가 잿빛을 넘어 검댕이 얼굴이었는데 발에 꿴 것은 누렇게 물든 고무신이었다.

"자네 상수 판사 아닌가?"

"누구시던고?"

"이 사람아, 나야 나."

"나라니? 알 듯하긴 한데……"

"만옥이여, 만옥이. 출세를 하더니 깨복쟁이 친구도 못 알아보는구만."

"오! 참 그렇구나. 우리 몇 년 만이야."

만옥이는 으스러지게 상수의 내민 손을 틀어잡았다.

"무서운 사람 손목을 잡고 본께 어쩐지 떨리네그려."

"이 사람아, 내가 왜 무섭단 말인가?"

"이 세상에서 판검사가 무섭지 않고 누가 무섭겠는가. 우리 같이 농촌을 지켜보겠다고 버둥대는 놈들 징역도 살릴 수 있고……"

"그 소리가 무슨 소리란가?"

"무슨 소리는 무슨 소리여. 나야 자네로 해서 징역 산 사람 아니지만, 우리 동지들 여러 명이 자네 판결을 받고 콩밥을 묵었네.”

상수는 머릿속이 찡 울리며 머쓱해져 버렸다. 무어라 대꾸할 말을 찾지 못했다. 마을 어귀를 가로막았던 것은 아마도 이 사람의 거부감이었던가.

“왜, 내 말이 섭섭한가? 그저 그런 일이 있었기에 한 소리였는데…”

“아니야, 괜찮아.”

생각해보니 농민회 사람들에 대해서는 꽤 중형을 놓았던 것 같았다. 그렇지 않아도 재야인사와 학생 놈들 통에 세상이 시끄러운데 농사꾼들까지 농민회를 만들어 난장판을 벌이자, 그놈들은 모두 체제 전복 세력이니 안보 차원에서 다스리라는 지침이 내려와 관행보다 형량을 높였던 것은 사실이었다. 그러나 판사는 자기가 내린 판결이 여론 재판이건 압력에 의한 것이건 그렇지 않고 소신에 의한 것이건 간에 책임을 남에게 전가할 수 있는 입장이 아니었다. 청탁이나 압력, 보신을 위해 오판을 했노라고 시인하는 순간, 법관으로서의 권위를 상실하는 것이 되는 것이었다. 그런데 오늘은 만옥이의 은근한 핀잔에 그때의 판결이 정당했다고 버틸 자신이 없었다.

“내 말이 섭섭한가?”

“아니야.”

“다 고향 친구지간인께 허는 소리라네. 깨복쟁이 친구가 아니라면 누가 감히 그런 모난 소리를 할 수 있겠는가.”

“나는 자네들이 내 재판을 지켜보고 있는 줄은 몰랐어.”

"그래서 고향은 무서운 곳이라네. 고향 사람들은 항상 성공했다는 출향 인사들을 도마 위에 올려놓고 심판을 하고 있다네. 그러고 보니 오늘은 오 판사가 우리에게 재판을 받는 날이구만."

"모처럼 찾아온 우리 조카 너무 몰아붙이지 말게. 그나저나 오늘은 귀한 사람이 온 날인께 닭이나 한 마리 잡을란다. 아무리 잘 묵고 살아도 서울에서는 마당에 놓아먹인 이런 토종닭은 맛보기 어려울 것인께."

"그러실 것 없습니다. 전 곧 올라가야 하니까요."

사양했지만 당숙은 아랑곳하지 않고 안으로 들어가 당숙모에게 모이쌀을 한줌 내오게 하더니 닭들을 불러 모았다.

"주주우, 주주우 주!"

모이를 뿌리며 닭들을 불러댔다. 길 들여진 닭들이 조르르 몰려들었다. 당숙은 표적으로 삼은 붉은 수탉에 점을 찍어놓고 기회를 노렸다. 닭들은 사람을 그다지 두려워하는 기색은 아니었지만 막상 잡으려고 다가가면 잽싸게 몸을 빼어 달아났다가 다시 모여들곤 했다.

"주주, 주주우."

실패하면 다시 모이를 뿌리고 또 뿌리며 기회를 노렸다. 그런 느긋하고 인내성 있는 당숙의 행동을 보고 있노라니, 상수는 차차 조바심이 풀려갔다. 내일 일이 마음에 거리끼지 않는 바는 아니었지만 점차 한가한 시골 분위기에 동화되어가고 있었다. 그해에 흉년이 들면 다음 해에 기대를 걸고, 오늘 못한 일은 내일로 미루는 여유가 그들에게는 있었다.

자식도 아닌 조카가 사법고시에 합격했다고 해서 돼지 잡아 잔치를 벌여준다는 데도 응하지 않았던 옹졸함이 새삼스레 부끄러웠다. 가난하다고 해서 공부하고 있는 조카의 능력을 무시하고 아버지까지를 괄시했었지만, 그건 시샘이나 업신여김이 아니고 어려운 처지를 걱정하는 소박한 마음에서 우러난 행동이었던 것이다.

　"잡았다!"

　숨을 죽이고 구경을 하고 있던 동수씨가 소리를 질렀을 때 붉은 수탉은 이미 당숙의 손아귀에 잡혀 허공에서 바르작거리고 있었다. 놀란 닭들이 꼬꼬댁거리며 주변으로 흩어졌다가 그래도 모이를 못 잊어 맴돌고 있었다.

　"지가 털은 뜯을께요."

　만옥이가 팔을 걷어붙이고 일어섰다.

　"아무리 한 동네라지만 자네도 손님인데……"

　"별 말씀을 다하십니다. 이래 봬도 그런 일이 제가 잘합니다."

　"하기야 나도 군이나 면에서 손님이 왔을 때 많이 해봤네마는……."

　동규씨는 손아귀에 쥐고 있던 닭을 만옥이에게 넘겨주었다.

　"나는 군이나 면에서 사람이 왔을 때 그래본 적은 없구만요."

　아까는 농민운동 하는 사람에게 가혹한 선고를 했다고 한마디 박더니 이제 와서는 당숙에게 찧는 소리를 하는 것이었다. 초등학교 때 반장은 따놓은 당상으로 차지했던 만옥이었지만 가정이 가난하여 중학교만을 마치고 진학할 수 없자, 시골에 남아 특

수작물을 한답시고 밤낮없이 질식할 것 같은 하우스 속에서 땀을 흘리고 있었다. 그러나 그는 아직까지 성공을 거두지 못하고 있다. 결실기의 풍요함으로 말하라면 농사보다 더한 것이 없지만 막상 가을걷이를 한 다음에 비료대 농약대 기계값 인건비 제하고 나면 도로아미타불이었다. 수확이란 것은 눈요기일 뿐이었다. 그래서 자꾸 다음 해 그리고 그다음 해에 기대를 걸어보지만 세월한테 둘려 사는 것이 농사꾼이었다. 기대와 배반을 되풀이 맛보면서 만옥이는 검은 머리가 세어버린 사람이었고 농민운동에 뛰어들어 곤욕도 치렀다. 그러나 그는 농촌을 버리지 않겠다고 고집을 부리고 있었다.

"다 됐습니다. 이걸 익힐라면 아주머니가 수고하시겠네요."

만옥이는 끓는 물에 닭을 넣어 털을 뽑은 다음 배를 갈라 내장을 빼고 부인의 손에 건네주었다.

"고생했네. 닭은 창자 맛이 제일인디 버렸는가 어쨌는가?"

어렸을 적 입맛을 잊지 못해 상수는 한마디 하였다. 아버지의 생신날 같은 때 국물에서 건져주었던 닭 창자는 약간 구린내가 나긴 해도 쫄깃쫄깃하고 고소하기가 천하의 진미였다.

"고기 한 점이 어디라고, 우리 같은 무지렁이들이 내장을 버릴 것 같은가. 다 똥 빼고 씻어서 아짐씨에게 드렸네."

이윽고 부엌 쪽에서 바람을 타고 닭고기 익는 냄새가 솔솔 풍겨왔다.

"오 판사, 자네 김점식 교수 알제."

"암, 알고말고. 그 사람 나하구 고시공부 같이한 사람 아닌가."

이웃 월산리에 사는 점식이가 고시 공부를 하다가 연거푸 낙방을 하자 교육계로 방향을 돌려 나중에 대학교수가 된 다음 두어 번 만나기는 했지만 요 몇 년 사이 소식을 끊고 있었다.

"그 사람 지금 시골에 내려와 있다는 말이 있어. 한 번 불러볼까?"

"그러지 뭐."

"어르신, 김점식 교수 부를까요?"

만옥이는 동규씨의 의향을 물었다.

"내 눈치 볼 것 없어. 어서 전화해봐."

동규씨는 선선히 승낙하였다. 조카인 판사가 와 있는 데다가 평소에는 겁이 나고 비위가 맞지 않는 점도 있지만, 면내뿐 아니라 온 고을 농민들을 좌지우지하고 있는 만옥이가 나타났는데, 거기에 대학교수가 합류한다면 이 집으로서는 전례가 없는 경사가 아닐 수 없었다.

"여보세요, 여보세요! 김점식씨 댁이시지요? 저는 동평 사는 서만옥이 올시다. 아, 기셔요? 그럼 좀 바꿔주십시오."

만옥이는 수화기를 손에 들고 꽥꽥 소리를 질러댔다.

"저 사람 성깔 있어서 농촌에 억울한 일 있으면 면이고 군이고 쳐들어가서 따지는 사람이여."

만옥이가 한참 전화를 하고 있는데 방촌양반이 낮은 소리로 말하면서 빙긋빙긋 웃어댔다.

"아, 김 교순가? 나 만옥인디. 그런디 저어 자네 오상수 판사

알제? 그래 그래, 우리하고 같이 학교를 다니지 않았는가. 그 사람이 지금 동규씨 댁에 와 있어. 그러니 속히 일루 달려오소. 알았다고? 그럼 됐어. 기다릴께."

만옥이가 전화를 하고 있는 동안 방안으로 들어가 소주병을 들고 나왔다가 다시 들어갔던 당숙의 손에는 검고 둥근 얼룩배기 술병이 들려 있었다.

"와따, 그 술이 무슨 술이랍니까?"

통화를 마친 만옥이가 양주병을 보고 놀라 물었다.

"이 술은 울산 있는 자식이 갖고 온 것인디, 시바슨가 뭐라든가, 하여튼 박정희 대통령께서 자셨던 술이락 허대. 맞아, 그 냥반이 돌아가신 날 밤에……'

"하여튼 마시고나 봅시다."

만옥이는 마개를 비틀어 병을 연 다음 주인인 동규씨의 잔을 먼저 채우고 이어서 방촌양반과 동수씨의 순으로 모든 잔에 술을 부었다.

"어이구, 독해서 못 묵겄다."

방촌양반이 이마를 찌푸리며 잔을 상 위에 놓아버리자,

"나도 못 마시겄어. 차라리 쐬주를 마시세."

당숙은 안으로 들어가 아까 들여놓았던 됫병을 다시 들고나왔다. 쇠스랑은 세 발이라지만 사람의 입은 한 가지인데 아무리 독하기로 그까짓 양주 몇 잔 못 마실 까닭이 있겠는가마는, 그들은 젊은이들에게 양주병을 양보해버리고 됫병을 들고 안방으로 들어가 버렸다. 양주는 결국 상수와 만옥이의 몫이 되어버렸다. 그러는 사이 점식이가 허겁지겁 마당으로 들어섰다.

"아따, 빠르네. 비행기를 탔는가?"

"비행기는 아니지만 빨리 오고 싶은 마음에 택시를 불렀어."

"하여튼 잘했어. 자아, 잔이나 받소. 양주야 양주. 판사나 대학교수라면 몰라도 나 같은 놈한테는 걸맞지도 않은 술이여."

"거 무슨 소린가? 사람이 귀천이 있는 것 같아도 돈 있는 놈이나 고관대작의 똥은 더 구려."

상수는 어느 사이 가난한 시절을 보냈던 고향의 분위기에 동화되어 평소에 아끼던 말을 지껄여댔다.

"판사님이 말 한번 옳게 하는구나. 그런 마음으로 재판을 했으면 이 세상에 억울한 사람 하나도 나오지 않았을 텐데……"

"그런 소리 말아. 목구멍이 포도청인 걸 어쩔 것이냐. 나도 나름대로 하느라 했지만 데모 말리다가 어용교수로 몰려 죽을 뻔했다. 그러고 보니 우리들 중에 소신대로 세상을 산 사람은 만옥이밖에 없단께."

"우리 같은 농투성이한테 소신은 무슨 소신이냐. 잘난 놈들은 다 빠져나가고 못난 송사리만 남아서 개울에 물이 밭치니까 살려달라고 아우성을 쳤을 뿐이지.

상수는 법관이 되면서 처음에는 항상 약자와 정의의 편에 서리라 다짐했다. 그러나 현실은 그렇게 되지 않았다. 친분을 통해서 들어오는 청탁을 기피할 수 없었고 특히 체제에 관계된 사건이 돌아오면 울며 겨자 먹기로 과중한 판결문을 만들어 낭독해야 했었다. 그러는 사이 인식까지 변해갔다. 처음에는 가책을 느졌던 일들이 차츰 무덤덤해지다가 정당한 것으로 되고 나중에는 학생들과 종교인, 민권운동가들을 국가와 사회의 공적으로 인식하게 되어버린 것이었다.

그랬었는데 막상 법복을 벗고 보니 세상의 빛깔이 다시 달라졌다. 가치관은 이렇게 시세에 따라 반전되는 것이었고 비록 농담이긴 했지만 만옥이가 던진 말에 대해서 자괴감 같은 것을 느꼈던 것은 바로 지난날의 인식이 무너지고 있다는 것을 의미하는 것이었다.

술병이 바닥나자 당숙은 다시 한 병의 양주를 털어내고 그것이 떨어지자 어쩔 수 없이 됫병소주를 들고 나왔다.

"우리 이럴 것 아니라 읍내 가서 한잔 마시자."

"좋은 집 있냐?"

점식이 말에 상수가 번쩍 고개를 들고 물었다. 모처럼 돌아온 고향의 분위기에 한바탕 젖어들고 싶었다.

"있고말고. 거 있지 않냐, 우리들 어렸을 적 친구 은희……"

"은희라구? 상촌 사는 그 우리 동창 아가씨 말인가?"

상수의 귀가 번쩍 틔었다. 아련하게 가슴 속에 살아 있는 얼굴이었다. 얼마나 만나고 싶어 가슴을 태웠던 사람인가. 고백을 하려고 몇 번이나 벼르고 별렀지만 끝내 이루지 못하고 나중에야 시집을 가버렸다는 소식을 듣고는 어찌나 섭섭했었는지…… 그런 은희가 읍내에서 살고 있다니 뜻밖의 소식이었다.

"응, 은희가 지금 읍내서 〈오동추야〉라는 술집을 하고 있어."

"술집을?"

"나는 자네가 그 가시나 좋아하고 있는 것 다 알고 있었어."

"아냐, 좋아하긴 누가 좋아해. 하지만 친구로서 한번 만나보고 싶다."

"그럼 어서 가보세."

김 교수가 몸을 털고 일어섰다. 마당에는 이미 어둠이 깔리고 있었다.

"어디를 간다고……?"

그 소리를 들었는지 방안에 있던 당숙이 문을 열고 밖으로 나왔다.

"어르신 저어, 우리 모처럼 만났은게 읍내 바람 좀 쐬고 올랍니다."

김 교수가 조아리며 알렸다.

"읍내를 간다고? 세상 물정 아는 사람들인게 말리지는 않겠네만, 판사님 모시고 가면 매사를 조심해야 써."

"예, 그것은 염려 마시구요. 그럼 우리 다녀올랍니다."

문득 내일 열릴 재판에 대한 생각이 떠올랐지만 이제는 그다지 걱정되지 않았다. 그것보다도 그의 의식을 지배하고 있는 것은 은희에 대한 생각이었다. 양갈래 머리 사이로 드러난 하얀 뒷목 살갗과 물빛 눈동자를 반짝이며 웃음 짓던 모습이 떠올랐다. 오동추야는 군청 바로 옆에 있는 골목 안에 있었다.

"아이고오! 김 교수님이 오늘은 웬 동풍이요?"

은희가 반색을 하며 점식이를 맞이했다.

"오늘은 귀하고 무서운 분과 함께 왔은게 특별히 잘 모셔야

혀."

"아따, 어느 영이라고 글 않겠습니껴. 어서들 앉으세요. 처음
뵙겠습니다. 김 매담입니다."

은희가 몸을 낮추며 꾸벅 인사를 했다.

"안녕하십니까? 나는 오가입니다."

이름을 일부러 밝히지 않았다. 당분간은 신분을 밝히지 않기
로 그들은 약속이 되어 있었다.

"오늘 밤은 딴 색시는 필요 없으니까, 김 매담이 이 방 지켜
요. 알았어요?"

"영계들이 있는디 나같은 늙은 것을 뭣 할라구라우?"

"아무리 나이 묵었어도 우리는 김 매담이 제일인께."

"알았어요."

대답하고 은희는 주안상을 마련하러 안쪽으로 사라졌다.

저 여자가 진짜 은희일까? 짙은 화장에 호들갑을 떠는 초로의
주모에게서 옛날의 은희 모습은 찾기 어려웠다. 그러나 그토록
애틋하게 그리워했던 여자라고 생각하니 반갑기 이루 말할 수가
없었다.

"술은 무엇으로 할까요?"

주안상을 들고 들어온 은희가 물었다.

"우린 시버스 리걸 마셨는데 그건 없을 거고 패스포드건 베리
나인골드건 아무거나 주어요."

상수는 묵묵히 앉아 술잔을 받아 기울였다. 어려운 학창 생활
과 피를 말리는 수험공부에 이어, 법관이 된 뒤에는 그저 건초처

럼 메마른 나날이 있었을 뿐이었다. 그런 속에서 이따금 은희의 모습이 떠오르지 않은 것은 아니었지만 규격에 짜인 생활 속에는 그런 감미로운 감정이 머무를 틈이 없었다. 그러다가 이렇게 자유로운 몸이 되어 있는 은희를 만나고 보니 희미해져가고 있던 과거의 감정이 새롭게 생기를 띠고 되살아나는 것이었다.

"은희 자네, 이 사람 누군지 알겠어?"

술잔이 몇 순배 돈 다음 비밀을 지키고 있던 김 교수가 참지 못하고 상수를 가리키며 물었다.

그 말에 상수의 얼굴을 바라보고 있던 은희가,

"어마! 상수씨 아니어요?"

하고 입을 크게 벌렸다.

"나 오상수야."

상수는 뜨거운 눈빛으로 은희를 응시하였다. 그의 눈에 비친 은희는 오십대에 들어선 늙마의 주모가 아니라 열일곱 앳된 소녀였다.

"참으로 많이 컸다아. 세월이 빠르구나."

"그래 맞아. 나는 소년이야. 고마워 은희. 나도 은희가 소녀로 보여. 이렇게 기다려주어서 고마워."

"워마, 나는 기다리긴커녕 상수 먼저 시집을 가버린 사람인데……"

"아니야, 그게 아니야. 은희는 지금 나를 기다리고 있지 않아?"

상수는 술김에 와락 은희의 몸을 껴안고 뺨을 비벼댔다.

"오 판사!"

이제까지 아무 말 없이 술잔을 기울이고 있던 만옥이가 걱정이 되는지 상수를 불렀다.

"아니야. 만옥아 이놈아. 딴소리 하지 마. 나는 너한테 졌어. 이 방안에서 인생의 승리자는 너밖에 없어. 어용으로 몰렸다고 했지만 김 교수는 나보다는 나은 놈이고. 나야말로 형편없는 패배자야. 그러니 오늘 밤은 나를 자유롭게 해주어."

"하지만 고향에 내려와서 그러면 당장 소문이……"

"그런 건 나와 상관이 없는 일이야. 그런데 말야, 만옥이. 나는 오늘에 와서야 목적을 이루었어. 그토록 사모했던 사람을 이렇게 품 안에 넣었어. 소원을 이룬 거야. 판사 좋아하네. 나는 이제까지 괴물 같은 집단의 못생긴 도구였을 뿐이야."

상수는 잠꼬대처럼 주워섬겼다. 그의 의식 속에 근엄했던 과거는 물론 더구나 내일에 대한 걱정은 남아 있지 않았다. 길을 막았던 그림자도 사라져버린 지 오래였다. 김 교수와 만옥이는 건넌 방으로 자리를 옮겨버리고 상수는 홀로 남아 밤이 깊어가는 줄도 모르고 은희의 육신 속에서 아스라하고 황홀한 지난날의 꿈을 한없이 더듬고 있었다.

낙엽으로 떠돌다가

"떠날 작정이지요?"

의뭉가뭉한 잠결 속에서 아내의 목소리가 들렸다. 찬수는 번쩍 눈을 뜨고 여태까지 자리에 들지 않고 머리맡에 앉아 있는 아내를 쳐다보았다.

"그게 무슨 소리야? 누가 어디로 떠난다고 그래."

"다 알아요. 당신도 시아버지처럼 집을 나갈 것이란 것을. 아까도 꿈속에서 요상한 소리를 하던데요."

"무슨 소릴 했다구 그래?"

"누구한텐가 길을 물으면서 '나는 처자식을 버린 사람이오'라고 소리를 질렀어요."

"괜한 헛소리하지 말어요. 그런 소릴 해싸면 내 맘이 정말로 변해 버릴지도 몰라요."

"평소에 그런 생각을 하고 있으니까, 그런 꿈을 꾸는 거지요,

뭐"

"꿈을 그렇게 믿을 수가 있어? 당신이 그런 헛생각을 하고 있으니까 내가 자꾸 그런 꿈을 꾸는 거예요."

"그것도 한 번뿐이라면 몰라요. 벌써 몇 번짼데요."

"워메, 환장하겠는 것. 꿈이라는 것은 말짱 헛것이라니까."

찬수는 버럭 소릴 질러 버렸지만 그러다 보니 정말로 자신이 집을 나갈지도 모른다는 생각이 들었다. 꿈이라는 것을 믿을 것은 못되지만 아내의 말마따나 평시에 그런 생각을 조금이라도 하지 않고서는, 한 번도 아니고 몇 차례씩이나 그런 꿈을 꿀 리가 없었다. 그러나 아무리 그렇더라도 묵살해 버리면 되는 일을 두고 자꾸만 거론하는 것이 탈이었다.

"지금이 몇 신데 그렇게 앉아 있어? 두 시야, 두 시. 시계를 봐."

"두 시면 어떻고 세 시면 어때요. 당신이 집을 나갈 것만 같은데 잠이 오겠어요?"

"그런 생각은 당신의 마음이 만들어 낸 공상이라니까. 절대로 그런 일 없을 텡께 안심하고 잠이나 자요."

찬수는 억지로 아내를 끌어다가 옆자리에 눕히고 이불을 덮어 주었다.

똑딱똑딱 벽시계 소리가 전에 없이 크고 또렷하게 들려 왔다. 아내는 여전히 몸을 뒤척이다가 이따금 한숨을 토해냈다. 두 살 박이 종구의 숨소리가 새근새근 방안을 수놓고 있었다. 이렇게 만물이 잠들어 있는 시각에는 작은 소리도 크게 들리고 상상의 세계는 자꾸만 부피를 더하면서 깊이를 더해 갔다. 아내의 걱정은 그런 허우로움 속에서 싹터 나온 부산물이었다.

"정말 집을 나가지 않는 것이지요?"

"그런다니까."

찬수는 귀찮다는 듯 쏘아붙이고 돌아누워 버렸다.

어떻게 해서 잠이 들었는지 몰랐다. 눈을 떠보니 아내는 온통 밝음 가득한 부엌에서 아침을 준비하느라 달그락거리고 있었다. 김이 모락모락 피어오르고 있는 후라이팬에서 계란 냄새가 건너왔다. 그러나 그것은 이전처럼 식욕을 자극하는 고소함이 아니고 기름끼 저린 느끼함이었다.

간밤에 잠을 설친 탓이었다.

"눈 좀 붙였어요?"

"예, 당신의 다짐을 듣고 나서야 포도시 잠이 들었구면요."

"앞으로는 그런 엉뚱한 생각 하지 말아요. 몸에 해로우니까."

아내는 묵묵히 복 복福자가 새겨진 찬수의 밥그릇에 밥을 퍼 담고 나서 김이 모락모락 올라오고 있는 생선찌개를 식탁 위에 올려 놓았다.

"네 아버지는 영 돌아오지 않을 모양이구나."

시만하면 튀어나오는 어머니의 푸념이었다.

"돌아오셨다가도 금방 떠나 버릴 양반을 뭘라고 그렇게 기다리세요."

"단 하루, 단 한 번만이라도 좋으니 돌아와 주었으면 쓰것다.

지금 나이가 몇인데 다시 나가기야 할라디야."

"그래요. 결코 나가시지 않을 거예요. 돌아오시기만 하면 내가 꼭 붙들고 있을께요."

찬수는 이렇게 위로해 드릴 수밖에 없었다.

"너는 효자다. 끌끌, 저런 자식놈을 두고 정처 없이 떠돌고만 있으니…."

어머니의 말끝에는 언제나 한숨이 꼬리를 달았다.

"그런디 어머니, 종구 어미는 어째서 그런지 날더러 아버지처럼 집을 나갈 거라고 해요."

"그게 무슨 소리라냐?"

"핏줄은 못 속인다 하지 않아요."

"그런 소리 하지 마라. 너는 네 애비 닮지도 않았다."

어머니는 펄쩍 뛰며 아들을 남편과 차별화시키려고 했다.

"그런디 어머니, 아무래도 아버지를 찾아보아야 할 것 같아요."

"안 찾아서 못 돌아 온다더냐? 얼마나 애를 썼는데…."

"그래도 자식인 제가 나가서 찾는 봐야지요."

"안된다. 어림없는 소리 말아. 네가 그런 생각을 하고 있으니까 네 아내가 그런 소릴 했구나. 너는 절대 나가지 못한다."

"그 사람한테는 운 한 번 뗀 적이 없어요. 어머니한테 처음 해 보는 소리여요."

"듣기 싫다. 처자식 싫다고 나간 사람인께 찾을 생각일랑 하지도 마라."

밤낮없이 아버지를 기다리고 있던 어머니였지만 아들이 어딘가 나가는 일에는 이렇게 질색이었다. 남편처럼 자식이 집을 나가 버릴까봐 겁이 난 것이다.

다음날 아침 찬수는 지갑 속을 헤아려 보았다. 십여만 원의 돈이 있었다. 아무래도 읍내라도 나가 아버지 소식을 수소문해 보아야 할 것 같았다. 저고리를 걸치고 밖으로 나오자,

"어딜 갈라고 나왔냐?"

마당에서 콩을 털고 있던 어머니가 물었다.

"잠깐 바람을 쐬고 올라고요."

"행여라도 네 애비 찾아 나설 생각은 하지 마라."

"알았은께 걱정 마세요."

대답하면서 찬수는 집 밖으로 나왔다.

'떠날 작정이지요?'

바로 그제 밤 머리맡에서 물었던 아내의 말이 떠올랐다. 그러나 그는 지금 집을 떠나는 것이 아니었다. 바람을 쐬면서 한 뒤 사람 만나고 싶을 뿐이었다.

가로수에서 한 잎 두 잎 낙엽이 떨어지고 있었다. 바람이 그것들을 고기떼처럼 몰아가고 있었다. 이런 날 아버지는 어느 하늘 밑을 떠돌고 있는 것일까. 낙엽이 지고 있는데 마음이 외롭거나 황막하지도 않는 것일까. 눈앞에 아버지의 모습이 어른거렸다. 가만히 눈을 감았다. 그러자 아버지의 모습은 찬수 자신의 얼굴로 변해갔다. 다시 눈을 뜨자 원래 얼굴이 되어 구름 속에 떠올랐다.

어느 새 버스 정류장이었다. 차를 기다리는 사람은 아무도 없

었다. 한참만에 버스 한 대가 코끼리처럼 다가와 우뚝 멈추더니 삐걱 문이 열렸다. 찬수는 반사적으로 열려 있는 버스의 아가리 속으로 빨려 들어갔다. 그런데 막상 차에 오르고 보니 읍내가 아닌 엉뚱한 반대 방향으로 가는 버스였다. 안되겠다 싶어 차를 멈추게 할까도 생각했지만 어쩐지 용기가 나지 않았다.

부탁을 해서 '당신 미쳤소?' 하는 면박을 받고라도 멈추어 주면 좋지만 '다음 터미널에서 내리쇼' 하고 쏘아붙여 버리면 이쪽만 밑지는 장사였다. '에라, 모르겠다. 될 대로 되어라' 하고 물러앉아 눈을 감아 버렸다. 그러나 마음은 마냥 불안했다. 문득 이러다가 아버지처럼 집으로 돌아오지 못하고 떠돌이가 되어 버리는 것은 아닐지, 그게 걱정이었다.

"하지만 나는 가족들을 버려서는 안돼. 결코 아버지처럼 떠돌이가 될 수는 없어." 하고 중얼거렸지만 버스는 그의 그런 마음을 아랑곳하지 않고 달려가고 있었다. 그에게는 아무래도 버스를 멈추거나 방향을 바꾸게 할 만한 힘이 없었다. 이미 돌이킬 수 없는 곳으로 내던져진 돌멩이였다. 버스는 단풍이 오색으로 물든 산길을 달리고 있었다.

얼마 동안 달렸는지 몰랐다. 버스는 자그마한 몇 개의 도시를 지나 빌딩들이 키 겨루기를 하고 있는 S시의 정류장에 도착했다. 거기서 내려 터미널을 나선 찬수는 북적거리는 사람들에 의해서 거리로 밀려나왔다. 어디로 가야 할까 잠시 멈추어 서서 생각하였다. 아무리 생각해도 가야 할 방향을 잡을 수가 없었다. 잠깐 몸을 비껴 서서 방향을 모색해 보았다. 아버지를 찾아야 한다면 어떤 언덕거리가 있어야 할 텐데 그에게는 아무런 정보도 없었다. 중은 절에 가야 있고 물고기는 어물전이라는데 아버지를 찾기란 뜬구름 움켜잡기요, 또 하나의 아버지가 되는 길이었다.

가정에 돌아왔을 때도 아버지는 행적을 밝힌 적이 없었다.

"도대체 어디에 계시다 오셨소?"

하고 어머니가 물을 양이면

"그걸 알아 무엇해? 그저 바람 따라 돌아다니다 왔어."

"바람이 인도해 주었어요? 틀림없이 마음 준 여자가 있었겠지요?"

"여자라구? 그런 벼락 맞을 소리 하지도 말어. 여자라고는 당신밖에 모르고 살아온 사람인게."

"누가 알아요."

"나를 믿어 주어."

그런 약간은 갈등 섞인 대화를 주고 받은 다음 아버지는 아무 일도 없었다는 듯이 어머니를 돕거나 방안에 들어앉아 책을 읽었다. 그렇게 되면 어머니는 비로소 마음을 놓고 다시 밭으로 나가 일을 하기 시작했다. 그러나 아버지는 어느 사이에 마음이 변하여 어머니를 배신하곤 했다.

"찬수야, 너 아버지 못 봤냐?"

그날 학교에서 돌아오자 어머니는 처절한 표정을 지으며 물었다.

"못 봤어요. 엄마, 또 아버지가 나가셨어요?"

"이번에는 그러지 않을 줄 알았는데 기어이 나가 버렸구나. 아이고 내 신세야."

어머니는 한탄을 하다가 힘이 빠져 땅바닥에 주저앉고 말았다.

"엄마, 내가 찾아올께요."

찬수는 가방을 마루에 내던지고 밖으로 뛰어나갔었다.

"찬수야아, 이리 안 오냐아!"

아들마저 놓칠까봐 어머니는 한사코 뒤를 좇아오며 소리를 질렀다.

"왜 그려 엄마. 읍내라도 가보면 계실지도 모르는데…."

"너 같은 놈이 어떻게 찾아. 벌써 멀리 떠나 버렸다."

어머니는 아들의 팔을 붙들고 놓아주지 않았다. 그래서 나는 아버지를 찾아 떠나지 못하고 말았다.

찬수는 인파를 흘러가며 사람들의 얼굴을 살펴보았다. 그러나 그들 속에 아버지는 없었다. 비슷한 사람이 있기는 했지만 나이에 걸맞지 않거나 생김새가 달랐다. 눈이 작거나 코가 지나치게 크고 아니면 키가 작았다.

"저 사람일까?"

한참을 더듬다가 엇비슷한 사람을 발견하자 바짝 긴장하고 뒤를 밟았다. 꽤 빨리 발을 옮겼지만 따라붙을 수가 없었다.

"여보세요!"

숨을 몰아쉬며 다가가 불러대자 엉뚱하게 바로 앞을 걸어가고 있는 한쌍의 남녀가 흘깃 뒤를 돌아보았다. 막상 좇고 있는 사람은 그 소리를 듣지 못했는지 반응이 없었다.

"여보세요, 여보시랑께요!"

큰소리를 질렀다. 그러자 드디어 그 사내는 우뚝 걸음을 멈추고 고개를 돌렸다. 그러나 그는 아버지가 아니었다. 코가 유난히 크고 광대뼈가 우람하게 붉어진 망아지 같은 얼굴이었다. 아버지이기는커녕 비슷하지도 않았다.

"나를 불렀어요?"

사내는 불쾌한 표정을 지으며 퉁명스럽게 물었다.

"아니요, 아니구만요."

사내는 별 시러베아들놈 보았다는 듯 눈을 흘기며 허위허위 걸어가 버렸다. 찬수는 머쓱한 표정으로 그의 뒷모습을 바라보다가 고개를 떨구어 버렸다. 어느덧 빌딩 위에 걸친 태양이 저녁을 재촉하고 있었다. 의지할 곳 없는 나그네들이 난감해지는 시각이었다.

앞길이 막막했다. 어디로 갈 것인지, 잠시 망설이다가 역전을 찾아가기로 했다.

"여보시오. 역전으로 갈라면 어디로 가는가요?"

지나가는 사내를 잡고 물었다.

"저쪽으로 오백 미터만 가면 있습니다."

알려준 방향으로 한참을 걸어가자 우중충한 정거장 건물들이 나타났다. 광장을 지나 대합실로 발을 들여놓았다. 그 안에는 오만가지 형상을 한 사람들이 여기저기 무질서하게 웅성거리고 있었다. 승차권을 사려고 매표구가 열리기를 기다리고 있는 사람,

시커먼 의자 위에서 보따리를 기대고 잠을 청하는 사람, 아기에게 젖을 빨리고 있는 여자도 보였다.

열차시각표를 쳐다보았다. 그러나 그것은 열차를 타지 않을 사람에게는 아무 의미가 없는 장식일 뿐이었다. 다시 광장으로 나왔다. 승용차들이 헤드라이트를 비치며 광장을 돌아 나가고, 역사 앞으로 뚫린 골목에는 회색의 어둠이 배회하고 있었다. 골목 어귀에 있는 여인숙 앞에는 겨우 식별할 수 있는 빨간 간판이 매달려 있었다. 가로등 불빛을 받은 찬수의 얼굴은 유난히 창백했다. 어슬렁어슬렁 여인숙을 향해 발을 옮겨갔다.

"하룻밤 쉬어 갈 수 있습니까요?"

"혼자 주무시게요?"

입술연지를 짙게 바른 여주인이 침구가 그득하게 쟁여진 방안에서 아리송한 질문을 던져 왔다.

"예."

"두 사람이라도 좋겠어요?"

"아니어요. 나는 여자 필요 없어요."

도시의 여인숙에는 으레 몸을 파는 여자들이 득실거리고 있다고 들었기 때문에 그렇게 대답했다.

"저냥반이 누가 여자라고 했어요? 같은 남자끼리 자겠냐 말이어요."

"함께 자면 어떻게 되는데요?"

"숙박비를 삼분의 이만 내면 되니까요."

듣고 보니 숙박비를 한푼이라도 더 챙기기 위해서 한 소리였다.

"그렇게 해 주시오."

돈이 싸다는 말에 응낙해 버렸다.

"이리 들어오세요."

찬수는 주인의 뒤를 따라 여인숙 안으로 들어갔다. 음침한 복도를 따라 올망졸망한 방들이 잇대어 있었다. 어렸을 때 친구집에서 밤을 새거나 외갓집에서 며칠을 묵은 일은 있었지만 이런 곳에 들어와 보기는 처음이었다.

"이 방에 들어가 계세요."

"함께 잘 사람은 누굽니까요?"

"그야 와 봐야 하지만, 아마 역전에서 고무줄을 파는 분이 올 것이오."

금방이라도 바퀴벌레가 기어 나올 것 같은 지저분한 방이었다. 방안으로 들어간 그는 첫날밤의 새아씨처럼 불안한 마음으로 합숙할 사람이 나타나기를 기다렸다. 어떻게 생긴 사람일까.

보나마나 고무줄을 파는 신세이고 보면 온몸에 구정물이 흐르는 꾀죄죄한 위인이겠지만, 만일 남색을 좋아하는 놈이면 어쩌나, 걱정스러웠다. 소년 시절 동네 사랑방엘 놀러 갔다가 어기데데한 노총각 놈한테 붙들려 기절할 정도로 혼쭐이 난 일을 생각하며 찬수는 부르르 몸을 떨었다. 그것도 그것이지만 만일 밤중에 일어나 호주머니를 뒤질까 걱정스러웠다. 몇 푼 안되는 돈이지만 그것을 털리면 알거지가 되어 오도 가도 못하게 되어 버릴 것이기 때문이었다.

옳지 좋은 수가 있구나. 양말 바닥에 감추자. 찬수는 호주머니의 돈을 꺼내어 양말 바닥에 깔고 발을 꿰었다. 그러고 나서 윗목에 있는 이불을 끌어 당겨 몸을 덮었다. 온몸이 꺼져 들어갈 듯 지쳐 있었지만 정신은 점점 말똥말똥해졌다. 고무줄 장수는 왜 이렇게 돌아오지 않는 것일까. 가족들의 얼굴이 눈앞을 스쳐 갔다. 아내는 지금 남편이 떠난 사실을 알고 얼마나 슬퍼하고 있을까. 어머니는 아예 식음을 전폐하고 자리에 누워 버렸을 것이다.

똑똑똑…

밖에서 누군가 문을 두드렸다.

깜짝 놀라 몸을 일으키고 있는데 드르륵 문이 열리며 50대의 중년이 들어섰다.

"이 분하고 같이 주무세요. 좋으신 분이어요."

뒤따라온 주인은 밖에 서서 그 말 한마디를 남기고 사라져 버렸다. 사내는 등에 지고 온 배낭을 부려 놓더니 그 위에 저고리를 내던지고 털썩 주저앉으며 물었다.

"형씨는 고향이 어디시오?"

"장성이구만요."

"좋은 곳이로구먼. 어디를 가시는 길인데요?"

"어디를 가는 것이 아니라, 사람을 찾고 있구먼요."

"식구가 가출이라도 했어요?"

"집을 나가신 아버지가 돌아오지 않아서요."

"불효를 했구먼."

"불효라구요?"

찬수는 일격을 당한 기분으로 눈을 치켜 뜨며 물었다.

"그렇지 않구야 늙은이가 집을 버리고 나갔것소?"

"그런 말을 듣고 보니 마음이 요상해지네요."

"요상해지기는. 내말이 틀렸어요?"

"틀렸다기보다는 우리 아버지는 그런 것이 아니거든요."

"아무리 변명을 해도 그분에게는 말 못할 고충이 있었을 것이오. 가령 아들 모르게 며느리한테 구박을 받았다든지…."

"아니어, 그런 일 없었어요."

"그렇다면 나는 모르것은께 잠이나 자야것소."

사내는 시큰둥한 표정을 지으며 등을 돌려 버렸다. 눈치를 보건대 아무래도 자식들한테 버림을 받고 굴러다니는 신세인 모양이었다. 그러나 꼬치꼬치 사정을 물을 처지가 아니어서 망설이고 있는데, 어느 사이 사내는 들들 코를 골기 시작했다. 그 소리가 어찌나 요란하던지 잠을 이루지 못하다가 어렵사리 눈을 붙였지만 천둥소리에 놀라 눈을 뜨고 보면 사내의 코고는 소리였다.

"젊은 사람이 웬 늦잠인가?"

몸을 흔드는 바람에 눈을 떠보니 컴컴한 속에서 사내는 이미 옷을 차려 입고 밖으로 나갈 준비를 하고 있었다.

"벌써 날이 샜는가요?"

"날이 샌 것이 아니라 곧 점심 때가 가까워졌어."

그 말을 듣고 놀라 시계를 들여다보니 아홉 시가 넘어 있었다.

"나야 늦게 나가도 되는 사람이지만 자네는 가야 할 곳이 있을 것 같은디 빨리 나가 봐야제."

"저 역시 별로 갈 곳이 없는 사람이구만요."

"그렇더라도 아침은 먹어야제."

"그래야지라우. 어디 싸고 잘 해주는 디 있는가요?"

"있고 말고. 내가 주인 삼은 집이 있는디, 밥값도 싸지마는 저 육이 아니면 생선꼬리라도 밥상에 오르는 집인께."

"그렇다면 한 번 따라가 봅시다."

피나게 돈을 아낄 양이면 몇 끼니고 거르고 싶었지만 아침을 먹지 않겠다고 할 수는 없는 일이었다. 식당은 여인숙에서 그다지 멀지 않은 골목 안에 있었다.

"인자 떠나 봐야 하겠구만이라우."

아침을 먹고나서 찬수는 꾸벅 고개를 숙였다.

"어디로 갈라고?"

"가는 디까지 가볼 것이구만요."

"그려. 부모가 집을 나갔다는디 그대로 앉아 있을 자식이 어디 있겠어. 나는 항상 그 여인숙에서 잠을 자고 이 식당에서 아침저녁을 먹는 사람인게 여기만 오면 만날 수가 있어. 그럼 잘 가보시드라고."

"예, 다시 보게 될지도 모르것구만이라우."

찬수는 꾸벅 인사를 하고 방향도 없이 길을 나섰다.

5년 만의 귀가였다. 마을의 어귀에 들어서자 뒷산으로 오르는 언덕길에 있는 노송의 가지에 하얀 상여의 꽃술이 몇 가닥 너풀거리고 있었다. 상여가 지나간 지 며칠이 되지 않았는지 꽃술은

희고 깨끗했다. 문득 불길한 예감이 머릿속을 스쳤다. 어머니가 돌아가신 것은 아닐까? 찬수는 숨 가쁘게 걸음을 재촉했다. 어린 토종개 한 마리가 울 밖으로 뛰어나와 컹컹 짖어댔다. 그 동안 적 잖은 세월이 흘러 있었지만 집은 옛모습 그대로였다. 큰방과 그 옆에 붙어 있는 부엌, 그 옆에 딸린 윗방도 여전하였다. 문간 오 른 편에 있는 돼지우리와 닭장도 다름이 없었다.

"어머니이!"

만일 어머니가 나오지 않으면 어쩌나, 하는 걱정에 목소리가 떨렸다.

"어머니라니, 대체 누구라냐!"

방문이 열리면서 얼굴을 보인 것은 다행히도 어머니였다. 그 녀는 버선발로 뛰어내려 와 아들의 몸을 팔로 휘어 감았다.

"웬 소복이어요?"

찬수는 어머니의 품에 안긴 채 물었다.

"아버지가 돌아가셨단다."

그렇게 대답한 것은 부엌에서 뛰어나온 누님이었다. 아내와 종구의 모습은 보이지 않았다. 외가에라도 가 있는 것일까. 그들 일이 몹시 궁금했지만 경황 중이라 묻지 못했다.

"언제 돌아가셨어요?"

"출상한 지 닷새밖에 안되었다."

"애기 엄마는 어디 나갔어요?"

멈칫거리다가 기어이 묻고 말았다.

"아직 모르고 있었구나. 그것이 네가 집에 없는 사이 친정엘

간다고 하더니 돌아오지 않는구나."

"처갓집에 알아보지는 않고요?"

"제발로 간 사람이니까 알아보지도 않았다."

"하여튼 안으로 들어갑시다."

찬수는 여태 붙감겨 있는 어머니의 팔을 풀었다.

"그냥 들어가지 말고 영위에 인사나 올리고 들어가거라."

누님의 말에 새삼 아버지의 죽음을 깨달은 찬수는 윗방에 차려 놓은 상방으로 들어섰다.

顯考學生府君神位

지방 위에는 젊었을 때 찍은 아버지의 초상이 세워져 있고 상위에는 향로와 촛대, 술잔 한 개가 놓여 있었다. 찬수는 무릎을 꿇고 앉아 물끄러미 초상을 바라보았다. 슬픔은 느껴지지 않았다.

날카로운 눈과 훤칠한 이마, 여덟 팔자로 끝이 올라간 수염과 그리고 굳게 다문 입은 평소의 아버지보다 근엄해 보였다. 그러나 왠지 아버지의 죽음은 실감되지 않았다.

"술 한잔 올리고 인사 드리지 않고 무엇하고 있냐?"

누님의 그 말을 듣고 나서야 찬수는 향에 불을 붙인 다음 잔에 술을 따라 놓고 절을 올렸다.

"또 한 자리."

그는 쫓기듯 다시 한 자리를 올리고 그 자리에 털썩 주저앉아

216

버렸다. 가슴을 뚫어 오는 아버지의 눈빛이 매서웠다.

"나는 비록 평생을 떠도는 사람이 되어 버렸다마는 행여라도 너는 나 같은 사람이 되지 마라."

아버지는 찬수를 앞에 놓고 그렇게 타일렀었다. 그러나 그는 그런 당부를 좇지 않고 당신처럼 떠돌이가 되어 임종조차 하지 못했다.

"어디를 가 있으면 거처라도 알려 주어야 할 것 아니냐."

누님의 나무람이 날카로웠다.

"나는 아버지가 오신 줄을 몰랐어요."

"아버지가 돌아가셨는데 알릴 길이 있어야제. 동생댁이나 조카라도 있었다면 덜 쓸쓸했것다. 막상 우리끼리 초상을 당하고 보니 어렵더라."

방안 윗목에는 낡은 비닐 가방 하나가 놓여 있었다. 그것이 아버지의 유일한 유물이고 재산이라고 했다.

"저 안에 무엇이 들어 있어요?"

찬수는 호기심 많았던 어렸을 적 버릇을 고치지 못해 물었다.

"아무도 아직 열어 보지 않았다. 보나마나 안경에 책이나 몇 권 들어 있겠지야. 배우지 않았다면 그리 되지는 않았을 텐데, 공부가 원수지야."

어머니의 침통한 얼굴에는 눈물이 번져 있었다.

"다른 사람들은 다 공부해서 출세를 했다는디 우리 아버지는 어째서 그렇게 되었을께라우?"

보잘것없이 영락해 버린 집안 사정 때문에 마음에 든 신랑감을 고르지 못했던 누님은 아버지를 원망하고 있었다.

"다 시국 잘못 타고난 탓이지야."

어머니는 누구보다도 불만이 많은 분이었지만 남편에 대한 원망을 들으려 하지 않았다. 일제시대에는 치안유지법인가 무엇인가에 걸려 몇 년을 고생했고 해방이 되고 나서는 그때 자기를 잡아 놓고 고문한 자가 다시 득세하여 세상을 좌지우지하는 통에 그런 꼴이 보기 싫어 몇 마디 한 것이 꼬투리가 되어 시달림을 당하다가 세상을 등져 버렸던 것이다.

"아무리 그렇기로 식구들을 버리고 혼자 돌아다닌 분이 어디 있어요?"

"사람이 그러는 것도 팔잔갑드라."

어머니는 결국 아버지의 평생을 운명으로 돌려 버렸다. 어머니는 팔자라고 했지만 만일 그 운명이란 것이 확실하게 있는 것이라면 그것도 유전이 되는 것일까? 마음으로는 그러지 않는다면서 찬수는 저도 모르게 5년 동안이나 가족들을 버리고 온 천하를 떠돌지 않았던가. 당초의 어렴풋한 명분이야 아버지를 찾는다는 것이었지만 나중에는 유랑하는 맛에 절어 아버지의 전철을 밟고 말았으니, 그것을 두고 유전이라고 해야 할지. 하지만 아버지와 아들은 여러 모로 처지가 같지 않았다. 아버지는 일제하에서 고등교육을 받은 사람으로서 시대의 흐름에 발을 맞추지 못한 분이었고, 아들은 교육도 제대로 받지 못했을 뿐 아니라 시대적인 갈등도 없는 사람이었다. 가라는 군대 말썽 없이 다녀오고 날마다 농사를 지으며 시골에 묻혀 살아왔었다. 하지만 결국에 가서는 비슷한 길을 걷고 말았으니 역시 유전이라고 해야 할까. 막연하게 아버지를 찾는다는 구실로 집을 나간 후 건축현장, 도로 공사판, 목장, 양어장 할 것 없이 험한 일터를 떠돌며 뼈를 깎는 어려움을 마다하지 않았으니, 어찌 아버지로부터 방랑벽을 이어받지 않았다고 할 수가 있겠는가.

"가긴 무얼라고 가. 동생의 댁은 이미 바람이 나 버린 모양이드라."

아내를 찾으러 가겠다고 하자 누님이 한 말이었다.

"그래요? 하지만 그 사람이 집을 나간 것은 내 잘못 때문인께요."

"아무리 남자가 객지에 나가 있다고 여자가 어디 그럴 수가 있단 말이냐? 우리 어머니는 아버지가 평생을 떠돌아다녔어도 그런 일 없었다."

"시대가 많이 달라졌지 않아요, 누님."

"아무리 달라졌다고 이렇게 서방님이 멀쩡하게 살아 있고 자식이 있는디 바람이라니."

"알았어요. 그렇다면 그 사람은 놔두고 종구라도 찾아와야 하겠어요."

자기가 낳은 자식을 찾으러 간다는 데야 어머니나 누나도 말리지 못했다.

"빨리 돌아와야 한다."

손자를 볼 욕심이야 꿀 같았겠지만 아들을 보내는 어머니의 표정은 밝지 않았다.

그런데 막상 처가집에 도착해 보니 장모님의 대답은 쌀쌀했다.

"아무리 뱃속에서 나온 자식이라도 소식을 끊고 있으니 어떻게 알어?"

"그럼 장모님, 그 사람 돌아오면 꼭 기별해 주십시오"

그렇게 부탁할 수밖에 다른 도리가 없었다.

"떠돌이 생활 그만 두고 아주 돌아왔단 말인가?"

"그럼요. 앞으로는 절대로 나가지 않습니다."

"바깥사돈도 안 나간다 해 놓고 나가곤 했다 하데."

"그랬어요. 하지만 저는 아버님과는 달라요. 결코 앞으로는 떠나지 않을 거예요."

"그래, 앞으로는 다른 여자를 만나더라도 마음 잡고 잘 살아야지."

"다른 여자라니요?"

"우리 딸이 아니더라도 썩는 것이 계집 아닌가."

"아닙니다. 장모님, 저에게는 애기엄마밖에는 없습니다."

"하지만 잘못은 자네한테 있었으니까."

누님 말마따나 아내는 이미 팔자를 고친 모양이었다. 그렇다면 종구라도 찾아와야 할 텐데 행방을 모르니 막막한 일이었다. 아무래도 아내를 찾지 않고는 집으로 돌아갈 수가 없었다. 비록 얼마 살지 못하고 세상을 떠났지만 그렇게 오랫동안 떠돌았던 아버지도 돌아왔는데 아내에 대해서도 희망을 걸고 싶었다.

다시는 나가지 않는다고 다짐하고 돌아왔지만 아내의 가출은 또 하나의 방랑을 강요하고 있었다. 운명의 대물림이었다.

명색이 아내를 찾아 나섰다고 했지만 모래밭에서 바늘 찾기라 뾰족한 수가 없었다. 동가숙 서가식이라더니 이리저리 떠돌다가 기착한 도시의 골목에서 쇼윈도우 안에 있는 마네킹에 마음이 끌려 이렇게 바라보고 있는 것이었다. 그것도 한 번이 아닌 벌써 며칠째, 완만한 선을 그으며 흐르다가 골무 끝처럼 수그러든 코와 자기만을 바라보고 있는 것 같은 매혹적인 눈매가 그의 마음을 사로잡았다. 몸에 걸친 연한 하늘색 드레스도 마음을 시원하게 했다. 윈도우 안에는 두 개의 마네킹이 있었는데 그 중에서도 왼켠에 있는 것이 더욱 좋았다. 흡사 아내의 얼굴과 닮았기 때문이었다.

공사판에서 일을 마치고 돌아가다가 처음 목격했을 때는 참으로 예쁘구나 하고만 느꼈었는데 두 번, 세 번 보는 사이 흠뻑 빠지게 되었다.

남루한 옷차림으로 멋쟁이들만 드나드는 양장점 앞에 서서 윈도우 안을 바라보는 일은 그다지 쉬운 일이 아니었다. 점포를 드나드는 손님들이 힐금힐금 쳐다보다가 눈살을 찌푸리는 경우도 있고, 한 번은 지나가는 오토바이에 다치기도 했다. 그러나 아무리 마네킹이 예쁘기로 아내 같기야 하겠는가 마는 꿩 대신 닭이라고, 마네킹이라도 보지 않고는 편안한 잠을 청할 수가 없었다.

"오늘은 쬐끔만 보고 들어가야제."

그렇게 다짐하고 점포 앞에 서 있는데 저쪽에서 제복을 입은 순경이 한 사람 나타나더니 슬금슬금 다가왔다.

"여보시오, 당신 거기서 무엇하고 있소?"

불쑥 물어 왔다.

"아니어요, 저어….”

"신분증 좀 봅시다."

순경은 손을 내밀었다. 아마도 날마다 수상한 자가 양장점 앞에 나타난다고 누군가가 신고를 한 모양이었다. 찬수는 떨떠름한 마음으로 부들부들 손을 떨며 주민등록증을 꺼내었다.

"직업이 무엇이오?"

"나 같은 놈팽이야 무슨 할 일이 있겠소. 공사판에서 품이나 들고 있지요.”

"그런 분이 왜 날마다 남의 양장점 앞에 와서 서 있는거요?"

"부끄러워서 말하지 않을라고 했는디, 그냥 말해버릴께라우. 다름이 아니고라우. 저기 있는 마네킹인가 인형인가 하는 것이 너무 이뻐서라우.”

"마네킹이 이뻐서 그랬다고요?"

"그래라우.”

"허허허허."

"호호호."

어이가 없다는 듯 순경이 웃어 버리자 뒤에 섰던 구경꾼들도 웃음을 터뜨려 버렸다. 찬수는 얼굴이 달아오르고 무참하여 도망치듯 그 자리를 빠져 나와 버렸다.

다시는 그런 곳에 가지 않으리라 다짐을 했다. 그러나 며칠이 지나자 또 마음이 동하여 참을 수가 없었다. 만일 그때 파출소까지 끌려가 톡톡히 혼줄이 났더라면 그러지 않을 텐데 며칠이 지나자 다시 허가라도 받은 사람처럼 아무렇지도 않게 마음이 움직이기 시작했다. 그러나 조금은 조심해야 할 것 같아 먼발치서 주인이나 순경이 없는지 동정을 살피다가 슬금슬금 다가갔다. 오늘은 마네킹이 무사하다는 것만 확인하고 돌아갈 참이었다.

옷매무새를 고치고 윈도우 앞으로 걸어가던 그는 양장점의 문을 열고 나오는 한 여자와 눈이 부딪히자 혼이 나간 사람처럼 그 자리에 얼어붙어 버렸다. 상대방 여자도 적잖이 놀란 기색이었다. 여자는 찬수를 물끄러미 바라보다가 천천히 입을 열었다.

"혹시라도 저어, 김찬수씨 아니신가요?"

"예, 그런디요…?"

이미 아내란 것을 알았지만 차마 아는 체하기가 어려웠다.

"맞구마. 당신이구만요. 그런데 어째서 이런 곳에서 서성거리고 있소?"

"어째서라니. 저 안에 있는 마네킹을 보고 있었소."

"마네킹을요?"

"그렇다니까. 저 마네킹은 종구엄마를 닮았어요. 그런데 여기는 어쩐 일이오?"

"당신은 아버지를 찾다가 그분이 돌아가시니까, 이제는 나를 찾고 있었군요. 어서 절루 갑시다."

찬수는 이삿짐 뒤의 강아지처럼 아내의 뒤를 따라 걸어갔다. 아내는 앞장서 한참을 걸어가다가 네온사인 반짝거리는 거대한 건물 앞에 발을 멈추었다.

"들어갑시다."

"이런 옷차림으로 어떻게 들어간단 말이오?"

"상관없어요. 사람은 제 멋으로 사는 것이지, 남의 눈치나 보고 살다가는 살아남지 못해요."

홀 안에는 많은 사람들이 어울려 춤을 추고 있었다.

"우리도 나가 봅시다."

"나는 춤도 못 추는 사람인데 어떻게 나갈 것이여. 못 나가."

"상관없어요. 어서 나와요."

아내는 우격다짐으로 찬수를 끌고 사람들 속으로 들어가 무도장을 돌기 시작했다. 그는 어쩔 수 없이 아내를 따라 캥거루 걸음을 쳤다. 발을 헛디뎌 비틀거리고 남의 발등을 밟기도 했지만 시간이 흐르면서 차차 익숙해지자 그렁저렁 분위기를 맞추어 갈 수가 있었다.

한참 동안 침묵하고 있던 아내가 입을 열었다.

"그 동안에 많이 돌아다녔지요?"

"……"

찬수는 대답하지 않았다.

"나도 당신을 찾아 많이 방황했어요. 하지만 이제 종착역에 왔어요."

아내는 촉촉하게 젖은 볼을 비벼대며 말했다.

낙엽으로 떠돌다가

돌아갈 곳은 흙이라네
세월은 바람이고
인생은 낙엽
......

    한 사람의 가수가 마이크를 잡고 정감 넘치는 노래를 부르고
있었다. 자꾸만 헛디뎌지기는 했지만 찬수는 리듬을 따라 발을
옮기며 이제 이 도시를 떠날 때가 되었다고 생각했다. 어디로 가
야 할까, 세상은 넓고 갈 곳은 많았다. 그러나 시간이 흘러 텅빈
홀을 나오며 그가 느낀 것은 세상이 너무 좁아 갈 곳이 없다는 것
이었다.

율도를 아시나요

항만의 잔물결을 스쳐온 비릿한 갯바람이 울긋불긋한 깃발과 옹배기 함지박을 안고 모여 앉은 아낙들의 등을 어루만지며 건너왔다. 오후 다섯 시 가까운 여객터미널은 배를 타려는 사람들로 붐비고 있었다. 손에 손에 짐 보퉁이를 든 사람들이 여행을 떠나는 학생과 유람객들을 무례할 만큼 거칠게 밀어젖히며 여객선 위로 올라가고 있었다. 그들의 손에는 자식들에게 입힐 옷가지와 고기잡이나 해초를 걷어올리는 데 쓰이는 기구, 앞으로 다시 뭍으로 나오도록까지 여남은 날을 버텨야 할 반찬거리인 무, 배추, 파, 당근 다발이 들려 있었다.

정말 막막했다. 태수는 아직 배표를 사지 못하고 있었다. 이유는 목적지를 찾지 못했기 때문이었다. 첫 번 창구로 가서 한참동안 더듬어 보다가 다음 창구로 갔지만 그곳에서도 역시 확인하지 못하고 말았다. 찾고 있는 섬은 그 어느 곳에도 없었다. 일단 표사는 일을 보류하고 매표구를 떠났다. 이제는 매표원이 아니라 승객들에게 물어볼 도리밖에 없었다.

"여보세요. 여보세요!"

눈앞을 스쳐 가는 한 청년을 붙잡았다.

"왜 그러시오?"

"저어, 말씀 좀 묻겠어라우."

"무슨 말이오? 바쁜께 얼렁 말씀 하씨요."

"예, 저어 그런디, 율도라는 섬 아시오?"

그는 이름조차 알지 못하는 어머니의 고향을 찾아 나선 것이었다. 어머니는 헤어지기 전에 자주 당신의 고향 이야기를 했지만 짚어서 그곳이 어떤 이름의 섬이라고는 밝힌 적은 없었다. 그녀의 이야기를 통해 그의 머릿속에 각인된 섬은 원래 이름이 하나가 아니었다. 원두막 아래 널려진 참외처럼 수가 많았다. 어쩌다가 한 개의 이름이 붙여졌다가도 오랜 세월이 흐르는 동안 다른 이름으로 바뀌어지고, 다시 새로운 이름을 얻곤 했다. 그러다가 요새 와서 드디어 그럴싸한 이름을 달고 탄생한 것이었다. 율도였다. 「홍길동전」에서 주인공인 홍길동이 건너가 이상국을 건설했다는 섬이었다. 그 섬이 요상하게도 근자에는 어머니의 고향과 경계를 허물어 하나의 형태로 융합해 버림으로써 목적지는 자연히 율도가 되어 버렸다.

"율도라구요. 어디선가 들어보기는 한 이름 같긴 한데… 하여튼 여기에는 그런 곳으로 가는 배가 없어요."

"배는 없더라도 섬이 어디라는 것만 좀 알려 주세요."

"글쎄라우… 아이고, 아무리 생각해도 모르것소. 나 지금 배 시간 되어서 바빠라우."

청년은 안달하는 태수를 뿌리치고 매표구 쪽으로 달려가 버렸다.

"여보시오."

이번에는 허겁지겁 스쳐가고 있는 한 중년의 아낙네를 붙들었다.

"멋인가요?"

"혹시라도 율도를 아십니까?"

"율도라고라우? 나는 그런 섬 몰라요."

"그럼 이름도 못 들어 봤나요?"

"워메, 바쁜디 귀찮은 거어. 나는 그런 이름 듣지도 보지도 못했어라우."

뿌리치듯 내지르고 휑하니 달아나 버렸다. 젊은 사람이나 여자보다는 나이든 사람이 듣고 본 것이 많을 것이다 싶어 이번에는 일흔이 넘어 보이는 백발노인의 팔을 붙들었다.

"왜 이래 싸?"

"저어, 율도라고라우, 그 섬을 아시나요?"

"율도라고? 거시기 병조판서 홍길동이가 나라를 세워 임금이 된 섬 말이제?"

"맞아요, 맞아. 노인장께서는 그 섬을 알고 계시는구려."

"어떤, 나는 몰라. 홍길동전을 읽고 그 섬이 어딜까 하고 많이 연구는 해 봤는디, 알 수가 없었어. 혹시 저어그 중국 땅에 있는

지는 몰라도… 아이고 나 봐라 배 떨키것다."

그쯤 말하다가 중단하고 노인은 철부선을 향해 천방지축 뛰어가 버렸다. 홍길동과 율도에 대해서 그 정도의 상식을 갖고 있는 분이라면 좀 더 붙잡고 무언가 상세한 것을 캐낼 수 있을 것 같았지만 너무나 갈 길이 급한 것 같아 포기해 버렸다. 태수는 닭 쫓던 개처럼 멍청하게 노인의 뒷모습을 바라보다가 대합실로 돌아와 다시 한 번 여객선 시각표를 살펴보았다. 완도 진도 홍도 임자도 도초도 암태도 흑산도… 이렇게 섬들이야 너절하지만 아무리 훑어보아도 율도는 눈에 띄지 않았다.

"율도를 아시나요? 율도가 어딘지 아십니까?"

"몰라요."

"없어요."

대답은 한결 같았다. 그래도 그는 포기하지 않고 묻고 돌아다녔다.

"율도를 아십니까?"

"저 사람 정신이 좀 이상하구먼. 있지도 않은 섬을 어쨌다고 저렇게 찾고 돌아댕기지?"

숙덕숙덕 흉을 보다가 대 놓고,

"당신 미쳤소? 시끄러운께 저리 가시오."

하고 가슴을 밀어버리는 사람도 있었다. 그러나 태수에게는 그런 숙덕거림이나 비난이 귀에 거슬리지 않았다. 오로지 돌아가신 어머니가 태어나서 성장했다는 그 섬을 찾는다는 일념뿐이었다.

새벽닭 우는 소리가 상기 어둠의 허물을 벗지 못하고 있는 대지의 하늘을 헤엄쳐 건너가면 뭉클한 두려움이 슬금슬금 창틀을 기어 넘어와 가슴을 적셨다.

컹컹컹 컹컹컹.

닭울음소리가 잦아들면서 개 짖는 소리가 들렸다.

"엄마! 무서워."

태수는 두려움으로 몸을 떨며 옆에 있는 어머니의 품으로 파고들어갔다. 개 짖는 소리는 아래뜸에서 윗뜸으로 염병처럼 번져 올라왔다.

"머리까지 이불 흠뻑 뒤집어쓰고 가만히 누워 있거라 이."

"그래도 무서워. 저 봐, 발소리 난다."

"그런께 가만히 있으랑께."

엄마의 목소리는 떨리고 있었다.

뚜벅뚜벅.

발소리는 마당을 가로질러 오고 있었다.

텅텅.

마루에 올라서는 소리였다. 태수는 어머니의 가슴에 손을 얹은 채 귀를 기울였다.

"문 열어."

그러나 어머니는 모른 척 숨을 죽이고 있었다.

"문 열라니까."

문고리를 잡아당기며 소리를 질렀다. 찰칵찰칵 흔들어댔다.

안으로 잠겨진 문짝이 금방 부숴져 버릴 것 같았다.

다급하게 되어서야 어머니는 마지못해 몸을 일으키며 물었다.

"누구시오?"

"지서에서 왔소. 어서 문을 열어요."

"당신들이 지서에서 왔는지, 산에서 왔는지, 도둑인지 어떻게 알아서 함부로 문을 열 것이오?"

오들오들 떨고 있는 푼수와는 달리 어머니의 목소리는 다부졌다. 며칠 전에도 지서에서 왔다고 자칭했던 사람들은 순경들이 아니라 밤손님들이었고, 그들은 몸이 아프다고 버티는 남편에게 동네에서 거두어들인 양식을 짊어지게 하고 떠나 버리지 않았던가. 그런데 다시 순경을 자처하는 자들이 나타났으니 악이 받칠 수밖에 없었다.

"씨팔년 빨리 안 열어? 빨갱이들한테 밥해 주고 양식 내준 것다 알고 있어. 문짝을 콱 부서부릴랑께."

어쩔 수 없이 어머니가 옷매무새를 고치고 일어나 문고리를 따자 두 개의 시커먼 등신이 문 앞을 가로막았다.

"네 서방놈 어디 갔어?"

"몰라라우."

"모르다니? 날마다 함께 사는 여자가 서방놈을 모르면 누가 알어?"

"아무리 서방이라도 모르는 것을 어쩔 것이오?"

"빨갱이 따라갔지?"

"따라간 것이 아니라 잡혀갔소."

"개 같은 소리 말고 서방 간수 잘 해야제."

사내들은 신발째 방안으로 들어와 전등으로 구석구석 살폈지만 이미 떠나고 없는 사람이 발견될 리 없었다. 그들이 수색을 포기하고 밖으로 나간 다음 마을 앞에서는 개 짖는 소리가 멀어져 갔다.

"이런 일을 당하고 있는지도 모르고 느그 압씨는 지금 어디서 무엇을 하고 있을 거나. 깊은 산중으로 끌려간 것 같은디, 그렇게 되면 죽지 살아 돌아오지는 못할 것이다. 느그 애비 없으면 나는 못 산다."

토벌대가 물러가고 바깥이 조용해지면 어머니는 포장으로 문을 가리고 호롱불 앞에 쪼그리고 앉아 소설책을 읽었다.

소인이 일찍 부생모육지은父生母育之恩을 만분지일이라도 갚을까 하였삽는데 불의지인이 있사와 상공께 참소하고 소인을 죽이려 하오매, 겨우 목숨을 부지하였사오나 상공을 오래 모실 수 없삽기로, 오늘 상공께 하직을 고하나이다…

이때 율도국이라는 나라가 있는데, 지방이 수천리요, 사면이 막혀 정히 금성천리요, 천부지국이라…

낮 놓고 기역자도 그릴 줄 몰랐던 어머니는 아버지를 만난 후로 언문을 해독하여 이런 책들을 즐겨 읽게 되었다고 했다. 「춘향전」, 「홍길동전」은 그 중에서도 가장 좋아하는 책이었다. 아침에 일어나자 그때까지 밤을 새워 책을 읽고 있던 어머니는 책갈피를 덮으며 말했다.

"네가 홍길동이라면 얼마나 좋겠냐. 당장 달려나가 네 아버지를 살려낼 수 있을 것인디."

"엄마, 홍길동이가 누구여?"

"홍길동이는 둔갑술을 부려 탐관오리를 때려잡고 그들의 재산을 빼앗다가 가난한 사람들한테 나누어주고 정승판서 된 데다가 살기 좋은 섬을 찾아가서 나라님이 된 사람이란다. 그런 인물이 된다면 얼마나 좋겠냐?"

"나라님이요?"

"그래, 먼 섬나라의 임금이란다."

"그 섬이 어디 있는디요?"

"남쪽 먼 바다 속에 있는 섬인디, 옛날 내가 나서 자란 고향도 그런 섬이었단다."

"엄마가 섬에서 났어? 그러면 그 섬 이름이 뭐여?"

"알아서 뭣하게. 너는 알 필요 없다. 나는 가고 싶어도 그 섬에 못 간다. 너도 가서는 안 되는 곳이고."

"왜 안돼?"

어머니가 기피할수록 호기심이 동했다.

"어머니가 너무 큰 죄를 짓고 나온 섬이니까 그렇단다."

"그럼 엄마가 죄인이게. 아니여, 죄인 아니여."

"네 아버지는 기왕지사 날 데리고 나와 살 양이면 좀 더 넓은 대처에다 터를 잡을 일이지, 이런 산중으로 들어왔다가 결국 잽혀가고 말았구나."

터를 잘못 잡은 일을 두고 아버지를 탓했다. 만일 이런 산중 골짜기가 아니었다면 밤낮으로 주인이 바뀌면서 고통 당하는 일은 없었을 것이다.

있을 거야. 자고로 책에도 잘못된 곳이 있다는 말이 있지만 그 책만은 거짓말을 하지 않았을 거야. 손바닥에 쥐고 있는 물건이 무엇인지 모르는 경우가 있는 것처럼 자기들이 살고 있는 곳이 어디인지 모르고 있는 사람이 많아. 율도라는 섬이 이 세상에 없을 리가 없어.

태수는 사람들이 빠져 나가 버리고 헤실바실해진 대합실의 한 구석에 놓인 의자에 엉덩이를 내렸다. 데친 나물처럼 몸이 흐물흐물하고 거동하기가 무거웠다.

"내가 방향을 잘못 잡았을까?"

그러나 남쪽이라고 했으니 다도해일 수밖에 없었다. 그래서 얼마 전에는 여수에서 배를 타고 보름 동안이나 이곳저곳 찾아 헤맸지만 허탕을 쳤고 오늘은 광주를 거쳐 목포로 내려온 것이었다.

"여기 있었구나."

고개를 떨구고 생각에 잠겨 있는데 머리 위에서 반가움을 이기지 못하는 목소리가 들렸다. 쳐다보니 바로 십 분 전에 헤어졌던 노인이었다.

"어르신이시군요. 어째서 떠나지 않고 돌아오셨어요?"

"자네가 마음에 걸려 아무래도 떠날 수가 없었다네."

"지가 어떻게 보였기에요. 저 때문에 돌아오시다니 이를 어쩐 다요."

"나는 괜찮네마는, 자네는 도대체 어쩌자고 그러는지 모르겠 어."

노인의 표정은 걱정스러움으로 가득했다.

"그나저나 여기 좀 앉으세요."

어찌 되었건 외롭던 판에 동무가 생겨 다행이었다.

"자네는 있지도 않은 그 섬을 끝까지 찾아 댕길 작정인가?"

"예, 있거나 없거나 간에 끝가는 데까지 찾아 볼랍니다. 그러 지 않고는 직성이 풀리지 않으니까요."

"그 섬을 찾아 무엇 할라고 그래?"

"무엇을 한다는 것이 아니고요. 돌아가신 어머니가 그리워했 던 섬이니까요."

"어머니가 어째서 그 섬을…?"

"거기가 고향이었대요."

"율도가 고향이라구?"

"예, 하지만 어머니는 확실하게 율도라고 말한 적은 없고요."

"지도에도 없는 섬이니까 율도일 수는 없고 다른 어떤 섬이겠 지. 하지만 그분이 이미 돌아가셨다면 찾아서 무얼 하겠는가."

"어머니는 난리 통에 자꾸만 그 섬 이야기를 했는데 죄를 짓고 나온 처지라 돌아가지 못한다고 했어요."

"무슨 죄를 지었기에?"

"몰라요. 다만 죄를 지었다고만 했응께요. 그래서 더욱 궁금해

236

라우. 만일 그 섬을 찾는다면 어머니의 비밀을 알게 될 것이구면 이라우."

"비밀은 알아서 뭣해? 차리리 덮어두는 것이 낫지."

"죄인이라는 이름이 붙었다고 해서 다 죄인이 아니라, 사람들 중에는 옳은 일을 하고도 죄인이 되는 수가 많지 않은가요."

"그런 생각을 하는 것 본께, 자네는 그저 밥 먹고 똥이나 싸는 평범한 사람이 아닌 것 같네 그려."

"어떤이요. 평범하지 않으면 나 같은 것이 중뿔난 수라도 부릴 수 있답니까요. 구박받고 서럽게 살아온 사람인데."

"어떻게 살아왔기에?"

"이십 년 동안 일했던 직장을 쫓겨났습니다."

"왜, 사고라도 쳤는가?"

"그런 셈입니다."

"파업을 주동했던 모양이구면."

"예, 뭐 아니, 그런 건 아니고요."

"다 알어. 자네 얼굴에 과거지사가 다 그려져 있어."

억울한 처지에 있는 동료들을 돕는다는 게 탈이었다. 법이라는 올가미와 회사가 쳐 놓은 그물은 끝내 그에게 철창생활이라는 아픈 고통을 겪게 한 다음 밥통마저 떼어 버리고 말았다.

"아무튼 그 섬을 찾으면 거기에다 자리를 잡을까 하는구면요."

"그래도 도시에서 버텨 보는 것이 낫지. 거기 간다고 뾰족한 수가 있을 리 없네. 섬에 사는 사람들도 다 뭍으로 나오는 판인데⋯."

"그래도 섬이라면 사람들이 순진해서 남을 억누르고 빼앗고 속여먹는 사람이야 적을 것 아닙니까."

"사람 사는 곳은 어디나 마찬가지여. 순박한 사람들이 사는 곳에서는 그 사람들을 못 살게 굴면서 속여먹는 사람이 더 많이 나오게 되어 있어. 나 역시 젊은 시절 섬에서 죄를 짓고 나온 사람이지만."

"어르신이 죄인이라고요?"

태수는 어머니를 생각했다. 그녀 역시 죄를 지었다고 했다. 무슨 죄를 지었기에 그런 말을 하는 것일까. 노인의 얼굴을 쳐다봤다. 어디선가 본 듯한 얼굴 같지만 그것이 방금 그려진 인상인지 해묵은 기억인지 분간할 수가 없었다. 사람이란 사귄 지 얼마 되지 않고서도 백년지기처럼 느껴지기도 하고 구교도 새로 만난 사람처럼 착각하는 수가 있는 법이니까. 그의 머리 속에는 과거와 현재가 혼재되어 분간되지 않았다.

"배가 다 끊겼을 텐데요. 그런데 참, 어르신은 오늘밤 어디서 주무실 작정인가요?"

"이왕지사 이렇게 되었으니 대합실에서 새우잠 자고 내일 아침에 떠날 작정이네. 나는 항상 그래 온 사람이지만 자네는 어쩔 셈인가?"

"여인숙으로나 갈까 합니다. 그런데 어르신! 어르신께서는 혹시라도 제가 자살이라도 할 사람으로 보이던가요? 갈 길을 떠나지 않고 돌아오실 정도였으니 말입니다."

238

"그렇게 물으니까 말인데, 내 눈에는 자네가 아무래도 심상치 않은 사람으로 보였어. 있지도 않은 섬을 찾는다는 것부터가 이상하기도 하지만, 그 섬을 찾지 못하면 끝에 가서 큰 일을 저지를 것 같은 생각이 들더란 말이시. 아무래도 그대로 놓아둘 수가 있었어야지. 나는 지난 날 소설책을 많이 읽었는데 있지도 않은 사람을 찾는 이 중에서는 이승과의 인연을 끊은 이가 많았어. 실체가 없으면서 눈에 보이는 것은 허깨비 아니고 무엇이겠는가? 그런데 그 허깨비를 찾는 사람이 어디 온전한 사람이것는가."

"어떤 소설을 읽으셨는데요?"

태수는 소설책을 읽었다는 말에 귀가 번쩍 틔었다.

"나는 젊은 시절에 소설책을 싸 들고 섬으로 들어가 그것을 사람들한테 읽어주고 돌아다니는 사람이었네. 그때 읽었던 책들이야 많았지. 말하자면 춘향전 흥부전 같은 고대소설이 많았는데, 「추월색」, 「사랑을 위하여」라는 신소설도 있었고, 그러다 보니 이광수의 「무정」이나 이태준의 「제 이의 운명」 같은 것도 읽을 기회가 있었다네. 그런 소설들을 읽고 나면 앞이 훤하게 틔어 앞날을 내다볼 수 있는 힘이 생기드라, 그 말이시."

고대소설 신소설 할 것 없이 소설책은 모두 표지가 울긋불긋했다. 그렇게 화려하게 장정된 책들을 한 보따리 싸 들고 섬으로 들어가 밤마다 동네 사람들을 모아 놓고 낭랑한 목소리로 소설을 읽기 시작하는데, 춘향전 옥단춘전 임진록 류충렬전 흥부전 사씨남정기… 마을 사람들은 사내 아낙 할 것 없이 방안 가득 들어앉아 밤 깊은 줄을 몰랐다. 춘향이가 옥에 갇힐 때는 애통해서 한숨

짓고, 어사또 출도 때는 뛰어 일어나 엉덩이 흔들며 덩실덩실 춤을 췄다. 진서眞書는커녕 언문조차 깨친 사람이 없는 섬구석에서 아기자기하고 재미있는 이야기책을 읽어 주는 나그네는 우상이었다. 벼랑 타기처럼 아슬아슬하고 가뭄에 소나기처럼 후련한 이야기를 듣고 있다가 해가 동산에 솟은 다음에야 아침 일을 위해 뿔뿔이 흩어져 가는 때도 있었다.

"오늘 밤 다시 봅시다."

미련을 남기고 떠나간 그들은 밤이 되면 다시 이야기 방을 찾아들었다. 그렇게 며칠 동안에 걸쳐 가지고 간 책을 다 읽고 나면 마을사람들은 보리쌀과 밀, 콩 나부랭이를 거두어다가 돈과 바꾸어 주었다.

"선상님, 내년에 또 더 좋은 책 많이 가지고 오시오이."

보내기가 섭섭해서 동구 앞까지 나오는 사람, 선착장까지 따라나와 배가 보이지 않도록 바라보고 서서 눈물을 닦는 사람도 있었다. 배가 없을 때는 직접 고기잡이배로 목포나 남창, 여수까지 태워다 주기도 했다.

"어르신, 어디 가서 국수 한 그릇씩 합시다요."

태수는 노인을 붙들어 일으켜 한길 가에 자리잡은 포장마차로 들어갔다. 포장 안에는 벌써부터 몇 사람의 손님이 거친 널빤지에 앉아 막걸리를 마시고 있었다.

"저 때문에 배를 타지 못해서 어쩌지요?"

"내 걱정일랑은 하지 말게. 나는 별로 급한 사람이 아니네."

"오늘은 어떤 섬으로 가는 배를 탈 참이었던가요?"

"몽유도였네."

"그 곳이 고향인가요?"

"아닐세. 젊어서 소설책을 짊어지고 돌아다닐 때 잠시 머물렀던 섬이었네."

인심이 좋은 데다가 벌이도 쏠쏠해서 거듭 이태째 들어갔다가 그만 일을 저지르고 말았다. 야밤중에 도망해 나오긴 했지만 그래도 잊을 수가 없어서 찾아가려고 벌써 십 년째 이렇게 항구로 나와 서성거리다가는 차마 배를 타지 못하고 돌아가곤 했다고 했다.

"하지만 진즉 젊어서 가보시지 않고요?"

"워낙 큰 죄를 지었던 곳이라, 작심하고 나갔다가도 마음이 저려 그냥 돌아와 버리곤 했었네."

"혹시 사람의 목숨이라도…?"

"아닐세. 살인을 한 것은 아니고 어쩌다가 과부도 아닌 남의 새댁을 상관하게 된 것이 그만 들통이 나서 그렇게 되었었네."

벌써 두 병째 부른 소주가 반쯤 줄어 있었다. 홍안백발이라더니 술기운이 올라온 노인의 얼굴에는 불그스름 화색이 돌면서 갑자기 말수가 잦아졌다.

"식구들은 지금 어디에 있습니까요?"

"식구라고? 흩어지고 없어."

"어째서요?"

"모두가 난리 때문이었지."

산으로 들어갔다가 나와 보니 온 동네가 잿더미로 변해 있었다. 가족들을 찾았지만 아는 사람이 있기는커녕 수소문할 길도 없었다. 아내는 어디론가 끌려갔다고 하니 필경 죽임을 당했기 십상이고 비록 핏줄이 닿은 것은 아니지만 아들놈 역시 찾을 길이 없었다.

"빨치산 노릇을 했군요."

"말하자면 그렇게 되었지 뭔가. 밤손님들이 내려와 식량을 지고 올라가자고 해서 따라갔는데 중간에 소문을 들어보니 집이 타버리고 식구들이 풍비박산되었다는 것이었네. 그래서 그대로 산속에 눌러 앉아 버렸어. 화학산에서 시작하여 백운산 지리산 어느 골짜기 들어가 보지 않은 곳이 없고 타보지 않은 능선이 없었네. 여러 날을 그렇게 토벌대에게 쫓기다가 사방을 둘러보니 살아남은 것은 나 혼자뿐이드라 마시. 그래서 산을 내려와 한 농가에 들어가 사정을 이야기했더니 옷 한 벌을 내 주데. 그걸 얻어 입고 충청도로 올라가 머슴살이를 시작했어. 그렇게 십 몇 년을 지내다 보니 나는 결국 이 세상에서 잊혀진 사람이 되어 있었네. 지금이라도 법에서 그런 사실을 안다면 가만히 두지 않을 것이네."

"젊어서 소설책을 읽으러 가신 곳은 어디였던가요? 설만들 율도는 아니었겠지요."

"이 사람아, 율도 율도 하지 말라 마시. 율도는 이 세상에 없는 섬이라니까."

노인은 자꾸 율도를 지워 버리려 했지만 태수의 마음속에 있는 어머니의 섬은 율도였다. 그의 의식은 율도를 붙들고 놓지 않고 있었다.

집이 불타고 있었다. 거의 매일처럼 밤손님들이 내려와 밤을 새우고 가자 토벌대는 끝내 온 마을에 불을 지르고 나서 그때까지 오갈 데가 없어 붙어 있는 주민들을 모조리 쫓아내 버렸다. 그런 소용돌이 속에서 어머니는 빨갱이와 내통했다는 이유로 어디론가 끌려가 버리고 여섯 살 난 태수는 어머니를 잃고 연기 자욱한 골목에서 울고 있었다. 그때 한 사람의 군인이 다가와,

"이 자석 와 이케 혼자 울고 있나. 숯이나 구워먹고 사는 산골놈 치고는 꽤 귀엽게 생겼데이. 우리가 그냥 싣고 가자."

이렇게 해서 트럭에 실리게 되었고 곧 고아원에 수용되었는데 자식 없는 노부부가 나타나 양자 삼아 기르겠다고 했다. 나름대로 편안하고 행복한 나날이었다. 학교도 다닐 수 있었다. 국민학교를 졸업할 무렵 노부부가 연이어 세상을 떠나자 친척 한 사람이 나타나 그 집을 차지하고 구박을 하기 시작했다. 학교는 중단되고 밥도 제대로 주지 않았다. 집을 뛰쳐나와 유랑이 시작되었다.

"어르신 정말 율도가 이 세상에 없을까요?"

"나도 만물박사가 아닌 다음에야 확실한 것을 알 수가 없지. 허기야 기연시 그렇게 찾으라고 마음먹은 사람한테는 나타날 수도 있다지만. 어떤 일이고 간에 간절히 소원하면 이루어진다고 했은께."

"그럴까요? 만약 그 섬을 찾지 못하면 나는 갈 곳이 없습니

다."

"그래서 내가 차마 배를 타지 못하고 돌아왔다고 하지 않는가. 어디론가 젊은이를 인도해주어야 한다고 생각했어. 배가 떠나려 하는데 자꾸 자네 얼굴이 어른거리드란 마시. 하여튼 눈빛이 요 상했어. 쇠다리가 올라오고 있는디 내가 뭍으로 뛰어나오는 것을 보고 사람들이 미쳤냐구 소리를 지르드라니까".

"그러고 보니 우리는 똑같이 미친 사람들이구먼요."

그들은 두 병의 소주를 비우고 나서 국수를 한 그릇씩 불러 먹었다. 밖으로 나오자 오후의 해가 고하도의 산등성이에 아슬아슬하게 걸쳐 있었고 1킬로쯤 떨어진 바다 위에 떠 있는 거대한 화물선에서는 거룻배에 화물을 옮겨 싣고 있는 작업이 한창이었다. 온금동을 지나 대반동 바닷가로 나왔다. 한 척의 배가 찰랑거리는 물살을 가르며 날치처럼 장자도 쪽으로 달려가고 있었다. 앞을 가로막고 있는 눌도와 압해도의 검게 물든 그늘에서는 서늘한 기운이 감돌고 있었다. 태수는 노인을 돌아보며 물었다.

"어디로 갈까요?"

"배가 다 떠나면 대합실이 모두 우리 차지니까."

"안됩니다. 어떻게 이런 딱딱하고 찬 의자에서 밤을 새웁니까?"

"나야 그런 생활에 이골이 난 사람이네."

"나이를 드실수록 잠자리는 편하고 따뜻해야 합니다."

태수는 사양하는 노인을 데리고 역전 후미진 골목 안 여인숙을 찾아 들어갔다. 하루종일 싸돌아다닌 데다가 술을 마신 끝이라 그들은 금방 깊은 잠 속으로 빠져 들어갔다.

태수는 번쩍거리고 쿵쾅거리는 소리에 놀라 잠을 설쳤다. 쏴아 쏴아, 소나기가 쏟아지는 속을 천둥이 울리고 번개가 치고 있었다.

"아이쿠 이것, 뇌성벽력이구나."

노인이 놀란 소리를 질렀다.

"어르신도 잠을 깨셨군요?"

"이렇게 뇌성이 치면 잠을 이룰 수가 없다니까."

"사람들은 아무리 간이 큰 사람도 천둥번개한테는 두려움을 느끼는 법인께요."

"천둥번개는 무서운 불칼로 사람들에게 경고를 주고 있어."

"어르신께서는 저런 천둥이나 번개 속에 뜻이 있다고 생각하시는가요?"

"있고 말고. 나같이 소설을 많이 읽은 사람은 사람의 마음뿐 아니라 하늘의 심정도 읽을 수가 있어. 춘향전은 여자의 거룩하고 아름다운 절개를 이야기하고 있고, 옥루몽에는 선계에 이어지는 사랑의 진실이 담겨 있어. 수호지는 영웅호걸의 기상이 어떻다는 것을 말해 주고 있고 홍길동전에는 세상의 불평등을 규탄하는 천둥번개의 노여움이 담겨 있어."

"어렸을 때 보면 우리 어머니도 소설책을 읽고 있었어요."

"그렇다면 자네 모친도 소설 속에서 사람의 운수와 하늘의 뜻을 터득했을 것 같네."

우르르 쾅쾅!

"벼락이 떨어졌나 보네. 저런 소리를 들으면 나는 벼라별 생각을 다하게 되네. 두렵기도 하고 통쾌하기도 하고….”

노인은 마음을 잡지 못하고 있었다. 그러나 태수가 잠이 밀려오는 바람에 그의 말을 제대로 들을 수가 없어 침묵을 지키고 있자 노인도 입을 다물어 버렸다.

"아, 그 섬을 가야 하는데….”

한참동안 잠잠하게 침묵을 지키고 있던 노인이 잠꼬대처럼 뇌까렸다. 자나깨나 그의 뇌리 속에 살고 있는 것은 섬이었다.

"몽유도라고 했지요?”

"그래, 뜻풀이를 하면 꿈속에서 노는 섬이지. 그래서 나는 이렇게 잠 속에서도 그 섬을 생각하고 있는지 몰라. 거길 들어가 모든 것을 확인하지 않고는 죽을 수가 없어. 그런디 요새 와서 가만히 생각해 보니, 내 아내가 지금 그 섬에 살아 있을 것 같은 예감이 든다 마시. 내가 읽은 소설 속에 나오는 인물 중에는 죽었다고 믿고 있는데 실제로는 살아 있는 사람이 많거든.”

번쩍 번쩍 우르르 쾅쾅!

천둥번개는 여전히 기승을 부리고 있었다. 창이 드르륵 울리고 방안이 전등을 켜 놓은 것처럼 밝아졌다가 어두워지면서 쏴아하고 소나기가 지붕을 핥고 지나가는 소리가 들렸다.

방안에는 사람들이 가득했다. 그는 그들에게 춘향전을 읽어주고 있었다.

"업자 업자, 내 등에 업자. 베라 베라, 내 팔을 베라. 봄빛이

오문관을 넘지 못하니, 네 옥문을 열어 볼까. 산에서 노는 것보다 물에서 노는 것이 낫다더라. 네 배 타고 놀아 볼까. 천생배필 우리 연분, 밥 먹어도 둘이 먹고, 잠을 자도 둘이 자고, 오줌도 둘이 누고 똥이라도 둘이 누고, 우두커니 마주 앉아, 물끄러미 서로 보다, 내가 만일 토라지면 네가 화를 낼 터이요, 네가 만일 딴 데 보면 내가 살판 낼 터이니, 새 같으면 비익조요, 나무 중의 연리지라. 잠시도 빈 틈 없이 둘이 함께 살아 보세."

여기까지만 읽고 헤어지게 되었다. 비가 오고 바람이 불기 시작했기 때문이었다. 그런데 그에게는 오늘 밤에사 말고 마땅히 돌아가 잘 만한 방이 없었다. 이틀 동안 신세를 졌던 집은 마침 하나씨 제삿날이 되어 자식 손자들이 모여들어 북적대고 있었다.

"비도 오고 그런게 오늘밤 선상님은 동수네 집에서 모셔라."

이 섬에는 대개 집들이 단칸방인 데다가 생쥐처럼 자식들이 득실거리는 집이 대부분이어서 손님을 맞아들일 만한 형편이 못 되었다. 그래도 그 중 가장 헐렁한 곳이 있다면 그건 아직 아기를 낳지 않은 신혼부부의 방이었다. 외지에서 손님이 오면 어른들이 모여 뉘집으로 보낼 것인가 하는 것을 상의하게 되는데, 그럴 때 지정되는 것은 으레껏 젊은 부부들이 기거하는 방이었다. 동수 내외는 올 봄에 결혼식을 올린 신혼부부였다.

"동수야, 동수야!"

동네 사람들이 모두 돌아가고 신혼부부 옆에서 옹색한 잠을 청하고 있는데 밖에서 주인을 부르는 소리가 들렸다.

"누구냐?"

"나야 나, 석두. 동수 너 빨리 나와라. 큰일났다. 바람에 김발 다 떠내려간다."

"뭐라고!"

놀란 동수는 허겁지겁 옷을 주워 입고 밖으로 뛰어나갔다. 애를 써서 세워 놓은 김발이 바람에 떠내려가면 일 년 갯농사는 헛것이 되어버리는 판이었다. 동수가 갯가로 나가는 바람에 그는 신부와 단 둘이 남게 되었다. 그런데 한 번 나간 주인은 좀처럼 돌아오지 않았다. 김발이 엉망이 된 모양이었다. 시간이 흐를수록 그는 마음이 불안해지기 시작했다. 몸이 근질거리고 정신이 몽롱해지면서 도무지 잠을 이룰 수가 없었다.

'이놈이 빨리 돌아오지 않고 왜 이리 늦는지 모르것네.'

자꾸만 입안이 발아 꼴깍꼴깍 침을 삼켰다. 잠든 줄 알았던 신부가 끙끙거리며 몸을 뒤척였다. 잠버릇으로 생각했는데 신부의 손이 슬그머니 가슴 위로 올라와 있었다. 찌르르 전해오는 전율을 느꼈지만 그대로 참고 있는데 그네를 탄 것처럼 정신이 흔들리기 시작했다. 자신도 모르게 몸을 돌려 그녀의 가슴을 더듬었다. 뭉실하고 부드러운 젖무덤이 한 움큼 손에 잡히자 충동적으로 고의춤을 내리고 그녀의 몸으로 기어올라갔다. 기다렸다는 듯 신부는 숨을 헐떡거리며 팔을 조여 왔다. 그들은 어느덧 한 덩이가 되어 불길을 태우고 있었다.

천둥벽력이 멎고 소나기 내리는 소리도 들리지 않았다. 날이 훤히 밝아 있었다. 언제 비가 왔느냐는 듯 상쾌하고 맑은 아침이었다. 여객터미널에는 벌써부터 많은 사람들이 벅실거리고 있었다. 노인이 가는 몽유도는 하루 두 차례의 선편이 있는데 첫 편은 아침 여섯 시였다.

"나는 몽유도로 갈 작정인데 자네는 어디로 갈란가?."

"어르신을 따라갈랍니다."

"결국 율도가 몽유도로 변했네 그려."

갈매기가 끼룩끼룩 울어대며 뱃머리를 스쳐갔다. 배는 물살을 가르며 파란 농작물과 듬성듬성한 소나무들이 서 있는 구릉지대 사이를 미끄러져 갔다.

"아주머니, 몽유도가 얼마나 남았소?"

태수는 옆자리에 서 있는 초로의 여인을 돌아보며 물었다.

"그 섬이 처음 길인가요?"

가무잡잡한 얼굴에 눈빛이 초롱초롱한 여인은 대답 대신 반문을 던져 왔다.

"예, 그렇구먼요."

"두 시간이면 도착해라우. 다른 섬을 거치지 않으면 한 시간밖에 안 걸리는디 서너 개의 섬에다 짐과 사람을 풀고 가니까요."

망망한 바다로 나오자 갈매기는 사라지고 수없이 일렁이는 파란 물결 위에서 황금 햇살이 부서지고 있었다.

"영감님께서도 초행인가요?"

여자는 노인에게 말을 돌렸다.

"아니오. 옛날에 온 적이 있던 곳입니다."

"우리 몽유도는 한 번 떠난 사람들이 꼭 다시 돌아오는 섬입니

다."

"그런가요? 아마도 그래서 나도 찾아가게 되었는가 봐요. 그런디 아주메는 어느 동네 사시는가요?"

"탑동이지라우."

"탑동이요? 그럼 저어, 동네 앞에 그 고목나무 지금도 서 있는가요?"

"예, 있지라우. 그런디 그 나무는 가지가 몽땅 떨어져 나가고 몸통만 숭하게 남아 있었는디 다시 살아났어라우."

"어째서요?"

노인은 눈망울을 굴리며 물었다.

"젊은 새댁이 간부를 따라 달아나 버린 뒤에 그런 일이 생겼어라우."

바로 그 느티나무 뒤에서였다. 새댁과 부둥켜안고 한참 불길을 태우고 있는데 동네 사람들이 몰려 왔다.

"그 연놈이 무엇하고 있는가 봐라."

그들은 이야기 선생을 따라나간 신부를 찾으려고 온 동네를 헤집고 있는 중이었다. 그는 허둥지둥 그 자리를 빠져 나오긴 했지만 입장이 말이 아니었다. 우러러 존경을 받았던 선생이 이 꼴이 되어버렸으니 어떻게 그들 앞에 나타날 수가 있었겠는가.

"여보게, 여보게!"

간신히 빠져나와 해변의 숲 속을 달리고 있는데 부르는 소리가 들렸다. 돌아보니 신부의 친정 아버지 박씨였다. 그 옆에는 신부가 오들오들 떨며 서 있었다.

"어서 이 배를 타게."

허둥지둥 뛰어오르자 두 사람을 실은 배는 밤을 새워 육지를 향해 미끄러져 갔다. 날이 새어 다다른 곳은 해남의 남창이었다.

"버리지 말고 잘 데리고 사소."

신부의 아버지가 남긴 것은 그 한 마디였다.

"어른들 말을 들으면 그때 느티나무는 벼락을 맞았다고 했어라우. 그런 다음 우리 동네는 몽땅 망해 버렸는디….."

"그래서요?"

노인은 다음 말을 재촉했다.

"그래서고 뭐고, 고목에는 그 뒤로 새싹이 돋았응께 동네도 다시 살아나고, 선상님하고 정분이 들어 달아났던 갑순이도 지 서방 찾아 돌아온 것이지라우."

"갑순이가 섬으로 돌아왔다구요?"

"예, 왔어라우. 지금은 할망구가 됐지만 젊어서는 춘향이같이 이뻐서 소설책 읽으러 온 선상님을 홀길 만했지라우."

"맞아요. 예뻤어요."

"아니, 그럼 할아버지는 그분과 아는 사이인가요?"

"예, 아니오. 아는 사이는 아니고 그런 소문을 들었어요."

여인은 당황하여 말을 얼버무리고 있는 노인의 얼굴을 이상하다는 듯 뚫어지게 바라보았다.

몽유도였다. 철부선은 대여섯 명의 승객을 쏟아 놓고 다음 기착지를 향해 떠나버렸다. 태수는 무겁게 걸음을 옮기고 있는 노인의 뒤를 따라 파란 구릉 사이로 뻗은 길을 걸어 올라갔다. 한참만에 닿은 곳은 '탑동'이라는 표지석이 서 있는 마을이었다. 중동이 부러져 나간 느티나무가 다시 무성한 가지를 뻗치며 돌무더기에 둘러싸여 있었다. 노인이 태수를 돌아보며 입을 열었다.

"자네는 오늘 어머니를 만나게 될 것이네."

"어머니라고요?"

태수는 경풍이 든 사람처럼 놀라 물었다.

"그래. 자네 어머니는 그 산골에서 가족들과 헤어진 다음 다시 이곳으로 돌아와 살고 있다네. 옛 남편한테로 돌아왔어. 나는 소설책을 읽는 동안 자네 어머니의 운명이 이렇게 되리라는 것을 짐작하고 있었다네. 자네가 찾고 있는 섬, 그 섬이 바로 이 몽유도일세. 아니, 몽유도가 아니라 율도일세."

"그러고 보니 어르신이 바로 내 아버지이구먼요."

"하지만 진짜 자네 아버지는 따로 있네. 저 안에서 어머니와 살고 있는 분이 바로 그분일세."

태수는 무어라 응수를 해야 할지 입이 열리지 않았다. 어떻게 기별이 들어갔는지 백발의 노파가 골목 어귀에 나와서 기다리고 있었다. 태수는 그녀가 어머니라는 것을 한눈에 직감할 수 있었다.

"당신의 아들을 데리고 왔소."

노인은 태수의 어깨에 팔을 짚으며 말했다.

"고맙게도 내 아들을 데리고 왔구먼요."

어머니는 넋 나간 사람처럼 우두커니 서 있는 태수에게 다가

252

와 손을 잡았다.

"태수는 당신이 이야기해 준 홍길동전 때문에 이 섬을 율도인 줄 알고 찾아 왔답니다."

"그 책은 당신이 나에게 남겨준 것이었지요. 낫 놓고 기역자도 모르는 나에게 글을 가르쳐준 분도 당신이었구요. 나는 지금도 그 책을 행여 누가 범할세라 삼합 깊숙이 간직하고 있답니다. 남편한테는 좀 미안하기는 하지만 우리의 소중한 꿈이 담긴 책이니까요."

"그래요. 만일 그 책이 아니었다면 인연도 없었겠지요."

"내 가슴에는 지금도 선상님의 낭랑한 목소리가 살아 있답니다. 나는 그 때 옥단춘이 되어 이혈룡의 품에 안기는 것이 소원이었어요. 선상님은 이혈룡이었으니까요. 나는 어찌되었건 소원을 이룬 사람입니다. 비록 파란은 있었지만 후회하지 않습니다."

"나 역시 그렇소. 그럼 부디 잘 계시오."

그들이 헤어지는 것을 보며 태수는 망설였다. 당장 노인을 따라가야 할지 잠시라도 이곳에 남아야 할지 판단이 서지 않았다.

"내 아들아! 참 잘 왔다. 그이의 말대로 이 섬은 몽유도지만 율도이기도 하단다."

"어머니! 얼마나 율도를 그리워하며 살아왔는지 몰라요. 이제 그곳을 찾았으니 영원히 남아 살고 싶어요."

"하지만 아들아! 너는 돌아가야 한다. 너는 네가 지금까지 살아온 땅으로 돌아가 새로운 율도를 건설해야 한다. 그러면 이 세상에 또 하나의 율도가 생길 것 아니냐."

"알았습니다요, 어머니."

태수는 울면서 어머니의 손을 놓았다. 노인은 이미 골목을 벗어나 버렸고 그가 핏줄을 받은 아버지는 아무 말 없이 방안에 앉아 마당에서 주고받는 모자의 이야기를 듣고 있었다.

"쿨룩쿨룩…"

방안에서 항아리 깨지는 기침 소리가 울려 나왔다. 어머니는 고개를 떨어뜨리며 힘없이 말했다.

"너의 아버지의 수명도 이제 얼마 남지 않은 모양이다."

"안녕히 계세요."

태수는 어머니의 집을 뒤로하고 마을 앞으로 뛰어나왔다.

선창에는 먼 항구에서 지난밤을 새운 철부선이 고동소리를 울리며 다가오고 있었다.

"율도를 아시나요?"

배 위에 오르자마자 태수는 사람들에게 물었다.

"몰라요."

"없어요. 그런 섬이 어디 있다요?"

대답은 한결 같았다. 율도는 없었다. 그러나 율도는 이 세상 도처에 있어야 할 섬이었다.

하룻밤의 향연

1

세상사에는 끝이라는 게 없다. 오직 시작이 있을 뿐이다.
어떤 일이 끝이 났다 해도 그것은 진정한 끝이 아니라 새로
운 출발을 의미하는 것이기 때문이다. 그렇다고 새로운 출발
이 진정한 시작이냐 하면 그것도 아니고 본래적 상황의 계승
일 따름이다. 그래서 세상의 모든 일은 시작도 없고 끝도 없
는 것이다.

－「실명(失名)의 경전」 중에서

우리는 화개산을 목표로 긴 골짜기를 걸어 올라갔다. 그 협곡
이 다하는 깊숙한 산 아래 나의 고향집이 있었다. 고향이랬자 열
살 때까지의 유년시절을 보낸 곳에 불과했지만 나는 항상 그곳을

잊지 못하고 있었다. 짐승들이 갈아 놓은 갈대 숲길을 따라 뛰어다니며 꽃을 꺾고 열매를 땄던 산들이 있었고 홀랑홀랑 옷을 벗어 던져 버리고 뛰어들어 물장구를 치며 놀았던 맑은 웅덩이가 있었다. 자그마치 20년 만에 나는 지금 그곳을 찾아 들어가고 있는 것이다. 그런데 그 마을이 이렇게 깊은 곳에 있는 줄을 그때는 미처 몰랐었다. 걸어가도 걸어가도 골짜기는 끝나지 않았고 여긴가 하면 또 이어지고 다시 시작되고 있었다.

"얼마나 더 가면 되어요?"

다혜가 지친 표정으로 나를 쳐다보며 물었다.

"곧 나올 거요."

용기를 버리지 않게 하기 위해서 그렇게 대답은 했지만 워낙 오랜만의 길이고 보니 얼마쯤 남아 있는지 확실하게 가늠할 수가 없었다. 협곡은 점점 좁아지고 숲은 깊어져 갔다. 분별하기조차 어렵게 풀과 모래로 덮여 묵어 버린 길을 따라 이어진 계곡에는 맑고 깨끗한 물이 흐르고 머리 위로는 아름드리 나무들이 솟아 있었다. 양쪽에 병풍처럼 솟은 산들의 사이가 좁혀짐을 따라 폭이 작아진 하늘에는 흰 구름이 떠 있고 갖가지 산새들이 날고 있었다. 초입에서는 우뚝 솟아 보였던 화개산도 눈앞의 산들에 가려 사라지고 오직 우거진 숲과 검은 바위 그리고 쫄쫄거리며 흐르는 물이 있을 뿐이었다.

"이곳이 고향이라면서 어쩌면 그렇게 막연할 수가 있어요?"

"너무 오랜만에 가는 길이라 그래요. 하지만 얼마 남지 않았어요."

"아이고, 다리 아파."

다혜는 지쳐 걸음을 멈추고 길가의 바위에 엉덩이를 내려 버렸다.

"그런 신을 신었으니 다리가 안 아프겠어요."

그녀의 신은 굽이 높은 하이힐이었다.

"누가 이런 곳에까지 올 줄 알았나요. 혹시라도 명구씨 지금 나를 유괴하고 있는 것 아니어요?"

"일자리도 없는 놈이 그대 같은 여자 데려다가 어디에 쓰게?"

"그러겠네요. 나 역시 처지가 이렇게 되고 보니 차라리 누가 유괴라도 해 갔으면 좋겠네요."

"그런데 여자는 데려갈 사람이 있지만 나 같은 수컷은 유괴해 갈 자도 없단 말야."

"칠산바다에 가면 새우 잡는 멍텅구리 배 있다지 않아요. 거기에서는 남자들을 납치해다가 부려먹는다던데요."

"그래, 며칠 전에는 나같이 해직된 사람이 일부러 교도소로 들어가기 위해 범죄를 저지른 적도 있었으니까. 멍텅구리 배야 호사지."

"남의 일 같지 않네요."

다혜는 말꼬리를 흐리며 한숨을 내쉬었다. 길은 구불구불 이어지고 있었다. 큰 바위를 돌면 오름길이요, 거길 지나면 다시 내리막길이었다.

"물고기 봐요."

다혜가 바위 아래를 가리키며 소리를 질렀다. 내려다보니 한

무리의 피라미들이 물 속에서 제트기처럼 몸을 날려 상류 쪽으로 헤엄쳐 가고 있었다.

"정말 물이 맑아서 좋다. 마셔 보고 싶은데."

나는 물가에 쪼그려 앉아 손을 내밀었다.

"흐르고 있는 물은 썩지 않는대요."

"이렇게 살아 있는 물이 썩겠어?"

목이 마르던 참이라 나는 이렇게 말하면서 물을 한 움큼 떠서 입으로 퍼 넣었다. 사이다처럼 달콤한 물이 시원하게 뱃속으로 흘러 내려갔다.

"나도 목마른께 마시겠어요."

다혜도 몇 모금 움켜 마셨다. 나는 갑자기 유년시절로 돌아온 기분이 되어 저고리를 돌밭에 던져 놓고 양말을 벗었다. 땀에 저린 퀴퀴하고 구릿한 발을 씻어내고 얼굴도 닦았다. 나의 거동을 바라보고 있던 다혜도 신과 양말을 벗어 놓고 달려들었다. 인적에 놀라 윗께로 피해 올라갔던 피라미들이 되돌아오다가 다시 상류로 헤엄쳐 돌아갔다. 가는 곳마다 썩은 물뿐인 이 세상에 이렇게 맑은 계곡물이 흐르고 있다는 것은 정녕 신기한 일이었다. 신이 난 다혜는 바지를 걷어올리고 컴퓨터만큼이나 큰돌을 젖히고 더듬개질을 하기 시작했다.

"무엇 하고 있어?"

"가재를 잡아요. 여깄다."

다혜가 소리를 지르며 허겁지겁 더듬어대자 검붉은 가재 한 마리가 튀어나와 날 듯이 헤엄쳐 바위 사이로 숨어 들어갔다. 그녀는 그 사이로 손가락을 밀어 넣었지만 아무래도 가망이 없는 일이었다.

"멀라 그걸 잡을라고 해요. 환경파괴예요."

"잡았다 놓아주면 되지요 뭐."

"그것도 괴롭히는 일인데…."

"그러긴 해요. 하지만 한 마리 잡아 보고 싶어요. 가재를 보니까 어린 시절로 돌아간 기분이어요."

그녀는 다시 구들장만한 돌을 들어올리느라 땀을 뻘뻘 흘리며 끙끙대고 있었다. 보다 못한 나는 가세하여 그녀를 거들어 주었다.

"잡았다!"

안간힘을 쓰며 돌덩이를 받치고 있는데 다혜가 소리를 지르며 엄지손가락만한 가재 한 마리를 허공으로 들어 올렸다. 가재는 구릿빛 광채를 발산하면서 그녀의 손을 빠져나가려고 다리를 허우적거렸다.

"재밌다. 또 저 돌 한번 들어 봐요."

신이 난 다혜는 잡은 가재를 웅덩이 속에 담아 놓고 나에게 다시 다른 돌을 들어올리도록 재촉했다.

"아이구, 팔 아픈데…."

나는 엄살을 부리며 이제는 바둑판만한 돌을 비스듬히 들어 올렸다. 두 마리의 가재가 맑은 물을 헤치며 돌 사이로 기어 들어 갔다.

다혜는 놓치지 않고 잽싸게 쫓아가 그것들을 잡아 올렸다.

2

"언제 잡아 봤기에 그렇게 잘 해요?"

"초등학교 때 외가에 가서 많이 잡아 봤어요."

"두렵지도 않아?"

"물려도 아프지 않았어요."

"가시내가 아니라 머시매였구만."

"사실은 그때 머슴애들도 물릴까봐 겁들을 냈는데 나는 대담하게 잡아냈거든요."

"대단한데…."

"자랑할 건 하나도 없어요. 성질이 좀 남달랐던 것 같아요."

"그래, 그런 성질 때문에 이렇게 됐지만 앞길이 암담해."

"암담할 것 하나도 없어요. 어서 가재나 더 잡아요."

"그러자."

우리는 다시 시작하여 몇 마리를 더 잡아 올려 웅덩이 속에 가두어 놓았다가 떠날 때는 모조리 풀어 주었다. 물놀이가 끝나자 다시 길을 떠났다.

"길이 이렇게 먼데, 거기까지 갔다가 어두워서 돌아오지 못하면 어쩌지요."

"사람 사는 곳인데 설만들 하룻밤 쉬어 올 곳이야 없을라구."

"만일 몽땅 집이 없어져 버렸으면 어떻게 하고요."

"그러면 밤새워 걸어 내려오거나 빈집을 골라 밤을 새우면 되겠지 뭐."

그때 후두두 돌 구르는 소리가 나더니 한 마리의 갈색 짐승이 숲속에서 뛰어나와 풍덩풍덩 시냇물을 가로질러 갔다.

"와! 저게 뭐여요?"

짐승을 본 다혜가 놀라 물었다.

"노루여요."

"사슴 아니어요?"

"사슴과 노루는 생김새가 달라요. 사슴은 노루보다 몸이 날씬하고 목이 길어요. 또 뿔이 근사하게 길어서…"

"그건 나도 알아요. 하지만 암사슴은 뿔이 없지 않아요."

"그렇게 꼬치꼬치 따지면 나도 모르겠어. 하여튼 사슴이 노루보다 말쑥하게 빠졌다는 것만 알아두면 되어요."

"그런 엉터리 설명이 어딨어요. 하하하…"

다혜는 설명이 시덥지 않은지 웃음을 터뜨려 버렸다.

한참을 더 걸었지만 마을은 나타나지 않았다. 혹시라도 길을 잘못 잡아든 것은 아닐까. 그러나 초입에서 잘못 잡아 들었다면 몰라도 이 골짜기에는 줄곧 외길이 이어지고 있을 뿐이었다. 나는 한참 동안 발을 멈추고 서서 사방을 휘둘러보았다. 그러나 이곳이 옛날 들고났던 골짜기인지 아닌지는 분별할 수가 없었다. 눈앞에 보이는 것은 엇비슷한 숲과 물뿐이었다.

"에구머니!"

비명에 놀라 돌아보니 뒤를 따라오던 다혜가 풀밭에 손을 짚고 엎어져 있었다.

"왜 그래요?"

나는 달려가 그녀를 부축해 일으켰다.

"앙앙, 이제 더는 못 가겠어요."

다혜는 울음을 터뜨렸다.

"그러지 말고 어서 일어나요."

이런 곳에서 떼를 써 버리는 날에는 큰일이다 싶어 나는 부드럽게 달래면서 간신히 부축해 일으켰다. 그러나 그녀는 바로 서지 못하고 비틀거리다가 저만치 나가떨어져 버렸다.

"힘을 내요. 이런 데서 그러면 어떻게 해."

다시 부축하려 하자,

"망했어요, 나는 망했다니까. 이젠 끝장이어요."

소리를 지르며 뒷굽이 나간 구두 한 짝을 들어올리더니 땅바닥에 털썩 주저앉아 버렸다.

"이 일을 어떻게 하지?"

나는 난감하여 하늘을 쳐다보았다. 여전히 흰 구름은 떠 있고 한 대의 여객기가 말간 호수 같은 하늘을 가로질러 가고 있었다.

"명구씨, 그냥 돌아가요. 제발 부탁이어요."

절망한 다혜가 사정을 했다. 그러나 나는 그녀의 요청에 동조할 수 없었다. 괜스레 데리고 온 것이 후회스러웠지만 이제는 돌이킬 수 없는 입장이었다.

"신이 이렇게 망가져 버렸으니 맨발로 걸어갈 수도 없고 전화가 없어 일일구를 부를 수도 없으니… 하지만 하늘이 무너져도 솟아날 구멍이 있다고 했어."

"다 망했는데 솟아날 구멍이 있다구요!"

다혜는 발작하는 사람같이 소리를 지르며 들고 있던 신을 풀밭으로 내던져 버렸다. 아무리 생각해도 방법이 생각나지 않았다. 길은 온통 모난 바위와 돌로 덮여 있었기 때문에 신을 신지 않고 걷는다는 것은 상상도 할 수 없는 일이었다.

"됐어. 좋은 수가 있어."

한참 동안 궁리한 끝에 나는 다혜의 남은 구두에 붙어 있는 굽을 떼어내기로 했다. 그렇게 하면 비록 뒤로 몸이 기울어지기는 하겠지만 굽이 없는 고무신을 신은 셈치고 그런대로 걸을 수 있을 것 같았다. 나는 그녀의 성한 구두를 벗겨 남아 있는 굽을 떼어내기 시작했다. 그런데 아무리 안간힘을 쓰며 잡아당겨도 굳게 붙은 굽은 떨어지지 않았다. 돌덩이를 들어 북어처럼 두들겨 팼다. 그래도 어지러운 상처만 생길 뿐 떨어져 나가지 않았다.

"이젠 찌그러져 구두도 아니네요."

"하지만 한쪽 굽만 달고서는 걸을 수가 없으니까…."

"아이구, 나는 몰라요."

다혜는 양손으로 얼굴을 감싸 버렸다. 그러는 동안 나는 천신만고 끝에 드디어 굽을 떼어내는 데 성공하였다.

"이제 됐으니 신어 봐요."

"어떻게 그런 것을 신어요."

"할 수 없지 않아요? 이것이라도 신지 않으면 발바닥이 아파서 걸을 수 없어요."

나는 억지로 다혜의 발을 붙들고 구두를 신겨 주었다. 흡사 닳아지고 찢겨진 검정 고무신처럼 꼴불견이었지만 그런 대로 신을 수가 있을 것 같았다.

"자아, 이제 걸어 봐요."

나는 어린아이에게 걸음마를 가르치듯 그녀의 손을 잡고 일으켰다.

3

"호호, 이상해."

다혜는 뒤뚱거리며 앞으로 걸어나갔다.

"됐어 됐어. 그만하면 얼마든지 걸을 수 있어."

이따금 비틀거리기는 했지만 용케도 넘어지지 않고 앞으로 걸어나갔다.

"다시 나오라는 기별이 있도록까지 쉬도록 하게."

그날 나는 사장으로부터 이런 통고를 받았었다.

"해고라는 말입니까?"

나는 어이가 없어 반문하였다. 비록 IMF시대라고는 해도 이 회사는 감원이 아니라 도리어 인원이 부족하여 며칠 후에는 새로운 사원을 충원할 준비를 하고 있었다.

"그게 아니라 잠시 쉬라는 것일세."

"그럼 언제까지라는 말입니까?"

"그야, 방금 내가 말하지 않았는가?"

"그렇다면 사장님 기별이 있기까지 몇 년이고 기다리라고요?"

"기다리고 안 기다리는 것은 자네의 자유일세."

IMF사태를 이용해서 회사의 사주가 평소 눈밖에 난 사람의 목을 자를지도 모른다는 소문이 사원들의 입에 오르내렸었다.

"하지만 그건 부당노동행위야. 노동법 위반이란 말야."

며칠 전 술자리에서 정리해고에 대한 이야기가 나오자 신 과장은 단연코 말했었다. 정리해고는 회사가 문을 닫거나 합병을 하고 그렇지 않으면 대대적으로 규모를 축소할 때만 가능하다는 것이었다.

"그렇다면 우리 회사는 망하거나 합병을 하는 것도 아니고 규모를 축소하는 것도 아니니까 해고할 대상이 없는 거지요?"

"그렇다니까. 나는 노동법을 전공한 사람이야."

신 과장으로부터 그 말을 들은 다음 사원들은 마음을 놓았었다. 이 회사는 작년만 해도 수십억 원의 이익을 냈고 현재도 주문받은 상품을 만드느라 야간작업을 하고 있을 정도로 일감이 밀려있었다. 그런데 이런 날벼락 같은 통고를 받다니 그건 너무나 뜻밖의 일이었다.

"명구씨, 웬일이어요?"

책상을 정리한 다음 슬쩍 옆자리의 직원에게만 탁송을 부탁하고 잠시 외출을 하는 것처럼 빠져 나오는데 다혜가 뒤를 따라나와 물었다.

"무엇인데요?"

나는 시치미를 떼고 반문했다.

"그럼 아무 일도 없었단 말이어요?"

"그렇다니까요."

"명구씨, 그러지 말아요. 다 알구 있어요."

"알았으면 됐지, 왜 꼬치꼬치 따지러 들어요?"

"아무리 그렇다고 그렇게 순순히 물러가기여요?"

"그러지 않구 어떻게 하겠소."

"명구씨답지 않네요. 쫓아가서 따지겠어요. 결코 명구씰 내보 낼 수는 없어요."

"다혜씨, 고마워요. 하지만 내 일로 해서 시끄럽지 않게 해주 어요."

나는 한사코 그녀를 타일러 놓고 회사를 빠져 나왔다. 모든 것이 무너져 버린 것이었다. 목이 달아난 사람이 어떻게 이 세상을 돌아다닐 수 있단 말인가. 부모는 돌아가시고 없지만 친구들이나 친척들 앞에 설 수가 없을 것 같았다. 이제부터는 동창회와 친목 회에도 얼굴을 내밀 수 없을 것이고 하숙집에 돌아가도 다음 날이 문제였다. 방안에 대낮까지 빈둥거릴 수도 없고 공원 같은 곳을 방황하기에는 너무나 나이가 젊었다. 이제 한참 일할 나이에 일자리를 잃어버렸으니 총 없는 병사요, 학교 없는 학생이었다.

나는 정처 없이 걸었다. 얼마나 헤매었는지 모른다. 몇 군데의 술집을 거쳤는데 문득 낯익은 간판이 나타났다. 여기가 어디일까? 흐릿한 정신 속에서 한참 동안 가늠해 보았다. 남해집, 그렇구나, 그 집이었다. 퇴근길에 직원들과 자주 들렀던 술집의 간판이었다. 꽤 멀리 왔다고 생각했는데 개미 쳇바퀴 돌기를 한 것이었다. 약간 벌어진 문틈으로 홀 안을 들여다보니, 네댓 명의 동료직원들이 냄비 하나를 가운데 놓고 소주잔을 기울이고 있었다. 한 차례 송별연을 베풀어주겠다는 것을 완곡하게 거절해 버렸던 것인데, 이제와서 그들의 자리에 합류할 수는 없는 일이었다. 아마도 그들과는 앞으로 영원히 자리를 같이할 날은 없을 것이다.

"친구들까지 몽땅 잃어버렸구나."

더운 눈물이 왈칵 솟아올라 왔다. 나는 죄라도 지은 사람처럼 황급히 그 자리를 떠나 한길로 뛰어나왔다. 어디로 가야 할까. 한참 동안 망설이고 섰다가 비쩍거리며 몇 개의 신호등을 건너 하숙집 골목으로 접어들었다.

"손님이 와 있어요."

차임벨 소리를 듣고 뛰어나와 문을 열어 준 주인이 해죽이 웃으며 일러주었다. 방문을 열어 보니 뜻밖에 다혜가 앉아 있었다.

"아니, 이곳에는 웬일이어요? 어떻게 여기를 알구…?"

"그때 한번 일러주었지 않았어요?"

"내가 하숙집을 알려 주었다구?"

나는 비틀거리다가 털썩 그녀 옆에 주저앉았다.

"그래요. 그때 어디라는 걸 말해 준 적이 있어요."

"그건 그렇다 하구. 이런 밤중에 나이 찬 처녀가 왜 이런 곳엔 왔어요?"

"처녀니까 왔지요. 유부녀라면 오겠어요?"

"하지만 나는 살아 있는 사람이 아니라 이미 목이 떨어진 시체여요. 빨리 돌아가요!"

버럭 소리를 질렀다.

"너무 취하셨네요. 그러지 마세요. 나도 명구씨와 같은 신세가 되었다구요."

"같은 신세라니, 그건 또 무슨 소리?"

"회사 그만두었어요."

"말도 안되는 소리… 왜 다혜씨가 그만두어요?"

"직원들이 명구씨를 복직시키지 않으면 그만두겠다고 사표를 내고 항의소동을 벌였는데 다른 사람 것은 반려되고 내 것만 수리했대요."

"왜 그래요. 사장이 가장 좋아하는 사람이 바로 다혜씨라는 걸 다 알고 있는데."

"그래서 사표를 수리해 버린 거지요."

"나 때문에?"

"그렇지요. 자기가 가장 좋아하는 여자가 박명구라는 사내를 위해 앞장선 걸 보고 칼을 내리친 거지요."

"거짓으로 수리해 놓고 내일이라도 부르겠지 뭐."

"반려되더라도 나는 다시 나가지 않아요. 그러기 위해서 오늘 밤 명구씨한테로 온 거예요."

"그런 시시한 소리 말아요. 다혜씨는 돌아가야 해요. 노모와 동생들을 위해서도 돌아가야 해요."

"그렇지 않아요. 인간은 모두 각자의 운명을 지니고 살아가는 거예요. 나는 이번 선택을 후회하지 않아요. 남들이 해고되는 것을 두려워하고 있을 때 사표를 내던졌다는 것, 정말 통쾌하지 않아요? 실직자들에게 자리 하나를 비워 주는 일이기도 하구요.”

"바보 같은 소리!”

나는 버럭 소리를 질러 놓고 밖으로 뛰어 나왔다.

골목을 지나 한길로 나왔다. 꽤 늦은 시각이라 거리에는 지나가는 사람이 뜸했고 달리는 차들도 많지 않았다. 술기는 어느 정도 가시었지만 정신은 몽롱하였다. 다혜가 직장을 그만두었다는 말은 충격적이었다. 같은 남성 동료도 아닌 여성이 어떻게 그럴 수 있었단 말인가. 설령 설마하니, 하는 마음에서라 할지라도 결과를 받아들이는 자세가 너무나 대담했다. 목이 달아났으면서 아무 일 없었다는 듯 대범하게, 도리어 나를 위로하고 있으니… 그건 그렇다 하고 이런 밤중에 왜 여길 찾아온 것일까. 나하고 아예 운명을 같이 하기로 결심이라도 했단 말인가. 어리둥절하였다.

순간의 충격으로 뛰어나오긴 했지만 나는 갈 곳이 없었다. 시청 쪽으로 걸어갔다. 그러나 나는 몇 걸음 가지 않고 발길을 돌렸다. 맞은 편 골목 입구에서 빨간 불빛이 새어나오고 있었다. 하숙집을 찾아온 친구를 데리고 몇 번인가 찾아간 일이 있었던 포장마차 집이었다. 분홍색 불빛이 가슴을 출렁하게 하면서 나를 강력하게 유혹했다. 들어가 보고 싶었다. 그런데 막상 건너려 하니 건널목은 100미터나 되는 먼 곳에 있었다. 차의 흐름이 뜸한 틈을 타서 대담하게 뛰어들었다. 빵빵, 한 대의 승용차가 경적을 울리며 바로 코앞에 멈추었다. 나는 시덥지 않은 놈이 웬 소동이냐는 냉소적인 표정을 지으며 손을 흔들었다. 빵빵빵, 화가 난 운전자가 거칠게 클랙슨을 눌러댔다. 나는 아랑곳하지 않고 한달음에

차도를 건너 보도로 올라섰다.

술집 안은 예상 외로 어두웠다. 꼼장어, 전어, 닭발, 저육 등 안주는 너절했다. 좌석은 썰렁하게 비어 있었고 저쪽 가장자리에 곤드레 취한 한 사내가 소주잔을 잡은 채 고개를 처박고 무슨 말인가를 중얼거리고 있었다.

"어디서 많이 드셨네요."

주인의 인사는 다정하지 않고 심드렁했다. 다른 곳에서 술을 마시고 들어온 손님에 대한 으레 있게 마련인 마뜩찮은 표정이었다.

"예, 좀 들었지요."

털썩 엉덩이를 내리자 나무 걸상이 뒤틀리는 듯 삐걱소리를 냈다.

"안주는 뭘로 하실까요?"

"똥집 둬 개 주시오. 장사 잘 됩니까?"

주인이 안주를 후라이팬에 덖고 있는 동안 나는 지레 소주 한 잔을 따라 홀짝 마시고 나서 다시 잔을 채웠다.

"아이엠에프에 잘될 리가 있나요."

"히히, 아주머니, 아이엠에프가 무어랍니까?"

"왜요? 요새 그것 모르는 사람 어디 있어요. 우리 집 세 살 박이 손자 놈도 아임에프, 아임에프 하는데요."

"그러니까 그것이 무어냐구요?"

"아이구, 저 냥반이 나를 숫제 멍충이로 아나 봐. 내가 그걸 모르겠어요? 아이엠에프는 미국 딸라값 오르고 공장에서 직공들 쫓아내라는 것 아니어요."

"와하하 … 맞아요 맞아. 아주머니 정말 유식하시네요."

"왜 내가 틀렸어요?"

"아니오, 틀리지 않았어요. 정말 잘 아신다니까요. 와하하…"

나는 너털웃음을 하면서 연거푸 잔을 비웠다. 웃음소리가 거슬리는지 저쪽에서 웅크리고 있던 사내가 고개를 들고 힐끔 이쪽을 쳐다보는데 고운 눈빛이 아니었다. 나는 울컥 부아가 끓어올랐다.

"여보시오, 선생! 왜 사람을 노려보시오? 내가 머 잘못이라도 했습니까?"

"좀 취한 모양인데 혼자 있는 자리 아니니까, 조용히 좀 하세요. 나도 속이 속 아니니까요."

"속이 속 아니라니요. 그럼 혹시라도. 선생 역시…."

취중이라곤 해도 차마 해직 운운하는 소리는 운을 뗄 수 없었다. 상대의 아픔을 건드리는 일일 수 있기 때문이었다.

"역시가 뭐요? 술 아니라 아랑이를 마셨더라도 괜히 가만히 있는 사람을 가지고 그러면 안 좋아요."

사내의 언사는 숫제 도전적이었다.

"아저씨, 그만 마시고 돌아가세요. 너무 드셨구먼."

싸움이라도 붙으면 큰일이다 싶은지 주인이 나를 나무라고 나섰다.

"걱정 말아요. 남은 술은 다 마시고 가야지요. 얼마나 소중한 술인데… 멀리 기적이 운다, 아, 기적은 울고. "

횡설수설했다.

"여기서 무엇하고 있어요?"

등 뒤에서 소리가 나기에 돌아보니 다혜였다.

"아니, 당신 여기는 멀라 왔어요? 술 생각이 나서 한 잔 할라구?"

"이러지 말고 어서 돌아가요. 명구씨."

"가기는 왜 가. 여기 앉아요. 같이 한 잔 해요."

"너무 늦었어요. 어서 가요. 이러다간 큰일 나겠어요."

"허, 마누라라도 되는 것같이… 그러면 돌아가드라구."

나는 무겁게 자리를 털고 일어섰다. 다리가 휘청거렸다.

"얼마예요? 아주머니, 막차가 떠나기 전에 나는 가야 해요. 아, 인생막차."

내가 일어서고 있는 사이 그녀는 지갑을 열고 돈을 지불해 버렸다.

"당신이 뭐기에 남의 일을 간섭하는 거지?"

밖으로 나오자 다혜에게 따지고 들었다.

"방금 나한테 마누라냐구 묻지 않았어요?"

"그럼 네가 진짜 내 마누라란 말이야?"

비틀거리며 가로수를 붙들었다. 하늘을 쳐다보았다. 별은 보이지 않았다.

"바람이 차요. 어서 들어가요."

"별도 없잖아."

"별이 없으니까 돌아가요. 내일 밤에는 나올 거예요."

"별이 나타나도록 기다리겠어."

"그래요. 나도 별이 나타났으면 좋겠어요. 하지만 지금은 없는 걸 어떻게 해요."

4

우리는 나란히 가로수를 짚고 서서 하늘을 쳐다보았다. 하얀 도시의 불빛이 뻗어올라가고 있었지만 별은 아무래도 나타나지 않았다. 우리는 가로수와 작별을 하고 비쩍비쩍 그 자리를 떠났다. 가로수는 끝나지 않고 이어지고 있었다. 어두컴컴한 골목이 보였다. 나는 다혜를 세워놓고 빨려들 듯 그 속으로 걸어 들어갔다.

"어디를 가는 거예요?"

"간섭하지 말아요. 볼일이 있으니까."

나는 지퍼를 내리고 철철철 벽면에다 그림을 그리기 시작했다.

바위와 나무에 가려졌던 길이 트이면서 약간 널찍한 분지가 전개되었다. 이제야 확연하게 모든 것이 낯익은 형태로 나타나기 시작했다. 동네 입구에 서 있던 선돌과 고목나무도 이전대로였다. 나무 위에서 까마귀가 어찌나 극성을 부리며 울어댔던지 그럴 때마다 어머니는 간짓대를 들고 뛰어나가 휘둘러댔었다.

"이놈의 까마구들아, 저리 안 날아갈래. 우리 동네서는 안 키울란다. 훠이, 훠이!"

간짓대가 무서워 까마귀들은 쫓겨가긴 했지만 며칠 후면 다시 나타나 울어댔고 그 동안에 동네서는 좋지 않은 일이 일어나곤 했다. 육이오 전후에는 영락없이 빨치산들과 군경간에 불질이 일어났고 그런 일이 반복되는 동안 마을은 잿더미가 되어 버렸다. 얼마나 많은 사람들이 죽어 나갔는지 헤아릴 수가 없었다. 그러다가 다시 새 집이 들어서고 피난 갔던 사람들도 돌아와 살림을 꾸리기 시작했다고 했다.

"이 동네가 그때 쑥밭이 된 것도 다 저놈의 까마구 때문이여야."

어머니는 마냥 그렇게 까마귀를 원망하고 있었다. 내가 알기에도 까마귀의 울음은 언제나 좋지 않은 일을 불러 왔다. 가령 윗뜸에 사는 마산양반과 회동양반이 싸움을 벌여 한쪽 박이 터졌다던가, 아니면 세무서에서 술을 단속하러 나와 헛간에 숨겨 놓은 밀주를 적발해냈다거나, 지서에서 순경이 나와 쌓아 놓은 장작더미를 꼬투리 잡아 산림법으로 다스리겠다고 으름장을 놓는 일들이 생겼다.

"정순경님, 살려 주십시오. 아무리 이렇게 비렁뱅이같이 살아도 땔나무가 있어야 밥 해묵고 어린것들 방에 불을 때 줄 것 아니어요."

"그래도 법은 법인께 벌금을 내든지 징역을 살든지 해야 써라우."

어깨가 쫙 벌어지고 도끼눈을 한 순경이 매정하게 뿌리칠 양이면, "멋이 그래라우. 아무도 모르게 정순경님이 살짝 봐 주어 뿌리면 쓰제."

그렇게 사정을 하고 있는 사이 윗뜸 사는 이장이 소문을 듣고 나타나, "워메, 정순경님 오셨구만요. 어서 갑시다. 이런 산골까지 오시니라고 고생 많이 하셨구만이라우. 귀한 손님이 이런 누추헌 곳까지 오셨은께 닭이라도 한 마리 잡수고 가셔야제."

그렇게 되면 마당에 놓아먹이던 닭 한 마리, 더러는 두 마리가 죽게 되고 어머니가 약초 캐고 산초 뜯어 모아 놓은 기만 원의 돈이 날라가 버리곤 했다.

마을 속으로 접어들었지만 분위기가 아무래도 이상했다. 통 사람의 그림자가 보이지 않았다. 농한기라면 몰라도 이맘때면 온 동네 사람들이 풀려 나와 농사 준비를 하고 있을 텐데 쥐 죽은 듯이 조용했다. 너무 적막해서 찬바람이 돌 정도였다. 가옥들의 모양도 옛 같지 않아 찌그러지고 퇴락한 꼴들이 아무래도 심상치 않았다. 무너져 내린 지붕과 그 안에 흩어져 있는 가구들이 시커멓게 썩어 들어가 흉물스러워 차마 볼 수가 없었다. 부엌으로도 풀이 묵어 들어가고 있었다.

우리 집은 초입에서 왼쪽으로 세 번째, 그러니까 동네 중간에 위치해 있었다. 처음에는 초가집이었던 것을 새마을운동이 한창일 때 강제적으로 지붕 개량을 시키는 통에 이엉을 바꾼 것이었다. 다른 집들은 거의 기와였지만 우리 집은 슬레이트였다. 아버지는 지붕을 개량하느라 빚을 얻어 썼는데 그걸 갚느라 사 년이

걸렸었다. 다행히 우리 집은 무너지지 않고 옛 그대로의 형체를 지니고 있었다. 누군가가 최근까지 살고 있었는지 문짝도 썩지 않았고 마루 역시 그대로였다. 디딤돌을 딛고 올라가 방문을 열었다. 곰팡이 냄새가 쿡 코를 질렀다.

"이게 명구씨 집이었다니 정말 희한하네요."

뒤를 따라 들어온 다혜는 윗목에 세워진 비를 들고 먼지를 쓸기 시작했다. 나는 막대기로 거미줄을 걷어냈다.

"책이 있네요."

다혜가 방구석에서 책 한 권을 집어들었다. 철수와 순이가 어른들한테 공손히 인사를 하는 그림이 그려진 도덕책이었다. 이 집에 살았던 아이들이 배웠던 책인 모양인데 내가 배웠던 옛날것과 별로 다르지 않은 것 같았다. 나는 이 집에 사는 동안 지각을 많이 한 학생이었다.

"박명구, 너는 왜 오늘도 지각했냐?"

눈이 위로 째지고 광대뼈가 솟은 여선생님이었다. 그날도 수업 중에 교실 안으로 들어간 나는 아무 대꾸도 못하고 고개를 숙인 채 앉아 있었다.

"……"

"왜 대답을 안해, 이놈아!"

침묵에 대한 반응은 앙칼지고 드센 언성이었다.

나는 여전히 벙어리였다. 어머니가 아버지한테 두들겨 맞고 누워 있어서 그리 되었다는 말을 하기 싫었기 때문이었다. 어머니는 늘 그렇게 누워 아침을 짓지 못하는 때가 많았다. 그러다 보면 끼니를 거르고 집을 나서거나 결석을 해 버리는 수도 있었지만 대개는 이웃집 사는 누나가 늦게야 지어 주는 걸 먹고 나서다 보면 그렇게 지각을 하게 마련이었다.

"박명구, 이리 나와!"

"선생님, 잘못했습니다."

침묵을 지키고 있다가도 사태가 다급해지면 빌지 않을 수 없었다.

"안돼. 한두 번도 아니고 너는 상습적인 범죄자야. 이 의자를 들고 저기 서 있어."

선생님 말마따나 나는 죄인이었다.

"낄낄낄낄…"

"용용 죽겠지?"

아이들은 공부에는 정신이 없고 의자를 들고 끙끙거리고 있는 나를 놀려댔다.

"이놈들, 조용히 하지 못해!

불호령이 떨어지면 그때 가서야 아이들은 웃음을 죽이고 거짓으로라도 공부를 하는 척 바른 자세를 잡았다.

"옛날에 어느 산중에 한 아이가 늙은 홀어미를 모시고 살고 있었는디…."

선생님은 나의 지각 때문에 짜증이 나서 공부를 가르칠 의욕이 나지 않으면 한참 동안 멍청하게 서 있다가 뜻하지 않게 이야기를 하기 시작했었다. 그렇게 되면 아이들은 다시 술렁거리기 시작하거나 이야기에 귀를 기울였다. 장난기 많은 놈들은 나를 돌아보며 히히덕거리는 일을 멈추지 않았다. 그런 속에서 나에게는 남이 알지 못하는 고통이 있었다. 아이들이 낄낄대고 히히덕거리는 것은 별 일이 아니었다. 팔이 아픈 것도 고통이 아니었다. 내가 좋아하는 영숙이가 슬픈 표정을 짓기 때문이었다.

5

영숙이는 내가 벌을 받을 때마다 다른 아이들과는 달리 연민에 찬 눈빛으로 나를 바라보곤 했다. 눈빛이 어찌나 깨끗하고 맑았던지 나는 그녀를 만나기만 하면 마음이 야릇하고 가슴이 설레었다. 정말 영숙이에게 못난 꼴을 보이기가 싫었다. 그래서 될 수 있으면 선생님이 만들어 놓은 덫에 걸리지 않으려고 애를 썼지만 워낙 학교가 먼 데다가 가정 사정이 그러하다 보니 어쩔 수가 없었다. 물론 아침을 굶고 가는 방법이 없는 것은 아니었지만 그 일 역시 쉬운 일이 아니었다. 만일 그렇게 한 날은 어김없이 아버지의 지독스러운 호통을 면할 길이 없었기 때문이었다.

"이놈아, 에미애비가 무엇 때문에 이 고생을 하는 줄 아느냐? 산전밭 갈고 약초 캐고… 모다 너희들 밥 먹이고 공부 시킬라고 하는 짓이여. 그런디 밥을 굶어? 어서 종아리 걷어라."

"아버지, 그것이 아니어라우. 지각하면 선생님한테 혼나라우."

"뭣이 어째? 지각 좀 했다고 혼을 내야, 매를 때리디야?"

"매도 때리지만 아그들 앞에 의자 들고 벌을 서야 해라우."

"그래? 그런 못된 선생년이 다 있네. 학교가 그렇게 먼 곳에 있는디 어떻게 지각을 안하고 시간을 지킬 것이냐? 만일 또 그러면 나한테 일러라. 그년을 가만 안둘란다."

그러나 나는 밥을 재촉할 수가 없고 벌을 받은 날도 아무 일 없었다는 듯 시치미를 떼고 있어야만 했다. 그러나 기어이 일이 터지고 말았다.

"당신이 우리 명구 선생이요?"

그날 국어 시간이었는데 술에 만취한 아버지가 드르륵 교실 문을 열고 들어섰다.

"어마! 댁은 누구시지요?"

칠판에 글씨를 쓰고 있던 선생님은 사자의 울부짖음 같은 소리에 놀라 들고 있던 분필을 놓쳐 버렸다.

"나는 명구 압시요. 그런디 당신이 우리 애기가 지각을 한다고 벌을 씌운다면서라우. 이런 산골에 살다 보면 집안 일로 아이들을 좀 늦게 보내는 수도 있제, 어떻게 꼭 시간을 맞출 것이요."

선생님은 상대가 학부모임을 확인하자 힘을 되찾아 앙칼지게 반격을 시도하였다.

"학부모님, 그래도 질서는 잡아야지요. 그것이 무너지면 아이들을 지도할 수가 없습니다."

"어따, 똑똑한 여자 하나 봤네. 선생질께나 헌께 나이 묵은 어른이 눈에도 안 보이는갑네. 어디서 배워먹은 버르작머리냐?"

"어머!"

당당하게 맞서려 했던 선생님은 워낙 거센 아버지의 호통에 눌려 입만 뻥 벌리고 말을 잇지 못했다.

"또 그런 못된 짓을 할 것이여, 안할 것이여?"

아버지는 바짝 다가가 눈을 부라리며 삿대질을 해댔다. 기가 질린 선생님은 안절부절하지 못하다가 끝내 얼굴을 감싸고 울음을 터뜨려 버렸다. 놀라운 사건이었다. 하느님이나 이순신 장군처럼 강하고 훌륭하게 보였던 선생님이 아버지의 호통 한마디에 저렇게 무너져 버리다니… 도무지 상상 할 수 없는 일이었다. 아! 나는 끝장이구나. 이제부터는 어떻게 학교에 나올 수 있단 말인가. 온몸이 부들부들 떨렸다. 아버지가 밉고 원망스러웠다. 그런 속에서도 한편 통쾌감도 없지 않았다. 걸핏하면 매를 들고 촌놈들, 산중놈들 하며 얕잡아 보고 우쭐대던 선생님이 아버지의 호통을 받고 쩔쩔 매고 있다는 사실이 고소하기까지 했다.

"만일 또 그런 일이 있으면 읍내 가서 교육장한테 따질 것인께 그리 알어."

아버지는 그 말을 남기고 활개를 치며 밖으로 사라졌다. 나는 후들후들 몸을 떨었다. 당장 보복의 창을 던져 올 것만 같았다. 무거운 물통이나 의자를 들고 하루 종일 교실 귀퉁이에 서 있거나 온 몸이 꽃뱀처럼 얼룩이 지도록 매를 맞아야 할지도 몰랐다. 그렇지 않으면 아예 교실에 가두어 놓고 집에 돌려보내지 않을지도 모를 일이었다.

"내가 좀 과했는가는 모르겠는디…."

밖으로 나갔던 아버지가 아까와는 딴판으로 누그러진 얼굴을 하고 다시 교실로 들어왔다.

"……"

"아까는 미안하게 되었구만이라우. 자식이 심하게 벌을 선다는 소문을 듣고 그만 술을 먹은 짐에… 정말 죄송하구만요."

"아니어요. 학부모님. 괜찮아요."

"내가 그런 실례를 저질렀는디 어째서 괜찮다는 말씀입니까?"

"하여튼 괜찮은께요, 명구 아버님, 교육청엘랑은 절대 가지 말아 주세요."

"오, 그 일 말씀입니까. 그것이라면 절대로 그런 일이 없을 것인께 마음 놓으셔라우."

선생님이 생각보다 비굴해지는 바람에 다시 아버지는 기운을 얻었고 선생님은 풀이 죽어 보였다. 선생님의 의외로운 태도 때문에 놀란 듯 아버지는 눈을 커다랗게 뜨고 끔벅거리고 섰다가 나의 얼굴을 슬쩍 훔쳐보고는 몸을 돌려 밖으로 사라져 버렸다.

"박명구는…"

아버지를 보내고 교탁 위로 돌아온 선생님은 비로소 평상을 되찾은 다음 입을 열었다.

"박명구는 어머니가 몸이 아파 아침 일찍 일어나지 못하시는 통에 밥이 늦어 지각을 했단다. 하지만 그렇지 않은 다른 사람들은 지각하면 못쓴다."

선생님은 우리집 가정 사정까지를 알고 있는 모양이었다. 하여튼 이렇게 해서 선생님은 결국 나에게 면죄부를 씌워 주게 되었다.

"선생니임! 흑흑…"

선생님의 말이 끝나자 영숙이가 책상에 얼굴을 처박고 울음을 터뜨렸다. 교실 안이 갑자기 숙연해졌다. 다른 몇 사람의 계집아이가 그녀를 이어 흐느끼기 시작했다. 선생님의 슬픔과 분노를 대신해 준 것은 역시 여학생들이었다.

"왜들 우느냐? 선생님은 아무렇지도 않으니까 울지들 말어라. 자 그럼 떠들지 말구 자습들 하고 있어요. 선생님은 좀 급한 일이 있어서 들어갈 테니까."

그렇게 말을 해 놓고 밖으로 나가는 선생님의 얼굴에 눈물이 번져 있었다. 나는 앞줄에 앉아 눈물을 닦고 있는 영숙이의 모습을 살피면서 가슴이 찢어지는 아픔을 느꼈다. 아버지가 선생님에게 호된 짓을 한 일보다도 영숙이를 슬프게 한 일이 더 괴로웠다. 한참만에 울음을 그친 영숙이가 슬쩍 나를 돌아보았다. 나는 차마 그녀를 정시하지 못하고 고개를 숙여 버렸다. 계집아이들과는 달리 사내놈들은 아무 일도 없었다는 듯 흥이 나서 히히덕거리고 큰소리로 떠들어댔다. 고소하다는 표정들이었다.

"당신이 우리 명구 선생이요?"

귀석이가 갈짓자 걸음을 치며 아버지의 흉내를 내자 모두들 나를 돌아보며 손뼉을 쳤다.

"하하하하…"

"허허허허…."

어떤 놈은 짓궂게 내 앞까지 다가와 눈과 입을 찡긋해 보이기도 했다. 그들은 이렇게 아버지의 행동을 연극적으로 재현하면서 나를 조롱했지만 사실은 매사에 좀 가혹한 선생님이 응징을 당한 데 대한 통쾌감을 맛보고 있는 것이었다. 수업시간에 장난을 치다가 꾸지람을 제일 많이 듣는 귀석이가 극성을 부리는 것도 그 때문이었다.

6

흔들릴 수 없고 무너질 수 없는 권위의 소유자인 선생님에게 도전하여 여지없이 콧대를 꺾어 버린 아버지는 한 사람의 영웅이 되어 있었다. 그래서 아이들은 비록 장난을 동반하는 것이긴 했지만 분명히 나를 우러르고 있는 것 같았다. 그런 아버지를 가진 아들에 대한 선망이었다. 그러나 그들의 장난이 심해지자 나에게는 불안이 되살아났다. 일단 돌아간 선생님이 다시 나타나 면죄부를 거두어들이고 가혹한 보복을 가해 올지도 모르기 때문이었다. 이전보다 긴 시간 의자를 들고 서 있게 한다거나 사정을 두지 않고 매질을 할 지도 모를 일이었다.

시작종이 울리자 욱죄는 마음으로 긴장해 있는데 웬일인지 선생님이 나타나지 않았다. 기다리다 못해 급장인 만길이가 선생님을 모시러 나갔다.

"오늘은 선생님이 일찍 퇴근하셨으니까 조용히들 자습해라."

교무실을 다녀온 급장은 뜻밖에 이런 소식을 전하였다.

"와아!"

환성이 터졌다. 공부를 하지 않고 자유롭게 놀 수 있는 시간보다 즐거운 것이 없는 것이다.

"사실 말이야, 명구 아버지 정말 똑똑하더라."

귀석이가 일어서서 떠들어댔다.

"귀석아, 너 조용히 자습하라는 선생님 부탁 말씀 안 들었냐?"

급장인 만길이가 주의를 주었다.

"그럼 수업시간에 선생님이 뺑소니치는 것은 잘한 일이냐? 선생님이 안 계시니까 토론 시간으로 하면 어떻겠냐?"

"토론을 한다고 떠들면 옆 반 선생님이 쫓아오면 어쩔래?"

"벙어리들도 아닌데 어떻게 떠들지 않고 토론을 하니?"

"너 정말 그럴래? 교감선생님에게 일러바친다."

"그래, 일러바칠 티면 바쳐 봐라. 비록 명구 아버지가 잘한 건 없지만 그래도 못한 것도 아니지 않냐."

공부야 만길이가 낫지만 힘으로 하면 귀석이가 반에서 으뜸이었다. 선생님이 가까이 있을 때라면 몰라도 만길이는 급장이면서도 귀석이를 제압하지 못했다. 형세가 그렇게 되는 데는 또 하나의 이유가 있었다. 만길이가 억지로 반장이 되었다는 생각이 아이들 마음속에 깔려 있기 때문이었다. 만길이도 성적이 빠진 편이 아니지만 민철에게는 미치지 못했다. 학과 성적은 물론이고 통솔력 역시 그랬다. 그럼에도 불구하고 만길이가 급장이 된 것은 따지고 보면 면장인 아버지의 힘 때문이었다.

"아이고, 면장님께서 나오십니까."

어떤 날 면장이 학교에 나타나면 교장 이하 여러 선생님들이 일어서서 그를 맞이했다.

"참으로 여러 선생님들, 이런 촌구석에서 고생들 하십니다. 자주 와서 위로도 해 드리고 점심이라도 대접해 올려야 할 것인디, 그리 못한 것이 죄송스럽습니다."

"아따, 면장님 일도 바쁘신디, 그 일이 어디 쉬운 일입니까요. 대접은 우리가 해야지라."

"그런디 요새 신문에 보면 선생님들께서 광주나 목포에서 출퇴근을 하시는 분들이 많아서 아그들에게 지장이 많다는 여론도 있는 모양입니다. 우리 학교에서야 그런 일이 별로 없겠지만…."

"그렇습니다. 우리 학교에는 그런 분이 몇 분 되지 않습니다. 설령 있다고 해도 늙은 부모를 모시고 있어서 어쩔 수 없는 처지들입니다. 효는 만행지본이라고 하는디, 그것을 나무랄 수도 없고 해서 학부모님들께서 이런 일은 잘 헤아려 주셔야 할 것 같습니다."

교장은 이렇게 변명했지만 사실은 그 자신이 광주에서 통근을 하고 있었고 그에게 늙은 부모가 없다는 것은 세상이 다 아는 일이었다.

그런 말이 있은 다음 선생님들은 면장을 조심하게 되었고 따라서 만길이도 우대를 받게 된 것이었다. 비록 그렇다곤 해도 면장이 교장과 교감은 물론 담임선생까지 불러 술이나 점심을 대접한 것은 물론이었다. 그렇게 해서 만길이가 반장에 임명되자 비록 내막은 모른다고 해도 고개를 갸우뚱하는 아이들이 많았다. 그들은 선생님의 그런 조치를 별 불만 없이 받아들이기는 했지만 마음속으로는 민철이를 엄지로 꼽고 있는 것이었다.

"여러분! 우리 너무 떠들지 맙시다. 선생님이 안 계신다고 해서 떠드는 일은 정말 양심에 어긋나는 일입니다."

드디어 민철이가 일어서서 한마디했다.

"허허, 양심이라. 정말 근사한 말인데….."

귀석이가 고개를 갸우뚱하며 한마디하려다가 멈추어 버리자 하하하, 폭소가 터져 버렸다.

"민철이 말이 맞다. 우리 조용히 하자."

뚱먹은 표정을 하고 있던 귀석이가 다시 일어서서 한마디하자 모두들 수긍하고 교실 안은 조용해졌다. 그 동안에 영숙이는 슬픔을 거두고 평소의 얼굴로 돌아와 있었다. 얼마나 다행한 일인지 몰랐다. 선생님은 그 다음날도 그리고 그 다음날도 나타나지 않았다. 그러다가 얼마 후에 다른 분이 담임으로 들어오고 이전의 선생님은 전근을 가 버렸다는 것이었다.

"늬 선생이 또 너에게 벌을 주디야?"

"아니어라우. 선생님 오늘 학교에 안 나오셨어요."

"그때는 학생들 가르치다가 그냥 나가 버렸다고 하더니 다음부터는 아예 출근도 안해 버렸단 말이냐?"

"예, 그래서 그냥 자습만 하다가 왔어요."

"정말로 출근을 하지 않았는지 교무실 한번 들여다보지 그랬냐?"

"교무실 앞에까지 가 봤는디, 자리에 안 계셨어요."

"그래야, 그럼 야단났구나. 내가 그 댁엘 찾아가 빌어야 할 모양이구나."

아버지는 갑자기 울상이 되어 어찌할 바를 모르더니 낡은 양복을 내려 입고 학교로 달려갔었다.

우리는 방안으로 들어가 먼지를 쓸어 내고 자리를 잡았다.

"돌아가지 않을 작정이어요?"

다혜가 걱정스러운 얼굴로 물었다.

"방안에 들어앉고 보니 돌아갈 생각이 없는데…."

"양식도 없는데 머무를 수 없지 않아요?"

"고향 땅엘 왔는데 설마하니 굶어죽기야 하겠어."

"아무도 사람이 살고 있지 않는 것 같은데 어디서 먹을 것을 구할 수 있나요?"

"이집저집 뒤져보면 무언가 남겨 놓은 것이 있을 테지."

7

"명구씨는 정말 낙천주의자네요"

"궁하면 통하는 법이니까."

방안에는 노랗게 색이 바랜 해묵은 달력이 붙어 있었다. 국회의원에 세 번이나 입후보했다가 떨어진 이 고을 유지가 보낸 것이었다. 음력과 간지干支까지 꼬박꼬박 새겨 넣은 달력에는 이전에 살았던 분이 표시해 놓은 제삿날과 생일날 같은 것도 눈에 띄었다. 그 옆에는 더 오래된 주자십회시朱子十悔詩도 붙어 있었다. 그건 내가 이 집에 살 때도 붙어 있었던 것이 뒷사람도 소중하게 여겼던지 없애지 않으려고 애쓴 흔적이 역력했다. 찢어진 대목을 이어 붙이고 새로 글씨를 적어 넣기도 했는데 세월이 흐르다 보니 앞부분은 어쩔 수 없이 달아나 버리고 없었다.

"너는 저것이 얼마나 좋은 글인지 아느냐?"

아버지는 이따금 그 시를 가리키며 나에게 말했었다. 내가 모른다고 고개를 흔들면,

"저것은 옛날 중국의 주자란 분이 남겨 놓은 글인디, 그 뜻은 모든 일을 조심함으로써 후회가 없도록 하라는 말씀이란다. 가령 말이다…"

아버지는 조목조목 설명해 갔다. 봄에 밭을 갈지 않으면 가을에 수확을 하지 못해 후회를 한다던가, 손님을 접대하지 않고 돌아간 다음 후회를 하는 일을 저지르지 않아야 한다고 했다. 아버지의 말이 술에 취해 망언을 하고 깬 다음에는 후회를 한다는 대목에 이르자,

"당신은 술 마시고 와서 나를 패고도 후회하지 않습디다."

하고 어머니가 아버지의 말을 무질러 버렸다.

"저 여편네 허는 소리 좀 보소. 그럼 내가 주정을 한다고 해서 애기들한테 그래도 좋다고 가르치란 말인가?"

"말로만 하지 말고 행실로 가르쳐야지라우. 아그들은 아버지 본을 받는다고 합디다."

"그려, 자네 말이 옳기는 혀. 허지만 명구야, 다른 것은 몰라

도 애비 술버릇은 본받지 말아. 나도 그것이 나쁜지는 안다마는 좀처럼 못 고치겄드라. 그런게 너는 처음부터 술을 안 배워야 써야."

그렇지 않아도 나는 아버지의 주정에 진절머리가 나 있던 판이라 절대 술을 마시지 않겠다고 결심을 했었지만 모진 세상을 살아오면서 그때의 맹서는 지키지 못하고 말았다.

우리는 문을 열고 밖으로 나왔다. 마루의 기둥에는 케케묵은 망태기가 걸려 있었다. 아버지는 그것을 메고 산 속으로 들어가 약초를 캐고 밤이나 멧감 따위를 따오곤 했었다. 마을 뒤에 높이 솟아 있는 화개산에는 산의 정기를 받은 산삼이 있는데 한 뿌리만 캐도 신세를 고칠 수 있다고 했다. 아버지는 그걸 캐려고 평생을 찾아 헤맸지만 끝내 찾아내지 못하고 말았다.

"그것뿐인 줄 아느냐? 화개산에는 백사와 청사가 있는디, 백사는 백냥이요, 청사는 천냥이란다."

그러나 나는 백냥이나 천냥이 얼마나 되는 돈인지를 알 수가 없었다. 아마 요새 돈으로 치면 수천, 수억 원에 해당하는 것 같은데 도무지 액수를 대중할 수가 없었다.

"백냥이 얼마나 많은 돈이어요?"

나는 끝내 궁금증을 이기지 못해 물었었다.

"백냥 말이냐? 허 참, 그 돈을 얼마라고 해야 할까? 어른들한테 들으면 힘 좋은 장정이 그걸 짊어지면 잔뜩 한 짐이 된다더라. 그런께 천냥이면 열 짐 아니겄냐."

아버지는 돈의 액수를 몇 짐이라는 개념으로 대중했기 때문에 나는 헤아릴 수 없을 정도로 많다는 것만 알았지 실제적으로 얼마가 되는지 짐작할 수가 없었다.

"만일 산삼을 몇 뿌리 캐거나 백사, 청사를 한 마리만 잡아도 이병철이나 정주영이만은 못해도 남부럽지 않게 살 수 있을 것이다마는 그런 복은 하늘이 점지해 주어야지 함부로 받을 수는 없단다. 대궐 같은 집을 짓고 자식들 미국으로 유학 보내 국회의원도 시키고 도지사나 군수를 만들 것인디, 나 같은 놈한테 어떻게 그런 복이 떨어질라디야."

아버지는 끝내 백사나 청사도 잡아오지 못했다. 산에서 돌아오는 아버지의 망태기 속에는 함박꽃 뿌리, 도라지, 더덕, 새박뿌리 나부랑이뿐이었다. 어머니는 그런 약초를 가지고 새벽길을 떠나 시장으로 가지고 가서 팔아 내 학비를 마련하였고 여유가 있으면 고무신 비누 성냥 나부랑이를 사 가지고 돌아왔다. 물론 아버지의 술값으로도 충당되었다.

술 이야기가 났으니 말인데 아버지는 하루도 술을 거르는 날이 없었다. 하여튼 아버지는 술복이 많은 사람이었다. 집에 제사가 있다거나 당신 생신 같은 때는 어머니가 빚기도 했지만 매일처럼 술자리가 생겼다. 친척이 아니더라도 동네 사람들은 술이 생기면 아버지를 불렀다. 그런 일이 없는 날은 주막행이었다. 한 번 주막으로 내려갔다 하면 해가 저문 다음에야 곤드레가 되어 돌아왔다. 주막에서는 단골인 아버지에게 항상 외상을 주었다가 가을이 되면 올라와 받아 가곤 했다. 그렇게 되면 착한 어머니는 겨울 양식으로 남겨 놓은 식량을 퍼 주어야 했고 그렇지 않으면 약초라도 캐서 모자란 돈을 보충해야 했다.

들어보면 주막집 여주인은 글자를 모르기 때문에 외상값을 무슨 치부책이나 종이가 아니라 벽에다 숯으로 표적을 해 놓는다는 것이었다. 그렇지 않더라도 그녀는 기억력이 좋아서 모든 외상값을 고스란히 기억하고 있다는 것이고 한번 주막에 나타난 사람은 얼굴과 이름을 잊는 법이 없다고 했다. 그런데 요새 좀 이상한 것은 그 주막집 아줌마의 나에 대한 태도였다.

"네 이름이 명구라고 했지야. 귀엽기도 해라."

"아줌마가 어떻게 내 이름을 알아요?"

"왜 내가 네 이름을 모르겠냐. 벌써부터 다 알고 있단다."

아줌마는 내 머리를 쓰다듬다가 슬그머니 품안에서 떡이나 과자를 꺼내어 손에 들려주었었다. 놀란 내가 받지 않고 머뭇거리고 있으면,

"내가 너 줄라고 애껴 놓았어. 올라가다가 입이 구프면 먹어라."

어떤 때는 몇 십 원의 돈을 쥐어 주기도 했다.

"명구야, 너는 내 아들이다이."

어느 날은 예삿날과 달리 불콰하게 취한 주모가 나를 와락 껴안고 볼을 부벼댔었다.

"아니어요. 우리 엄마는 우리 집에 있어요."

"그래, 물론 네 엄마는 네 집에 있지. 하지만 나도 엄마가 되고 싶구나. 나한테 엄마라고 한번 불러 봐."

"안해요. 그러면 엄마한테 혼나요."

"괜찮다니까…."

"안 괜찮아요. 아줌마는 우리 엄마가 아니지 않아요."

"그래도 너는 내 아들이란다."

주모는 슬픈 표정으로 나를 한참 동안 바라보다가 슬그머니 손을 놓고 먼 산을 바라보았다.

8

어째서 아줌마는 내 엄마가 되고 싶은 것일까. 내가 그렇게 귀여운 것일까. 아니면 아들이 없으니까 그러는 것일까. 오, 그렇구나. 아줌마는 우리 아버지가 술을 많이 마셔 주니까 고마워서 나에 대해서까지 호감을 갖고 있는 것이다. 돈을 벌게 해 주니까. 하지만 아버지는 별로 돈이 없지 않은가. 아버지는 다른 사람처럼 돈을 펑펑 써줄 만한 처지가 아니라는 것을 나는 알고 있었다.

"네 아버지는 오늘밤도 안 올 모양이다."

해진 바지를 꿰매고 있던 어머니가 그렇게 말하며 길게 한숨을 내쉬었다.

"엄마, 아빠 주막에 있던데요."

"아버지를 보았냐?"

"응, 주막 안에 있는 걸 보았어."

"아무래도 네 애비가 그 여자한테 푹 빠진 모양이다."

어머니의 말을 듣고 나서야 나는 비로소 어렴풋이나마 주막집 아줌마가 나에게 친절하게 해 주는 이유를 알 수 있을 것 같았다.

"오늘도 네 애비 거기 있디야?"

다음날 학교에서 돌아오자 어머니는 초췌한 얼굴을 하고 물었었다.

"응, 지나오면서 보니까 아버지의 신이 그 집 토방에 놓여 있었어."

"그럴 줄 알았다. 그이가 이만저만 빠진 것이 아니로구나. 내가 가 보아야겠다."

화가 치밀어 밖으로 뛰어나간 어머니는 밤이 이슥해서야 돌아왔다. 그러나 혼자였다. 끝내 아버지는 데려올 수 없었던 것이다. 그 다음날도 또 그 다음날도 아버지는 돌아오지 않았다. 어머니는 몇 차례 더 내려가긴 했지만 그럴 때마다 헛수고를 했을 뿐이었다.

그날 학교엘 가다 보니 주막집 앞에 사람들이 모여 있었다. 안으로 들어갈 수 있는 유일한 통로인 부엌문에 자물쇠가 채워져 있었다. 나는 걸음을 멈추고 분위기를 살펴보았다. 아무래도 예사롭지 않았다.

"밤봇짐을 쌌다네."

"언제요?"

"어젯밤에 그랬는 모양이네."

"그 사람이 기어이 그 여자를 차고 달아났구만요."

"그래 말일세. 뒤에 남은 처자식은 어떻게 하라구."

"처자식이 눈에 보이면 그런 짓 했겠어요. 우리가 보기에도 홀랑 빠져 있었어요."

그들이 주고받고 있는 말이 아버지에 대한 것이라는 것을 나는 알 수 있었다. 그럼 아버지가 그 여자와 함께 먼 곳으로 달아나 버렸단 말인가. 나는 내닫기 시작했다. 사태를 어머니에게 알려야 했다. 돌에 치어 넘어지면 다시 일어나서 달리고 또 일어나 달렸다. 무릎이 터져 피가 솟아나고 숨이 턱까지 차 올랐지만 나는 멈추지 않았다. 그런 속에서도 나는 사람들 말처럼 아버지가 떠나지 않고 집에 돌아와 있기를 마음속으로 빌고 있었다.

"왜 그렇게 달려 오냐?"

초췌한 얼굴로 문밖에 나와 있던 어머니가 물었다.

"엄마, 주막집 아줌마, 어젯밤에 도망쳤대."

"그년이 떠났어야. 어이구 시원하다. 그런디 네 아빠는 못 봤냐?"

"사람들이 그런디, 아버지도 같이 갔다고 했어."

"네 애비하고? 그 창자 빠진 인간이 끝내 일을 저지르고 말았구나."

어머니는 머리를 감싸고 비틀거리다가 길가에 쓰러져 버렸다. 그것을 본 동네 사람들이 달려들어 방안으로 옮겨 손발을 주무르고 비손을 하는 등 법석을 떨었다. 그 후로 어머니는 더욱 몸이 나빠졌고 혼자 살림을 꾸려 갈 수 없게 되자 먼 외갓집 아저씨의 연락을 받고 고향을 버렸었다.

"어머, 여기 고무신이 한 켤레 있어요."

다혜가 소리를 질렀다. 방문 앞 시렁 위에 하얀 고무신 한 켤레가 얹혀 있었다. 필시 이전에 살았던 사람들이 아끼느라 신지 않고 있다가 이사를 하면서 깜빡 잊고 떠나 버린 것이었다.

"어디 신어 봐요."

내려서 다혜에게 주었다.

"남의 물건 가져도 되는 거예요?"

"이건 남의 물건이 아니라 이 집 성조 신이 다혜씨를 위해서 마련해 준 거예요."

"어머, 내 발에 꼭 맞네."

그녀는 고무신을 신고 껑충껑충 마당을 한 바퀴 돌고 나서 기뻐 어쩔 줄을 몰랐다.

"됐어. 이제부턴 그 굽 떨어진 구두 버리고 이걸 신어요."

나는 부엌을 들여다보았다. 학교에서 돌아와 배가 고프면 천방지축 뛰어들어가 음식을 찾았던 곳이었다. 그곳에는 언제나 먹을거리가 있었다. 식은 밥이 있었고 고구마, 오이, 달걀 같은 것이 있었다. 고구마 같은 것을 정신없이 먹고 있으면,

"체할라. 천천히 묵어라. 김칫국 마시면서….."

어머니는 독에서 잽싸게 동치미를 꺼내어 썰어 주었었다.

"가마솥이 그대로 있네요."

다혜가 신기해서 솥뚜껑을 열어젖혔다. 낯익은 밥솥이었다. 이사할 때 어머니는 그걸 짊어지고 가려 했었지만, 대처로 가면 쓸모 없는 물건이라며 동네 사람들이 말리는 통에 그대로 버리고 간 것이었다. 그걸 이어받은 사람들 역시 짐이 되어 그대로 떠나 버린 모양이었다.

"저기다 밥을 해 묵으면 좋은데….""

"하지만 쌀이 있어야지요."

다혜는 아쉬운 표정이었다.

"사람이 한 집이라도 살고 있다면 식량을 사올 수가 있을 텐데….""

고소한 밥 냄새가 콧속으로 스며들어 왔다. 나는 허기를 느끼며 밖으로 나왔다. 산으로 올라가는 뒤안길은 길 닿게 자란 풀로 먹어 들어가고 사람들이 지나간 흔적은 보이지 않았다. 풀을 헤치며 뒷산을 오르기 시작했다.

나는 그때 동무들과 어울려 산을 누비고 골짜기를 더듬고 돌아다녔었다. 그렇게 뛰어 다니는 일 자체가 즐거워서 한 일이었지만 무언가 얻는 것도 적지 않았다. 멧감나무, 밤나무, 맹감, 머루, 다래, 정금 등 산에는 없는 것이 없을 정도로 풍부한 열매들이 주렁거렸다. 계곡에서 고기를 잡는 재미도 쏠쏠했다. 피라미, 모래무지, 붕어가 있었고 돌 사이에 낚시 바늘을 집어넣어 잡아낸 뱀장어는 그때 폐병을 치료하러 우리 집 건넌방에 와 있던 아저씨에게 환영을 받았었다.

9

"고맙다. 이걸 백 마리만 묵으면 내 병이 낫는다고 하는디, 또 잡아다 도라이."

아저씨는 기뻐하면서 나에게 몇 장의 지폐를 쥐어 주었다. 그 바람에 나는 신이 나서 더 많은 뱀장어를 잡으려고 돌 사이를 쑤셔 댔지만 솔직히 말해서 그걸 잡는 일은 그다지 쉬운 일이 아니었다. 내 기억에 장어는 합쳐 다섯 마리도 못되었던 것 같다. 그때 그 아저씨는 시를 쓴다며 네모 칸이 쳐진 종이에다가 입으로 무슨 말을 중얼거리며 글을 썼다간 지워 버리고 또 다시 쓰는 일을 반복했었다. 그러다간 쿨룩쿨룩 기침을 해댔고 피가 섞인 가래를 뱉아내곤 했었다.

"최종선엔 올라갔는데 말이야…."

배달된 신문을 들고 아쉬워했었다. 그러다가 아저씨는 어느 눈이 많이 오는 날 새벽 변소엘 다녀오는 길에 많은 피를 토했었다. 눈 위에 번진 피가 어떻게 선명했던지 나는 여름날 뒤꼍에 피어 있던 양귀비꽃을 연상했었다.

양귀비꽃 말인데, 아버지는 그걸 약에 쓴다며 해마다 십여 그루씩 뒤꼍에다 심곤 했었다. 좁쌀보다도 작은 종자를 뿌려 놓으면 길 닿게 자란 줄기에 분홍색 꽃이 피었는데 어찌나 선명하고 아름답던지 나는 한참 동안 넋을 잃고 그 앞에 서 있곤 했었다. 아버지는 그 꽃이 질 무렵 꽃봉오리에 칼로 상처를 내어 하얀 진액을 받아 응고시켜 깊이 간직해 놓았다가 가족 중에 배앓이를 한다거나 감기가 든 사람이 생기면 물에 풀어 마시게 했었다. 가족뿐 아니라 동네 사람에게도 나누어주었다. 그렇게 양귀비를 소중히 여긴 아버지는 나중에 진을 따낸 봉우리와 대궁까지도 솥에 삶아 까만 고를 만들어 사람들에게 나누어주었다. 많은 피를 토한 다음 떠나 버린 아저씨는 그 후에 어떻게 되었는지, 그리움을 이기지 못해 찾으려고 애를 썼지만 소식을 끝내 알 길이 없었다.

"고사리가 나왔네요. 아이고, 애기 손처럼 귀엽다."

다혜가 쭈그리고 앉아 한 뼘쯤 자란 고사리를 어루만졌다.

"그건 이 산에 지천으로 깔려 있다구요."

"지금이 가을이라면 좋을 뻔했어요."

"앞으로 여기 살게 되면 여름이 오고 가을도 돌아오겠지 뭐."

"명구씨, 정말로 돌아가지 않을 건가요?"

아무래도 다혜는 그 일이 궁금한지 물었다.

"갈 곳이 없지 않아."

"그러고 보니 해고도 당해 볼 일이네요. 고향으로 돌아와 살 수도 있고…."

"맞아. 그렇지 않았다면 영원히 이곳을 찾지 못했을 거야. 하지만 이전에 살았던 모든 사람들이 떠나 버린 고향이란 너무나 황막해."

나는 감회 어린 심정으로 눈 아래 펼쳐진 골짜기를 내려다보았다. 산은 겹겹이 싸이고 골짜기는 깊었다. 마을의 어느 집에도 사람들이 살고 있다는 흔적은 없었다. 어째서 그들은 마을을 떠나 버린 것일까. 살 수만 있었다면 버티었을 텐데… 이곳 사람들은 골짜기와 산등성이를 일구어 조나 수수를 심었지만 그것으로는 끼니를 이을 수 없었기 때문에 산에 올라가 나무를 베어 팔아 연명을 했었다. 그러다가 연료가 연탄과 기름으로 바뀌어 버린 다음에는 뒤에는 장작을 팔 길이 없게 되자 시나브로 이곳을 떠나 버린 것이었다. 젊은이가 먼저 나가고 집을 지키고 있던 노인들은 하나 둘 죽어 가거나 견디지 못하고 자식들을 따라가 버린 것이었다. 그렇게 해서 비어 버린 집들은 비가 새고 바람에 쓰러져 저런 흉물스러운 모습으로 버려져 있었다. 해는 이미 서산 위로 다가가고 있었다.

저 해가 산너머로 사라져 버리면 칠흑 같은 어둠이 찾아올 것이고, 우리는 웅장한 화개산의 품안에 고립되어 버릴 것이다. 산골의 일몰은 점차 나의 마음을 불안하게 했다. 다혜를 돌아보았다. 그녀는 맑은 눈을 반짝이며 노란 양지와 검은 그늘로 확연하게 구분되어 가는 골짜기를 바라보며 감흥에 젖어 있었다. 등뒤의 화개산에도 검은 그림자가 물들어오고 있었다.

"이제 돌아가요."

그렇게 말하는 다혜의 얼굴에서 석양의 햇볕이 부시게 작렬하고 있었다. 나는 그녀의 팔을 잡고 산길을 내려오기 시작했다. 갈대가 우리들의 가슴을 스쳤다.

"어머! 저것 봐요."

다혜가 소리를 지르며 멈추어 섰다.

"뭔데?"

"연기여요."

그녀가 마을 쪽을 가리켰다. 과연 윗뜸의 한 집에서 하얀 연기가 모락모락 솟아오르고 있었다.

"누군가가 남아서 살고 있는 모양이야. 내려가 봅시다."

만일 어렸을 적 친구라든가 그렇지 않더라도 아는 분이라면 얼마나 반가울까. 가슴이 두근거렸다. 마을 앞으로 나온 우리들은 돌밭길을 거슬러 걸어 올라갔다. 한 굽이를 돌고 또 다시 몇 걸음을 올라갔다. 허름하게 쓰러져 가는 집 앞에 우리는 발을 멈추었다. 누군가가 부엌에서 불을 지피고 있었다.

"계십니까?"

마당으로 들어서며 인기척을 보내자 한 사내가 벌떡 일어나 놀란 눈으로 우리를 바라보며 물었다.

"누구시지요?"

"내 고향이 여기여서 찾아온 사람인데…."

"아니, 너 명구 아니냐? 나는 귀석이다."

"뭐, 귀석이라구? 이게 웬일이냐?"

반가움에 우리는 부둥켜 안았다.

"우리 몇 년 만이야?"

"그래 말이다. 얼마나 많은 세월이 흘렀냐."

"그런데 우리 여기서 이럴 게 아니라 방으로 들어가자. 나 지금 저녁을 짓고 있는 중이다."

방안에는 트렁크 한 개와 몇 개의 박스 그리고 쌀이 담긴 부대가 놓여 있었고 시렁에는 이불이 한 채 얹혀져 있었다. 장작불로 달구어진 아랫목이 뜨끈뜨끈했다.

"다혜씨, 여기가 따뜻해요. 일로 앉아요."

"급히 올라오느라 땀을 흘렸더니 더워요."

"그럼 내가 앉지. 아, 그리운 장작불 온돌이여!"

나는 온돌 위에 발을 뻗었다. 온통 어린 시절로 돌아온 기분이었다.

"너 토끼 고기 먹을 줄 아냐?"

부엌문을 열고 귀석이가 물었다. 말은 나에게였지만 실상은 다혜에 대한 물음이었다.

"토끼라니?"

10

"오늘 산에 올라가 토끼 한 마리 잡았다. 좋다면 그걸 끓일까 해서."

"어때요? 다혜씨 토끼 고기 좋겠어요?"

"안 먹어 봤는데요."

"그럼 먹어 보면 되지 뭐. 귀석아, 그 토끼 가죽 벗겼냐?"

"아니야, 그대로 있어."

"그럼 내가 벗겨 주마."

나는 밖으로 뛰어나갔다. 다혜도 나왔다. 커다란 회색 토끼였다. 나는 어렸을 때의 방법대로 칼을 들어 주둥이를 살짝 쨈 다음 가죽을 잡고 죽 잡아 당겼다. 옷이 벗겨지듯 푸르뎅뎅하고 미끈한 속살이 드러났다. 배를 가르자 빨간 내장이 아직 따뜻했다. 조심스럽게 창자를 들어내고 간과 콩팥 나부랭이를 그릇에 옮겼다. 고기는 토막 내어 잘게 썰었다. 그걸 받으며 귀석이가 말했다.

"반만 끓이고 나머지는 오늘밤 불고기를 해서 안주로 하자."

"술도 가져 왔냐?"

"이런 골짜기에서 술이 없으면 어떻게 외로움을 이겨내냐."

"그려, 술 없으면 견뎌내기 힘들 거야."

냄비를 삼발 위에 올려놓고 간을 친 다음 고기를 넣고 양념을 뿌렸다.

"살림 준비를 하고 온 걸 보니 너는 아예 여기 살 작정을 한 모양이구나."

"그럼 살지 않으려면 이런 산중에 무엇 하러 들어오겠니. 너는 구경 왔냐?"

"그렇진 않고 그냥 들어와 본 거야."

"수구초심首丘初心이구만."

"그렇다구 죽으러 온 건 아니야."

"왜 죽니, 이런 세상은 오기로라도 오래 살아 봐야 혀."

고깃국이 끓자 우리는 밥을 차려 들고 방안으로 들어갔다. 밥상은 없었지만 박스에 신문지와 비닐을 깔고 그 위에 냄비를 올렸다.

"자아, 한 잔 하자."

귀석이는 소주를 꺼내어 마개를 틀었다.

"한 잔 받으세요."

귀석이가 다혜에게 첫잔을 권하였다.

"먼저들 드세요."

"산중에 오시고 보니 수줍은 산골 처녀가 되셨나 봐요. 그러지 말고 어서 받으세요."

302

그녀는 더 이상 사양하지 못하고 잔을 받았다.

"귀석이 너 지금도 사냥질 잘 하냐?"

"오늘 시험해 봤더니 문제없더라."

"옛 가락이 아직도 남아 있는 모양이구나."

"그려, 하지만 그 녀석이 좀 재수가 없었어."

"어차피 재수가 있었으면 잡혔겠냐?"

"이놈이 미련하게 막다른 절벽으로 도망하지 않겠니."

"올가미가 아니고 손으로 붙들었냐?"

"응, 올가미는 비겁한 짓이야. 사나운 짐승 같았으면 몽둥이로 쳤겠지만 워낙 순한 짐승이라 그냥 손으로…."

"불쌍하구나."

"옛날 어른들은 먹는 걸 가지고 그런 말하면 안된다고 했어. 네가 올 줄 알고 이놈이 희생이 돼준 거지."

"결국은 나를 위해서 화개산 산신령이 보내준 것이로구나. 아니 다혜씨를 위해서…."

"너희 두 사람을 위해서…."

"그려. 해석이 좋다."

"그런데 우리 방안에서 이럴 게 아니라 밖으로 나가자."

귀석이가 제안했다.

"운치가 있어서 더욱 좋지. 그런데 좀 추울 것 같다."

"그건 걱정 마. 장작은 얼마든지 있으니까."

"그럼 됐어. 어서 나가자."

우리는 냄비와 술잔을 밖으로 옮겼다.

그 동안에 사위는 어두워지고 밤하늘에는 별이 가득했다. 깊은 적막에 잠긴 산 속에서는 짐승들의 울음소리가 들려 왔다. 산은 본래 짐승들의 영토였다. 그런 것을 탐욕스러운 인간들이 나타나 야금야금 먹어 들어갔다. 나무를 베고 불을 질러 논밭을 만들고 땅을 파 길을 내었다. 그런가 하면 총을 메고 들어와 함부로 불질을 해댔다. 배가 고파서 산짐승을 잡아먹으면 그래도 약육강식의 원리를 생각하여 이해할 수도 있는 일이지만 그들은 명색이 스포츠라는 미명 아래 무고한 생명을 거침없이 학살하였다. 개를 몰고 와 물어 죽이기도 했다. 그들은 또 자기들끼리 다투느라 이런 산중을 전쟁터로 만들어 동학과 의병들의 근거지였고 6·25 때는 빨치산들과 토벌대의 격전장이 되었다.

그런 소란이 계속되는 동안 짐승들은 삶의 터전을 빼앗기고 더욱 깊은 곳으로 밀려 들어갔고 추적은 끝이 없이 계속되어 거의 모든 짐승들이 멸종의 위기에 처하게 되었다. 산중의 왕을 자처하며 으르렁댔던 호랑이가 사라진 것은 벌써 오래 전 일이고 예쁜 사슴과 새들도 자취를 감추어 갔다.

우리는 처마 밑에 쌓아 놓은 장작을 마당 가운데로 날라다 쌓기 시작했다. 다혜도 나서서 우리를 거들었다. 성냥을 당겨 마른 풀에 붙인 다음 장작 밑으로 밀어 넣자 불은 금방 붉은 혀를 날름거리며 기세 좋게 타올라 갔다. 불똥이 먼 하늘로 날아올랐고 별들은 불빛에 눌려 빛을 잃어 갔다. 초상이 나게 되면 온 마을 사람들이 찾아와 이렇게 모닥불을 피우며 밤을 새웠다. 내일의 출상을 앞두고 상여놀이가 시작되면 모가비가 앞으로 나가 상여

소리를 메기고 상두꾼들은 어하널로 그의 뒤를 따랐다. 한 차례의 놀이가 끝날 때마다 술동이가 나오고 저육과 죽이 제공되었다.

"귀석이 너 솔직히 말해 봐라. 어찌 된 일이니?"

나는 갑자기 귀석이가 고향으로 돌아와 이런 생활을 하기 시작한 일이 궁금하여 물었다.

"나 말이냐? 고향에서 살고 싶어서 돌아왔다니까…."

"단순히 그것 말고 돌아온 이유가 있겠지."

"그런 말 묻지 말고 우리 술이나 마시자. 술은 얼마든지 있다. 나는 폐허가 된 고향 땅에서 옛 친구인 너를 만난 일이 무엇보다도 기쁘다."

"말하지 않아도 알 만하다."

나는 소주를 입안에 부어댔다.

"나도 한잔 주어요."

다혜가 술을 요청했다. 나의 추궁에 얼버무리는 귀석을 보고 다혜도 가슴이 울적해진 모양이었다. 나는 몇 잔의 술로 기분이 야릇해지자 선언하듯 말했다.

11

"우리 세 사람 모두 목이 없는 사람인 것 같구나."

"무슨 소리냐? 목이 없다니… 그러고 보니 명구 너, 애인 데리고 하이킹 나온 것 아니고 해고되었단 말이냐? 다혜씨도 그렇구?"

"그럼, 너는 지금 목이 붙어 있구?"

"그게 아니라 나는 남의 목을 베고 온 사람이야."

"살인자구나."

"맞아. 살인자야. 그런데 남의 목을 베고 나니까 내 목 역시 달아나 버리더라. 어렵게 일구어 낸 사업이었는데, 아이엠에프(IMF) 바람이 불어닥치자 수금이 되어야지. 돌아온 수표를 막을 수 없었어. 그래서 도망을 해 나왔는데 갈 곳이 없더라. 가만히 생각해 보니 고향이 있더란 말이야. 하하하…"

귀석이는 손으로 목을 만지며 말하다가 실성한 사람처럼 웃어 젖혔다. 왈칵 눈물이 솟아올랐다. 서러웠다. 직장을 잃고 도산을 했기 때문만은 아니었다. 짧지만 긴 인생의 여로가 이런 적막한 산 속에 머물러 버렸다는 허무감 때문이었다. 귀석이는 남의 공장 직공 노릇을 하다가 3년 전에 자립을 해서 기계의 부속을 만드는 공장을 차려 한때는 밤을 새워 일을 할 정도로 주문이 밀어닥쳤다고 했다. 그러다가 수요를 충족시키기 위해서 시설을 확대하느라 빚을 낸 것이 화근이 되어 돈의 흐름이 막히는 통에 부도를 내고 만 것이었다.

모닥불은 더욱 기세 좋게 타오르고 밤은 깊어갔다. 불기운이 시들려고 할 때마다 우리는 새로운 장작을 집어넣었다. 아직 패지 않은 통나무도 던져 넣었다.

다혜가 다가와 내 어깨에 볼을 기댔다. 술을 마신 데다가 더운 불빛을 받은 얼굴이 홍당무였다.

"먼 딴 나라에 온 것 같아요."

"나 역시 그래. 꿈속 같아."

"하지만 명구씨는 여기가 고향이지 않아요?"

"그래. 그치만 옛날의 고향이 아니야. 이렇게 적막할 수가 없어."

"그러나 돌아왔지 않아요?"

"그래. 돌아왔어. 정말 생각지도 않았었는데 이렇게 오게 되었어."

"무의식이란 게 있지 않아요. 본능 비슷한 것. 고향이란 것은 버려 봤댔자 의식의 밑바닥에 숨어 있다가 되살아나는 것인가 봐요."

"프로이드가 그런 말 했어?"

"아니어요. 내가 생각해낸 말이어요. 향수, 아니 잠재의식…."

"다혜씨는 철학자네요."

귀석이가 끼어들었다.

"호호호, 내가 철학자라구요?"

"다혜씨 말을 들으니까 그런 것 같아요. 내가 여기 온 것도 역시 평소에는 뜻하지 않았던 일이거든요."

"너도 철학 공부 좀 많이 했구나."

"나는 초등학교밖에 안 나온 놈이지만 직공 시절 야학에서 철학 강의를 들었어. 선생님은 대학생이었는데 어떻게 어려운 것만 가르치던지 이해할 수가 있어야지. 그래도 뒤 달 듣고 나니까 대충 알아들을 정도가 되었는데 그만 그 선생이 잡혀가는 바람에….”

“그때는 노동자였는데 나중에 기업주가 되고 보니 마음이 어떻게 변하디?”

“그 대답 참 어려운데… 하여튼 처지가 바뀌니까 마음이 불량해지더라. 그래서 나는 벌을 받았다고 생각해.”

벌겋게 달아오른 귀석이의 얼굴에 눈물이 글썽거렸다.

“재산 같은 것은 돌고 도는 거야. 없어졌다구 해서 마음 아파할 것 없어.”

“명구야, 나 지금 날아간 돈 생각나서 그러는 것 아니다. 내 손으로 목 자른 종업원을 생각하니 마음 아파 그래. 그 녀석 늘그막에 여자가 생겨 결혼을 할 판이었는데 해고 되는 바람에 여자가 돌아서 버리자 그만….”

“자살을 해버렸단 말이지?”

귀석이는 끄덕거리며 고개를 떨구어 버렸다. 갑자기 분위기가 침통해졌다. 나는 일어서서 텃밭 가장자리로 걸어갔다. 마음이 불안하면 일어나는 발작이었다. 바지의 쩍을 내려 물건을 꺼내 조준한 다음 물총을 쏘아댔다. 알코올의 힘을 빌린 오줌은 힘차게 날아가 풀밭 속에 작렬하였다. 먼 산등성이로 유성이 한 가닥 길게 꼬리를 그으며 흘러 내려갔다. 귀석이는 어려서 좀 거칠기는 했지만 쓸 만한 놈이었는데, 역시 가상한 대목이 있어. 기업의 도산보다도 한 노동자의 죽음을 슬퍼하고 있으니… 공연히 눈물이 흘러내렸다. 노총각의 죽음이 남의 일 같지 않았다. 방뇨를

끝낸 다음에도 나는 그 자리에 그렇게 못박혀 있었다.

"너 어째서 그렇게 서 있냐?"

귀석이가 등뒤에 다가와 어깨에 손을 얹었다.

"행복해서 그런다."

"다혜씨와 결혼하게 되었니?"

엉뚱한 소리를 물어 왔다.

"아니야, 그게 아니고….."

그렇게 부인은 했지만 헤아려 보니 나의 가슴속에는 다혜가 이미 자리잡고 있었다. 행복하다는 귀석이에 대한 고백은 거짓이 아니었다. 실직을 하자 그 친구의 약혼녀는 등을 돌려 버렸는데 다혜는 어쨌다고 나에게로 온 것일까. 아, 나는 지금 사랑 속에 빠져 있는 것이다. 어쩌면 방금 흘렸던 눈물은 죽은 노동자에 대한 것이 아니라 가슴속에서 소용돌이치고 있는 사랑의 기쁨의 표출이었는지도 몰랐다.

"그러지 말고 우리 노래나 부르자."

제의를 하고 나는 선창을 하기 시작했다.

긴 밤 지새우고 풀잎마다 맺힌

진주보다 더 고운 아침 이슬처럼

내 맘에 설움이 알알이 맺힐 때

다혜와 귀석이도 따라 불렀다. 학생시절 야영을 하면서, 더러는 시위의 현장에서 불렀던 노래였다. 불은 더욱 힘좋게 타오르고 노랫소리는 밤공기를 타고 골짜기로 퍼져 나갔다.

　　아침동산에 올라 작은 미소를 띄운다
　　……

　노래는 이어졌다. 춤도 췄다. 어둠이 깊으면 아침은 머지않으
리라.

작가의 말이 필요한 것인지 모르겠다. 작품은 일단 활자화되는 순간 작가의 손을 떠나버리는 것이기 때문이다. 그러나 구차하게 이 글을 쓰는 것은 독자들의 꾸중에 대한 책임을 면피하기 위한 어리석은 몸부림일시 분명하다.

꽤 많은 세월 되지도 않는 글을 쓴답시고 허우적거려 왔다. 그런데도 노력이 부족했던지 별다른 수확을 거두지 못하고 말았다. 세상이 별로 알아주지도 않는데 작가랍시고 행세하기 부끄러워 뒷자리에 웅크리고 앉아 있기 일쑤였고 주변머리가 없어 글을 들고 다니며 팔아보려 하지도 못하였다. 그러다가 세상을 허송해버린 일을 생각하면 얼굴이 달아오르면서 쥐구멍을 찾고 싶을 때가 한두 번이 아니다.

'영원한 문학청년'

지금도 동료나 후배들은 나를 이렇게 호칭해준다. 나이에 걸맞지 않게 생각하고 행동하고 절규해 왔기 때문이다. 그러나 흐르는 세월 앞에 그 어느 것이 젊음과 영원함으로 남을 수 있을 것인가. 내가 앉았던 의자는 다른 사람이 앉게 되고 나는 또 다른 단계를 향해 떠나야 하는 것이다.

내 작품에는 반세기 동안 역사의 뒤안길에서 부대끼고 학대받고 속절없이 죽어간 많은 사람들의 한숨과 눈물과 피가 아로새겨져 있다. 그동안 나는 시지프스처럼 그들의 고통을 굴려 올리는 일을 반복하고 있었다. 딴에는 보상해 준다는 심정이었지만 그건 과대망상이고, 고통 속의 자기위안이라고나 할까? 나는 그 일을 일상의 삶으로 향유하며 숨쉬어왔다.

내 글에는 어둡고 답답한 일제시대가 있고 해방공간에서의 희망과 좌절의 조수가 있고 피비린내 나는 동족상잔의 고통이 있는가 하면 잔혹한 군바리의 횡포가 있고 로마군단의 총칼 아래 짓밟히고 있는 민초의 설움이 있다.

그런데 나는 이런 글을 쓰면서 어느덧 분노를 삭혀버리고 희화화시키는 불온한 수법을 도입하고 있었다. 그런 동안 나는 신봉하고 있던 리얼리즘이 압살되는 비명을 들었고, 사회적 책임을 저버리고 도주하는 비겁자의 뒷모습을 목격하였다. 불의가 기승을 부리고 정의가 압살당하는 시대를 살아오면서 즐겁게 죽음을 선택하지는 못할망정 이기적인 삶을 통해서 자기 자신을 합리화하고 변명하기에 인색하지 않았으니 어찌 사람들 앞에 올바른 삶을 살아왔노라고 말할 수 있겠는가.

아, 목이 탄다. 나는 왜 고통스러운 이 글을 쓰겠노라 승낙해 버렸는지 모르겠다. 우유부단이 몰고 온 업보치고는 너무 가혹하다. 나는 자기 자신이 혐오스러워 자신의 이야기를 하기 싫어하고 다른 사람들이 공작새 날개를 펴는 자리에서 침을 삼키며 부러워하는 나날을 살아왔지 않는가. 그런데 왜 이 글을 쓰고 있는 것일까? 뱀의 발을 그리다가 구정물을 뒤집어쓰는 희극적 장면을 연출하고 있는 것일까.

그러나 나는 동구 앞에서 남편을 기다리는 여인들의 거룩한 모습, 인권을 짓밟히고 나서 자신의 분신이랄 수 있는 작품까지 빼앗기는 무력한 친구, IMF라는 가혹한 시련을 겪으면서도 부둥켜안고 따뜻한 위안을 나눌 수 있었던 사람들을 잊을 수가 없다.

2001년 7월

이명한

| 수록 작품 발표 지면 |

폐광촌 ································· 『현대문학』 1991년 7월호

오방떡 ······························· 『월간 예향』 1992년 2월호

노래방과 차단기 ···················· 『삶터문학』 1994. 1·2월호

은혜로운 유산 ······················ 『현대문학』 1995년 7월호

눈 내리는 산······················· 『현대문학』 1996년 2월호

황홀한 귀향 ························· 『현대문학』 1997년 1월호

낙엽으로 떠돌다가 ················· 『한국소설』 1997년 겨울호

율도를 아시나요 ··················· 『함께 가는 문학』 1997. 12.

하룻밤의 향연 ······················ 해남신문 1998. 3. 20.~5. 15.

1931년	8월 19일, 전남 나주시 봉황면 유곡리 909번지 낙동마을에서 아버지 이창신, 어머니 김순애 사이에서 1남 2녀 중 장남으로 출생.
1956년	농민문학가 오유권을 만나 문학에 뜻을 두게 됨.
1967년	조선대학교 법정대 법학과 졸업.
1969년	이영권 이해동 송규호 등과 광주에서 〈청탑〉 동인 활동.
1973년	한승원 주동후 김신운 이계홍 작가 등과 광주에서 〈소설문학동인회〉 활동. 동인지 『소설문학』 제1집에 단편 「효녀무」 발표. 이후 문순태 송기숙 설재록 이지흔 작가 등과 함께 『소설문학』 동인지 2, 3집에 참여. 광주 조대부고(야간부) 국어교사로 10년간 재직. 광주 동명동에서 한약방 '묘향원'(훗날, 남인당- 한림원한약방) 운영.
1975년	『월간문학』(4월호) 제15회 신인상에 단편소설 「월혼가」 당선으로 등단.
1979년	7월, 조태일 시인의 편집으로 첫 소설집 『효녀무孝女舞』(시인사) 출간.
1983년	'한국문인협회' 전남지부장(~1984).
1984년	제1회 '현산문화상' 수상.

1986년	'전라남도문화상' 수상.
1987년	9월, '민족문학작가회의'(현, '한국작가회의') 창립. 송기숙 소설가, 문병란 시인과 함께 '광주전남민족문학인협의회'(현, '광주전남작가회의') 초대 공동의장(~1993). 이강재 등과 함께 '광주민학회' 창립회원으로 활동.
1989년	'전남일보' 창간1주년 기념 1천만원 고료 현상공모에 장편 「산화」 당선. 이후 1989년 5월부터 2년간 전남일보에 연재.
1990년	재일조선인 강제징용 육필수기 번역서 『아버지가 걷는 바다』(광주) 출간.
1992년	3월, '광주전남소설문학회'(현, '광주전남소설가협회') 초대 회장.
1994년	1월, 조선 중기의 천재시인 백호 '임제'의 일대기를 형상화한 장편 『달뜨면 가오리다』(전 2권, 열린세상) 출간. 5월, 문병란 시인과 함께 '광주전남민족문학인협의회' 초대 공동대표(~1996).
1995년	『금호문화』 11월호부터 1996년 4월호까지 '소설가 이명한의 몽골 방랑기' 연재.
1997년	'민족문학작가회의'(현, 한국작가회의) 자문위원(~2002). 『월간예향』 1월호부터 4월호까지 '뿌리찾기 중국기행' 연재.
1998년	'광주MBC칼럼' 칼럼리스트로 활동. '광주민예총' 제2대 회장(~2002).
1999년	'광주비엔날레' 이사(~2000). 11월부터 2년간 대하역사소

설「춘추전국시대」를 광주매일신문에 연재.

2000년	6·15공동위원회 남측 공동대표.
2001년	6월, 금강산에서 개최된 '6·15공동선언발표 1돌기념 민족통일대토론회'에 참가. 8월, 두번째 소설집 『황톳빛 추억』(작가) 출간.
2002년	'평화통일연대' 상임대표. '동방문화연구소' 설립.
2004년	'전주이씨 완풍대군파 양도공종회' 광주종친회장.
2005년	7월, 평양과 백두산 등지에서 개최된 '6·15공동선언 실천을 위한 민족작가대회'의 남측(민족문학작가회의) 대표단 일원으로 참가.
2006년	12월, 일본 도쿄 와세다대학에서 개최된 '2006도쿄 평화문학축전' 참가.
2010년	조선대학교 총동창회 자문위원으로 활동.
2012년	7월, 산수傘壽 기념 시집 『새벽, 백두 정상에서』(문학들) 출간. '나주학생독립운동유족회' 회장. '6·15공동위원회' 광주전남본부 상임고문.
2013년	'한국문학평화포럼' 회장. '나주학생독립운동기념사업회' 이사장. 광주광역시교육청의 '광주교육발전자문위원회' 자문위원으로 활동.
2014년	제1회 '백호임제문학상' 수상. '나주학생독립운동기념관' 관장.
2017년	'한국독립동지회' 부회장.
2019년	8월 15일, 정부에 의해 '독립유공자'로 추서된 '고故 이창

신' 선생의 유족으로 '대통령 표창장'을 전수받음. 제25회 '나주시민의 날'에 '시민의 상'(충孝도의 부문) 수상.

2021년　문병란시인기념사업회 회장.

2022년　5월, 나주학생독립운동기념관·나주학생독립운동기념사업회·문병란시인기념사업회 공동주최로 '한일국제심포지엄' 〈조선 저항시인과 탈식민주의〉 개최.

현재 '광주전남작가회의' 고문, '문병란시인기념사업회' 회장, '나주학생독립운동기념사업회' 이사장, '나주학생독립운동기념관' 관장.

이 명 한

중단편전집

4

은혜로운
유산

초판1쇄 찍은 날 | 2022년 12월 8일
초판1쇄 펴낸 날 | 2022년 12월 14일

지은이 | 이명한
펴낸이 | 송광룡
펴낸곳 | 문학들
등록 | 2005년 8월 24일 제 2005 1-2호
주소 | 61489 광주광역시 동구 천변우로 487(학동) 2층
전화 | 062-651-6968
팩스 | 062-651-9690
전자우편 | munhakdle@hanmail.net
블로그 | blog.naver.com/munhakdlesimmian

값 20,000원
ISBN | 979-11-91277-58-6(04810)
ISBN | 979-11-91277-54-8 (세트)

· 이 책은 ❖ 광주광역시 , ᎬᏏ 광주문화재단 의
  GWANGJU CITY
  2022년도 지역문화예술특성화지원사업으로 지원받아 발간되었습니다.